朱自清 著

朱自清讲文学

百花洲文艺出版社
BAIHUAZHOU LITERATURE AND ART PRESS

大家
讲谈

目 录

CONTENTS

大家
小说

CONTENTS

什么是文学？

什么是文学？大家愿意知道，大家愿意回答，答案很多，却都不能成为定论。也许根本就不会有定论，因为文学的定义得根据文学作品，而作品是随时代演变，随时代堆积的。因演变而质有不同，因堆积而量有不同，这种种不同都影响到什么是文学这一问题上。比方我们说文学是抒情的，但是像宋代说理的诗、十八世纪英国说理的诗，似乎也不得不算是文学。又如我们说文学是文学，跟别的文章不一样，然而就像在中国的传统里，经史子集都可以算是文学。经史子集堆积得那么多，文士们都钻在里面生活，我们不得不认这些为文学。当然，集部的文学性也许更大些。现在除经史子集外，我们又认为元明以来的小说戏剧是文学。这固然受了西方的文学意念的影响，但是作品的堆积也多少在逼迫着我们给它们地位。明白了这种种情形，就知道什么是文学这问题大概不会有什么定论，得看作品看时代说话。

新文学运动初期，运动的领导人胡适之先生曾答复别人的问，写了短短的一篇《什么是文学？》。这不是他用力的文章，说的也很简单，一向不曾引起多少注意。他说文字的作用不外达意表情，达意达得好，表情表得妙就是文学。他说文学有三种性：一是懂得性，就是要明白。二是逼人性，要动人。三是美，上面两种性联合起来就是美。这里并不特别强调文学的表情作用，却将达意和表情并列，将文学看作和一般文章一样，文学只是"好"的文章、"妙"的文章、"美"的文章罢了。而所谓"美"就是明白与动人，所谓三种性其实只是两种性。"明白"大概是条理清楚，不故意卖关子；"动人"大概就是胡先生在《谈新诗》里说的"具体的写法"。当时大家写作固然用了白话，可是都求其曲，求其含蓄。他们注重求暗示，觉得太明白了没有馀味。至于"具体的写法"，大家倒是同意的。只是在《什么是文学？》这一篇里，"逼人""动人"等语究竟太泛了，不像《谈新诗》里说的"具体的写法"那么"具体"，所以还是不能引人注意。

再说当时注重文学的型类，强调白话诗和小说的地位。白话新诗在传统里没有地位，小说在传统里也只占到很低的地位。这儿需要斗争，需要和只重古近体诗与骈散文的传统斗争。这是工商业发展之下新兴的知识分子跟农业的封建社会的士人的斗争，也可以说是民主的斗争。胡先生的不分型类的文学观，在当时看来不免历史癖太重，不免笼统，而不能鲜明自己的旗帜，因此注意他这一篇短文的也就少。文学型类的发展从新诗和小说到了散文——就是所谓美的散文，又叫做小品文的。虽然这种小品文以抒情为主，是外来的影响，但是跟传统的骈散文的一部分却有接近之处。而文学包括这种小说以外的散文在内，也就跟传统的文的意念包括骈散文的有了接近之处。小品文之后有杂文。杂文可以说是继承"随感录"的，但从它的短小的篇幅看，也可以说是小品文的演变。小品散文因应时代的需要从抒情转到批评和说明上，但一般还认为是文学，和长篇议论文说明文不一样。这种文学观就更跟那传统的文的意念接近了。而胡先生说的什么是文学也就值得我们注意了。

传统的文的意念也经过几番演变。南朝所谓"文笔"的文，以有韵的诗赋为主,加上些典故用得好,比喻用得妙的文章,昭明《文选》里就选的是这些。这种文多少带着诗的成分,到这时可以说是诗的时代。宋以来所谓"诗文"的文,却以散文就是所谓古文为主,而将骈文和辞赋附在其中。这可以说是到了散文时代。现代中国文学的发展,虽只短短的三十年,却似乎也是从诗的时代走到了散文时代。初期的文学意念近于南朝的文的意念,而与当时还在流行的传统的文的意念,就是古文的文的意念,大不相同。但是到了现在,小说和杂文似乎占了文坛的首位,这些都是散文,这正是散文时代。特别是杂文的发展。使我们的文学意念近于宋以来的古文家而远于南朝。胡先生的文学意念,我们现在大概可以同意了。

英国德来登早就有知的文学和力的文学的分别,似乎是日本人根据了他的说法而仿造了"纯文学"和"杂文学"的名目。好像胡先生在什么文章里不赞成这种不必要的分目。但这种分类虽然好像将表情和达意分而为二,却也有方便处。比方我们说现在杂文学是在和纯文学争着发展。这就可以见出这时代文学的又一面。杂文固然是杂文学,其他如报纸上的通讯,特写,现在也多数用语体而带有文学意味了,书信有些也如此。甚至宣言,有些也注重文学意味了。这种情形一方面见出一般人要求着文学意味,一方面又意味着文学在报章化。清末古文报章化而有了"新文体",达成了开通民智的使命。现代文学的报章化,该是德先生和赛先生的吹鼓手罢。这里的文学意味就是"好",就是"妙",也就是"美";却决不是卖关子,而正是胡先生说的"明白""动人"。报章化要的是来去分明,不躲躲闪闪的。杂文和小品文的不同处就在它的明快,不大绕弯儿,甚至简直不绕弯儿。具体倒不一定。叙事写景要具体,不错。说理呢,举例子固然要得,但是要言不烦,或简截了当也就是干脆,也能够动人。使人威固然是动人,使人信也未尝不是动人。不过这样解释着胡先生的用语,他也许未必同意罢?

文学的美

——读Puffer的《美之心理学》

美的媒介是常常变化的，但它的作用是常常一样的。美的目的只是创造一种"圆满的刹那"；在这刹那中，"我"自己圆满了，"我"与人，与自然，与宇宙，融合为一了，"我"在鼓舞，奋兴之中安息了。(Perfect moment of unity and self-completeness and repose in excitement) 我们用种种方法，种种媒介，去达这个目的：或用视觉的材料，或用听觉的材料……文学也可说是用听觉的材料的；但这里所谓"听觉"，有特殊的意义，是从"文字"听受的，不是从"声音"听受的。这也是美的媒介之一种，以下将评论之。

一

文学的材料是什么呢？是文字？文字的本身是没有什么的，只是印在纸上的形，听在耳里的音罢了。它的效用，在它所表示的"思想"。我们读一句文，看一行字时，所真正经验到的是先后相承的，繁复异常的，许多视觉的或其他感觉的影像（Image），许多观念，情感，论理的关系——这些一一涌现于意识流中。这些东西与日常的经验或不甚相符，但总也是"人生"，总也是"人生的网"。文字以它的轻重疾徐，长短高下，调节这张"人生的网"，使它紧张，使它松弛，使它起伏或平静。但最重要的还是"思想"——默喻的经验；那是文学的材料。

现在我们可以晓得，文字只是"意义"（Meaning）；意义是可以了解，可以体验（Lived through）的。我们说"文字的意义"，其实还不妥当；应该说"文字所引起的心态"才对。因为文学的表面的解说是很薄弱的，近似的；文字所引起的经验才是整个的，活跃的。文字能引起这种完全的经验在人心里，所以才有效用；但在这时候，它自己只是一个机缘，一个关捩而已。文学是"文字的艺术"（Art of words）；而它的材料实是那"思想的流"，换句话说，实是那"活的人生"。所以Stevenson说，文学是人生的语言（Dialect of Life）。

有人说，"人生的语言"，又何独文学呢？眼所见的诸相，也正是"人生的语言"。我们由所见而得了解，由了解而得生活；见相的重要，是很显然的。一条曲线，一个音调，都足以传无言的消息；为什么图画与音乐便不能做传达经验——思想——的工具，便不能叫出人生的意义，而只系于视与听呢？持这种见解的人，实在没有知道言语的历史与价值。要知道我们的视与听是在我们的理解（Understanding）之先的，不待我们的理解而始成立的；我们常为视与听所左右而不自知，我们对于视与听的反应，常常是不自觉的。而且，当我们理解我们所见时，我们实已无见了；当我们理解我们所闻时，我们实已无闻了：因为这时是只有意义而无感觉了。虽然意义也需凭着残留的感觉的断片而显现，但究非感觉自身了。意义原是行动的关捩，但许多行动却无需这个关捩；有许多熟练的，敏速的行动，是直接反应感觉，简截不必经过思量的。如弹批亚娜，击剑，打弹子，那些神乎其技的，挥手应节，其密如水，其捷如电，他们何尝不用视与听，他们何尝用一毫思量呢？他们又那里来得及思量呢？他们的视与听，不曾供给他们以意义。视与听若有意义，它们已不是纯正的视与听，而变成了或种趣味了。表示这种意义或趣味的便是言语；言语是弥补视与听的缺憾的。我们创造言语，使我们心的经验有所托以表出；言语便是表出我们心的经验的工具了。从言语进而为文字，工具更完备了。言语文字只是种种意义所构成；它的本质在于"互喻"。视与听比较的另有独立的存在，由它们所成的艺术也便大部分不须凭借乎意义，就是，有许多是无"意义"的，价值在"意义"以外的。文字的艺术便不然了，它只是"意义"的艺术，"人的经验"的艺术。

还有一层，若一切艺术总须叫出人生的意义，那么，艺术将以所含人生的意义的多寡而区为高下。音乐与建筑是不含什么"意义"的，和深锐，宏伟的文字比较起来，将沦为低等艺术了？然而事实决不如是，艺术是没有阶级的！我们不能说天坛不如《离骚》，因为它俩各有各的价值，是无从相比的。因此知道，各种艺术自有其特殊的材料，决不是同一的，强以人生的意义为标准，是不合式的。音乐与建筑的胜场，决不在人生的意义上。但各种艺术都有其材料，由此材料以达美的目的，这一点却是相同的。图画的材料是线，形，色；以此线线，形形，色色，将种种见相融为一种迷人的力，便是美了。这里美的是一种力，使人从眼里受迷惑，以渐达于"圆满的刹那"。至于文学，则有"一切的思想，一切的热情，一切的欣喜"作材料，以融成它的迷人的力。文学里的美也是一种力，用了"人生的语言"，使人从心眼里受迷惑，以达到那"圆满的刹那"。

（上）◎ 1924年，朱自清在春晖中学任教时与师生合影，
　　　前排右二为朱自清
（下）◎ 1924年，朱自清在春晖中学任教时与友人合影

二

由上观之，文字的艺术，材料便是"人生"。论文学的风格的当从此着眼。凡字句章节之所以佳胜，全因它们能表达情思，委曲以赴之，无微不至。斯宾塞论风格哲学（Philosopsy of style），有所谓"注意的经济"（Economy of Attention），便指这种"文词的曲达"而言；文词能够曲达，注意便能集中了。裴德（Pater）也说，一切佳作之所以成为佳作，就在它们能够将人的种种心理曲曲达出；用了文词，凭了联想的力，将这些恰如其真的达出。凡用文词，若能尽意，使人如接触其所指示之实在，便是对的，便是美的。指示简单感觉的字，容易尽意，如说"红"花，"白"水，使我们有浑然的"红"感，"白"感，便是尽意了。复杂的心态，却没有这样容易指示的。所以莫泊桑论弗老贝尔说，在世界上所有的话（Expressions）之中，在所有的说话的方式和调子之中，只有"一种"——一种方式，一种调子——可以表出我所要说的。他又说，在许多许多的字之中，选择"一个"恰好的字以表示"一个"东西，"一个"思想；风格便在这些地方。是的，凡是"一个"心态或心象，只有"一"字，"一"句，"一"节，"一"篇，或"一"曲，最足以表达它。

文字里的思想是文学的实质。文学之所以佳胜，正在它们所含的思想。但思想非文字不存，所以可以说，文字就是思想。这就是说，文字带着"暗示之端绪"（Fringe of suggestion），使人的流动的思想有所附着，以成其佳胜。文字好比月亮，暗示的端绪——即种种暗示之意——好比月的晕；晕比月大，暗示也比文字的本义大。如"江南"一词，本意只是"一带地方"；但是我们见此二字，所想到的决不止"一带地方，在长江以南"而已，我们想到"草长莺飞"的江南，我们想到"落花时节"的江南，我们或不胜其愉悦，或不胜其怅惘。——我们有许多历史的联想，环境的联想与江南一词相附着，以成其佳胜。言语的历史告诉我们，言语的性质一直是如此的。言语之初成，自然是由摹仿力（Imitative power）而来的。泰奴（Talne）说得好：人们初与各物相接，他们便模仿他们的声音；他们撮唇，拥鼻，或发粗音，或发滑音，或长，或短，或作急响，或打胡哨。或翕张其胸膛，总求声音之毕肖。

文字的这种原始的摹仿力，在所谓摹声字（Onomatopoetic words）里还遗存着；摹声字的目的只在重现自然界的声音。此外还有一种摹仿，是由感觉的联络（Associations of tsensations）而成。各种感觉，听觉，视觉，嗅觉，触觉，运动感觉，有机感觉，有许多公共的性质，与他种更复杂的经验也相同。这些公共的性质可分几方面说：以力量论，有强的，有弱的；以情感论，有粗暴的，有甜美的……如清楚而平滑的韵，可以给人轻捷和精美的印象（仙，翩，旋，尖，飞，微等字是）；开阔的韵可以给人提高与扩展的印象（大，豪，茫，翛，张，王等字是）。又如难读的声母常常表示努力，震动，猛烈，艰难，严重等（刚，劲，崩，敌，窘，争等字是）；易读的声母常常表示平易，平滑，流动，温和，轻隽等（伶俐，富，平，袅，婷，郎，变，娘等字是）。

以上列举各种声音的性质，我们要注意，这些性质之不同，实由发音机关动作之互异。凡言语文字的声音，听者或读者必默诵一次，将那些声音发出的动作重演一次——这种默诵，重演是不自觉的。在重演发音动作时，那些动作本来带着的情调，或平易，或艰难，或粗暴，或甜美，同时也被觉着了。这种"觉着"，是由于一种同情的感应（Sympathetic induction），是由许多感觉联络而成，非任一感觉所专主；发音机关的动作也只是些引端而已。和摹声只系于外面的听觉的，繁简过殊。但这两种方法有时有联合为一，如"吼"字，一面是直接摹声，一面引起筋肉的活动，暗示"吼"动作之延扩的能力。

文字只老老实实指示一事一物，毫无色彩，像代数符号一般；这个时期实际上是没有的。无论如何，一个字在它的历史与变迁里，总已积累着一种暗示的端绪了，如一只船积累着螺蛳一样。瓦特劳来（Water Raleigh）在他的风格论里说，文字载着它们所曾含的一切意义以行；无论普遍说话里，无论特别讲演里，无论一个微细的学术的含义，无论一个不甚流行的古义，凡一个字所曾含的，它都保留着，以发生丰富而繁复的作用。一个字的含义与暗示，往往是多样的。且举以"褐色"（Gray）一词为题的佚名论文为例，这篇文是很有趣的！

> 褐色是白画的东西的宁静的颜色，但是凡褐色的东西，总有一种不同的甚至奇异的感动力。褐色是毻毛的颜色，魁克派（Quaker 教派名）长袍的颜色，鸠的胸脯的颜色，褐色的日子的颜色，贵妇人头发的颜色；而许多马一定是褐色的……褐色的又是眼睛，女巫的眼睛，里面有绿光，和许多邪恶。褐色的眼睛或者和蓝眼睛一般温柔，谦让而真实；荡女必定有褐色的眼睛的。

文字没"有"意义，它们因了直接的暗示力和感应力而"是"意义。它们就是它们所指示的东西。不独字有此力，文句，诗节（Verse）皆有此力；风格所论，便在这些地方，有字短而音峭的句，有音响繁然的句，有声调圆润的句。这些句形与句义都是一致的。至于韵律，节拍，皆以调节声音，与意义所关也甚巨，此地不容详论。还有"变声"（Breaks）和"语调"（Variations）的表现的力量，也是值得注意的。"变声"疑是句中声音突然变强或变弱处；"语调"疑是同字之轻重异读。此两词是音乐的术语；我不懂音乐，姑如是解，待后改正。

原载《春晖》校刊第三十六期

文学的严肃性

严肃这个观念在我们现代文学开始发展时是认为很重要的。当时与新文学的创造方面对抗的是鸳鸯蝴蝶派、礼拜六派的小说。他们的态度，不论对文学、对人生，都是消遣的。新文学是严肃的。这严肃与消遣的对立中开始了新文学运动，尤其是新文学的创作方面。

本来在传统的文学里，所谓"文"的地位是不很高的。文章，小道也。在宋朝还有人说作文害道。作文对道学有害，这是一种极端的看法，作文至少是小道。这里面的小说，更是小而又小了，在新文学运动开始时，对人生先有一个严肃的态度。对文学，也有一个新的文学观念，这观念包括文学不是专门只为消遣，茶余酒后的消遣；他们认为文学有重大的使命和意义，这是一层。第二，文学并非小道，有其独立的地位。从前向来是不承认的，就是诗与文在文学中的地位很高，比起道来，仍然很差。五四运动开始时，反对"文以载道"，因为这样一说，文便成为一种无足轻重的东西，主要的是道。道把文压下来，所以要反对。但当时新文学运动如何表现这两个观念呢？这还得和鸳鸯蝴蝶派对比着来看。

鸳鸯蝴蝶派的小说，写的多是恋爱故事，但不是当做一件严肃的事情

（有时也有为恋爱而恋爱），总带点把恋爱当游戏的态度。看小说的，也是茶余酒后，躺在床上看看。虽然看到悲哀的时候，也流几滴眼泪，但总不认真似的。他们的文学大部分是文言，就是用白话，也是从旧小说里抄来的，不免油腔滑调。新文学在文字方面的态度很认真。教你不能不认真地看。有的人看惯了旧的，看新的作品觉得太正经，不惯，在内容方面，注重攻击礼教，讽刺社会，发掘中国社会的劣根性而表现出来，在这方面见出认真的态度。

鸳鸯蝴蝶派的小说，倒合乎中国小说的传统，中国小说本来是着重在"奇"的。如唐朝的"传奇"，明朝的短篇集叫"拍案惊奇"。奇就是不正经，小说就要为的奇。我们幼时，看小说还叫看闲书。小说自身就以不正经自居。明朝虽有《警世通言》、《醒世恒言》、《喻世明言》，名称上似乎注重社会的作用。但这三种书被选出编成《今古奇观》，足见仍然也是以"奇"为主。鸳鸯蝴蝶派的小说就在满足好奇的趣味，所以能得到许多读众。新文学却不要奇。奇对生活的关系较少。要正，要正视生活。反礼教，反封建，发掘社会病根，正视社会国家人生，因此他们在写作上是写实的，即如犯人日记，里面虽然是象征意义，但却用写实笔法来写，这种严肃的态度，维持不断。直到后来，社会比较安定些，知识阶级的生活也安定下来，于是严肃的态度改变了，产生言志载道的问题。

新文学初期反对载道，这时候便有人提倡言志。所谓言志，实在是玩世不恭，追求趣味。趣味只是个人的好恶，这也是环境的反映，当时政治上还是混乱，这种态度是躲避。他们喝酒，喝茶，谈窄而又窄的身边琐事。当时许多人如此，连我也在内，但这种情形经过的时间很短，从言志转到了幽默。好像说酒要一口一口地喝，还不成，一直要幽默到没有意义，为幽默而幽默，一面要说话，一面却要没有意义，这也是一种极端。生活的道路，越走越窄，一切都没有意义，变成耍贫嘴，说俏皮话，这明明白白回到了消遣。

人生原是两方面的，时代的压迫稍松，便走到这一边来。但中国的情形不允许许多人消遣。结果，消遣的时间很短，又回过头来，大家认为这种态度要不得。于是更明白地提出严肃的口号，鲁迅先生介绍了一句话："一方面是严肃的工作，一方面是荒淫与无耻。"这两者相对比严肃和消遣相对更尖锐，这表示时代要求严肃更迫切了。

这里应该补充一点。创造社的浪漫和伤感成为一时的风气，那是那个时代个人求解放的普通趋势。个人生活中灵肉的冲突是生死问题，是严肃的问题，民国十四年五卅以后，反封建、反帝更是迫切。大家常提起鲁迅先生介绍的那句话。并且从工作扩大到行动。于是文学运动又回到严肃。

现在更是严肃的时期。新文学开始时反对文以载道，但反对的是载封建的道。到现在快三十年了，看看大部分作品其实还是在载道，只是载的是新的道罢了。三十年间虽有许多变迁，文学大部分时间是工具，努力达成它的使命和责任，和社会的别的方面是联系着的。

一九四七年五月五日

什么是文学的"生路"？

杨振声先生在本年十月十三日《大公报》的《星期文艺》第一期上发表了《我们打开一条生路》一篇文。中间有一段道：

> "过去种种譬如昨日死"，不是譬如，它真的死亡了；帝国主义的死亡，独裁政体的死亡，资本主义与殖民政策也都在死亡中，因而从那些主义与政策发展出来的文化必然的也有日暮途穷之悲。我们在这里就要一点自我讽刺力与超己的幽默性，去撞自己的丧钟，埋葬起过去的陈腐，从新抖擞起精神作这个时代的人。

这是一个大胆的，良心的宣言。

杨先生在这篇文里可没有说到怎样打开一条生路。十一月一日《星期文艺》上有废名先生《响应"打开一条生路"》一篇文，主张"本着（孔子的）伦常精义，为中国创造些新的文艺作品"，他说伦常就是道，也就是诗。杨先生在文后有一段按语，提到了笔者的疑问，主张"综合中外新旧，胎育我们新文化的蓓蕾以发为新文艺的花果"。但是他说"这些话还是很笼统"。

具体的打开的办法确是很难。第一得从"作这个时代的人"说起。这是一个动乱时代，是一个矛盾时代。但这是平民世纪。新文化得从矛盾里发展，而它的根基得打在平民身上。中国知识阶级的文人吊在官僚和平民之间，上不在天，下不在田，最是苦闷，矛盾也最多。真是做人难。但是这些人已经觉得苦闷，觉得矛盾，觉得做人难，甚至愿意"去撞自己的丧钟"，就不是醉生梦死。他们我们愿意做新人，为新时代服务。文艺是他们的岗位，他们的工具。他们要靠文艺为新时代服务。文艺有社会的使命，得是载道的东西。

做过美国副国务卿的诗人麦克里希在一九三九年曾写过一篇文叫做《诗与公众世界》，说："我们是活在一个革命的时代；在这时代，公众的生活冲过了私有的生命的堤防……私有经验的世界已经变成了群众，街市，都会，军队，暴徒的世界。"他因而主张诗歌与政治改革发生关系。后来他做罗斯福总统的副国务卿，大概就为了施展他的政治改革的抱负。可惜总统死了，他也就下台了。他的主张，可以说是诗以载道。诗还要载道，不用说文更要载道了。时代是一个，天下是一家，所以大家心同理同。

这个道是社会的使命。要表现它，传达它，得有一番生活的经验，这就难。知识阶级的文人，虽然让"公众的生活冲过了私有的生命的堤防"，但是他们还惰性的守在那越来越窄的私有的生命的角落上。他们能够嘲讽的"去撞自己的丧钟"，可是没有足够的勇气"从新抖擞起精神作这个时代的人"。这就是他们我们的矛盾和苦闷所在。

古代的文人能够代诉民间疾苦，现代的文人也能够表现人道主义。但是这种办法多多少少有些居高临下。平民世纪所要求的不是这个，而是一般高的表现和传达；这就是说文人得作为平民而生活着，然后将那生活的经验表现、传达出来。麦克里希所谓"革命的时代"的"革命"，不知是不是这个意思，然而这确是一种革命。革命需要大勇气，自然难。

　　然而苦闷要求出路，矛盾会得发展。我们的文人渐渐的在工商业的大都市之外发现了农业的内地。在自己的小小的圈子之外发现了小公务员。他们的视野扩大了，认识也清楚多了，他们渐渐能够把握这个时代了。自然，新文学运动以来的作者早就在写农村，写官僚。然而态度不同，他们是站在知识阶级自己的立场尽了反封建反帝国主义的任务。现在这时代进一步要求他们自己站到平民的立场上来说话。他们写内地，写小公务员，就是在不自觉的多多少少接受着这个要求，所以说是"发现"。再说第一次世界大战以后，个人主义一度猛烈的抬头，一般作者都将注意集中在自己身上，甚至以"身边琐事"为满足。现在由自己转到小公务员，转到内地人，也该算是"发现"。

　　知识阶级的文人如果再能够自觉的努力发现下去，再多扩大些，再多认识些，再多表现、传达或暴露些，那么，他们会渐渐的终于无形的参加了政治社会的改革的。那时他们就确实站在平民的立场，"作这个时代的人"了。现在举例来说，文人大多数生活在都市里，他们还可以去发现知识青年，发现小店员，还可以发现摊贩：这些人都已经有集团的生活了，去发现也许并不太难。现在的报纸上就有这种特写，那正是一个很好的起头。

　　说起报纸，我觉得现在的文艺跟报章体并不一定有高低的分别，而是在彼此交融着，看了许多特写可以知道。现在的文艺因为读者群的增大，不能再是"文章千古事，得失寸心知"了，它得诉诸广大的读众。加上话剧和报纸特写的发达和暗示，它不自觉的渐渐的走向明白痛快的写实一路。文艺用的语言虽然总免不掉夹杂文言，夹杂欧化，但是主要的努力是向着活的语言。文艺一面取材于活的语言，一面也要使文艺的语言变成活的语言。在这种情形之下，杂文、小说和话剧自然就顺序的一个赛一个的加速的发展。这三员大将依次的正是我们开路的先锋。杨先生那篇文就是杂文，他用的就是第一员先锋。

原载一九四六年北平《新生报》

文学的一个界说

"什么是文学"？这是大家喜欢问的一个问题。答案的不同，却正如人的面孔！我也看过许多——其实只能说很少——答案；据我的愚见，最切实用的是胡适之先生的。他说"达意达得好，表情表得妙，便是文学"；更不立其他的界线。但是你若要晓得仔细一点，便会觉得他的界说是不够的；那么我将再介绍一位Long先生和你相见。他在《英国文学》里所给的文学的界说是这样的：

Literature is the expression of life in words of truth and beauty;it is the written record of man's spirit,of his thoughts,emotions,aspirations;it is the history,and the only history,of the human soul.It is characterized by its artistic,its suggestive,its permanent qualities.Its two tests are its universal interest and its personal style,Its object,aside from the delight it gives us,is to know man,that is,the soul of man rather than his actions;and since it preserves to the race the ideals upon which all our civilization is founded,it is one of the most important and delightful subject that can occupy the human mind.

我觉得这个界说，仔细又仔细，切实又切实，想参加己意将它分析说明一番。

（一）文学是用真实和美妙的话表现人生的。

什么是真实的话？是不是"据实招来"呢？我想"实"有两种意义，一是"事实"，二是"实感"。若"据实"是据事实，则"真实的话"便是"与事实一致"的话。这个可能不可能呢？有人已经给我们答复了：事实的叙述，总多少经过"选择"，决不能将事实如数地细大不遗地纪录出来的；况且即使能如数地记出，这种复写又有何等意义？何劳你抄录一番呢？除了"存副"一种作用外，于人是决无影响的，便是竭力主张"记录"的写实派，也还是免不了选择的。所以，"与事实一致"的话是没有的。从"与事实一致"的立场看，文学多少离不了说谎。但这是艺术的说谎，与平常随便撒谎不同。王尔德力主文学必须说谎，他说现在说谎的艺术是衰颓了：从前文学只说"不存在"与"不可能"的事物，所以美妙，现在却要拘拘于自然与人生，这就卑无足道了。这虽是极端的见解，但颇是有理。理想派依照他们的理想以创造事实，可说是"不存在"的；神秘派依照他们的"烟土披里纯"以创造事实，可说是"不可能"的；这些创造的事实往往甚为美妙，却都免不了说谎。——创造原来就是说谎呀！便是写实派的文学，经过了选择的纪录，已多少羼杂主观在内，与事实的原面目有异，也可说是说谎，只程度较轻吧了。——王尔德却自然不会承认这也是说谎的！文学既都免不了说谎，那么，那里还有"真实的话"？然而不然！从"与事实一致"的立场看是说谎的，从"表现自己"的立场看，也许是真实的。"表现自己"实是文学——及其他艺术——的第一义；所谓"表现人生"，只是从另一方面说——表现人生，也只是表现自己所见的人生吧

了。表现自己，以自己的情感为主。能够将自己的"实感"充分表现的，便是好文学，便能使人信，便能引人同情；不管所叙的事实与经过的事实一致否。现代文学尽有采用荒诞不稽的故事作题材的，但仍能表现现代人的情感，可知文学里的事实，只须自己一致，自己成一个协调的有机体，便行——所谓自圆其谎也。文学的生命全在实感——此"感"字意义甚广，连想象也包在内；能够表现实感的，便是"真实的话"——近来有一种通行的误解；以为第一身的叙述必是作者自己经历的事实，第三身的叙述亦须是作者所曾见闻的事实。这样误解文学的人，真是上了老当；天下那有这样老实的作家（？！）以"事实"而论，或者第三身的叙述倒反是作者自己的，也未可知。

什么是美妙的话？此地美妙的原文是Beauty，通译作美，美有优美，悲壮，诙谐，庄严几种。怎样才是美呢？这是争辩最多的一个名词！吕澄先生的《美学浅说》里说："美是纯粹的同情"，"由纯粹的同情，我们的生命便觉得扩充，丰富，最自然又最流畅的开展，同时有一片的喜悦；从这里就辨别得美"，又说"美感是要在'静观'里领受的。"我想这个解释也就够用。所谓"美妙的话"，便是能引人到无关心——静观——的境界。使他发生纯粹的同情的；这就要牵连到"暗示的"，"艺术的"性质及风格等，详见下文。另外，胡适之先生在《什么是文学？》里也说及文学的美；他说有明白性及逼人性的便是美。这也可供参考。至于"表现人生"一义，上文已约略说过。无论是纪录生活，是显扬时代精神，是创造理想世界，都是表现人生。无论是轮廓的描写，是价值的发现，总名都叫做表现。轮廓的描写所以显示生活的类型——指个性的类型，与箭垛式的类型，"谱"式的类型有别；价值的发见，所以显示生活的意义和目的。话说至此，可以再陈一义，Mathew Arnold曾说，"诗是人生的批评"；后来便有说文学是人生的表现和批评的，我的一位朋友反对此解，以为文学只是表现人生，不加判断；何有于批评？诗以抒情为主，表现之用最著，更说不上什么批评了。但安诺德之说，必非无因。我于他的批评见解，未曾细究，不敢申论。只据私意说来，"人生的的批评"一说，似可成立。因为在文学作品中，作者诚哉是无判断，但却处处暗示着他的倾向，让读者自己寻觅。作品中写着人生的爱憎悲喜，而作者对于这种爱憎悲喜的态度，也便同时隐藏在内；作者落笔怎样写，总有怎样写的理由，——这种理由或许是不自觉的——这便是他对于所写的之态度。叙述不能无态度正如春天的树叶不能无绿一般。就如莫泊桑吧，他是纯粹的写实派，对于所叙述的，毫无容心是非常冷静的；托尔斯泰曾举《画师》为例，以说明他的无容心。但他究竟不能无选择，选择就有了态度；而且诡辩地说，无容心也正是一种容心，一种态度；而且他的唯物观，在作品里充满了的，更是显明的态度！即如《月夜》里所写的爱，便是受物质环境的影响而发生的爱，与理想派作品所写的爱便决不会相同；这就是态度关系了。理想派之有态度，更不用说。态度就是判断，就是批评；"文学是人生的表现与批评"，实是不错的；但"表现"与"批评"不是两件东西，而是一体的两面。

（二）文学是记载人们的精神，思想，情绪，热望；是历史，是人的灵魂之唯一的历史。

文学里若描写山川的秀美，星月的光辉，那必是因它们曾给人的灵魂以力量；文学里若描写华灯照夜的咖啡店，"为秋风所破的茅屋"，那必是因为人的灵魂曾为它们所骚扰；文学里若描写人的"健饭""囚首垢面""小便"，那必是因为这些事有关于他的灵魂的历史：总之，文学所要写的，只是人的灵魂的戏剧，其余都是背景而已。灵魂的历史才是真正的历史。正史上只记政治上经济上文化上的大事；民间的琐屑是不在被采之列的。但大事只是轮廓，具体的琐屑的事才真是血和肉；要看一时代的真正的生活，总须看了那些琐屑的节目，才能彻底了解；正如有人主张参观学校，必须将厕所、厨房看看，才能看出真正好坏一样。况且正史所记，多是表面的行为，少说及内心的生活；它是从行为的结果看的，所以如此。文学却是记内心的生活的，显示各个人物的个性，告诉我们他们怎样思想，怎样动感情；便是写实派以写实为主的，也隐寓着各种详密的个性。懂得个性，才懂得真正的生活。所以说，"文学是人的灵魂之唯一的历史"。

（三）文学的特色在它的"艺术的""暗示的""永久的"等性质。

孔子说，"辞达而已矣，"又说"修词立其诚"。如何才能"达"，如何才能"立诚"，便是"艺术"问题了。此地所说"艺术"，即等于"技巧"。文学重在引人同情，托尔斯泰所谓"传染情感于人"；而"自己"表现得愈充分，传染的感情便愈丰厚。"充分"者，要使读者看一件事物，和自己"一样"明晰，"一样"饱满，"一样"有力，"一样"美丽。自己要说什么，便说什么，要怎么说，便怎么说，这也叫做"充分"。要使得作品成为"艺术的"，最要紧的条件便是选择；题材的精粗，方法的曲直，都各有所宜，去取之间，全功系焉。

"暗示"便是旧来所谓"含蓄"，所谓"曲"。袁子才说，"天上只有文曲星而无文直星"，便是说明文贵曲不贵直。从刘半农先生的一篇文里，晓得"Half told story"一个名字，译言"说了一半的故事"。你要问问：还有一半呢？我将代答：在尊脑里！"暗示"是人心自然的要求，无间中外古今。这大概因为人都有"自表"（self-manifestation）的冲动，若将话说尽了，便使他"英雄无用武之地"，不免索然寡味。"法国Marlarme曾说，作诗只可说到七分，其余的三分应该由读者自己去不补足，分享创作之乐，才能了解诗的真味。""分享创作之乐",也就是满足"自表"的冲动。小泉八云把日本诗歌比作寺钟的一击,"他的好处是在缕缕的幽玄的余韵在听者心中永续的波动"。这是一个极好的比方。中国以"比""兴"说诗也正是这种意思。这些虽只说的诗,但决不只是诗要如此;凡是文学都要如此的。现在且举两个例来说明。潘岳《悼亡诗》第二首道:

> 皎皎窗中月,照我室南端。
>
> 清商应秋至,溽暑随节阑。——

"触景生情,是'兴'的性质。"下面紧接:

> 凛凛凉风生,始觉夏衾单!
>
> 岂曰无重纩?谁与同岁寒!
>
> 岁寒无与同,郎月何朦胧?
>
> 辗转眄枕席,长簟竟床空!
>
> 床空委清尘,室虚来悲风!……

"他不直说他妻子死了。他只从秋至说到凉风生,从凉风生说到夏衾单,从夏衾单说到不是无重纩,是无同岁寒的人。你看他曲不曲。他又说他反复看了一看枕和席,那样长的簟子,把床遮完了,都瞧不见那一个人。只见那空床里堆了尘埃,虚室中来了悲风,他那悲伤之情,就不言而喻了。你看他曲不曲。"又如堀口大学的《重荷》:

> 生物的苦辛!

（上）◎ 1931年，朱自清泛舟松花江
（下）◎ 1932年，伦敦，朱自清与友人

人间的苦辛！

日本人的苦辛！

所以我瘦了。（周作人先生译）

　　只区区四行，而意味无尽！前三行范围依次缩小，力量却依次增加；"人间的苦辛"已是两重的压迫，"日本人的苦辛"，竟是三层的了。"苦辛"原只是概括的名字，却使人觉着东也是苦辛，西也是苦辛，触目是苦辛，触手也是苦辛；觉着苦辛的担子真是重得不堪！所以自然就会"瘦"了。这一个"瘦"字告诉我们他是怎样受着三重的压迫，怎样竭力肩承，怎样失败，到了心身交困的境界；这其间是包含着许多的经历的。这都是暗示的效力！"说尽"是文学所最忌的，无论长文和短诗。

　　能够在作品中充分表现自己的，便是永久的。"永久的"是"使人不舍，使人不厌，使人不忘"之意。初读时使人没入其中，不肯放下，乃至迟睡缓餐，这叫"不舍"。初读既竟，使人还要再读，屡读屡有新意，决不至倦怠；所谓"不厌百回读"也。久置不读，相隔多年，偶一念及，书中人事，仍跃跃如生，这便是"不忘"了。备此三德，自然能传世行远。大抵人类原始情感，并无多种；文明既展，此等情感，程度以渐而深而复，但质地殆无变化——喜怒哀乐，古今同之，中外无异，故若有深切之情感，作品即自然能感染读者，虽百世可知。而深切之情感，大都由身体力行得来，如人饮水，冷暖自知；故真有深切之情感者必能显其所得，与大众异，必能充分表现自己，以其个性示人。"永久的"性质，即系从此而来的。还有，从文体说，简劲朴实的文体容易有"永久的"性质，因能为百世所共喻；尚装饰的文体，华辞丽藻，往往随时代而俱腐朽，变为旧式，便不如前者有长远的效力——但仍须看"瓶里所装的酒"如何。

（四）文学的要素有二：普遍的兴味与个人的风格。

"老妪都解"，便是这里所谓"普遍的兴味"。理论地说，文学既表现人生，则共此人生的人，自应一一领会其旨。但从另一面看，表现人生实即表现自己。此义前已说了。而天赋才能，人各有异；有聪明的自己，有庸碌的自己，有愚蠢的自己。这各各的自己之间，未必便能相喻；聪明的要使愚蠢的相喻。真是难乎其难！而屈己徇人，亦非所取。这样，普遍的兴味便只剩了一句绮语！我意此是自然安排，或说缺陷亦可，我辈只好听之而已。

风格是表现的态度，是作品里所表现的作者的个性。个性的重要，前面论"永久性"时，已略提过了；文学之有价值与否，全看它有无个性——个人的或地方的，种族的——而定。文学之所以感人，便在它所显示的种种不同的个性。马浩澜《花影集》序见云：

《古今小品精华》

"偶阅《吹剑录》中，载东坡在玉堂日有幕士善歌。坡问曰，'吾词何如柳耆卿？'对曰，'柳郎中词，宜十七八女孩儿，按红牙拍，歌杨柳岸晓风残月；学士词，须关西大汉，执铁板，唱大江东去。'"柳永《雨霖铃》有句云："今宵酒醒何处？杨柳岸晓风残月！"苏轼《念奴娇》首句云："大江东去，浪淘尽，千古风流人物！"

柳词秀逸，苏词豪放，可于此见之。惟其各有以异乎众，故皆能动人，而无所用其轩轾。所谓"豪放"，所谓"秀逸"，皆是作者之个性，皆是风格；昔称曰"品"，唐司空图有《二十四诗品》，描写各种风格甚详且有趣；虽是说诗，而可以通于文。但一种作品中的个性，不必便是作者人格的全部；若作者是多方面的人，他的作品也必是多方面的，有各种不同的风格——决不拘拘于一格的。风格的种类是无从列举；人生有多少样子，它便有多少样子。风格也不限于"个人的"，地方的种族的风格，也同样引人入胜，譬如胡适之先生的《国语文学史讲义》中说，南北朝新民族的文学各有特别色彩：南方的是"缠绵宛转的恋爱"，北方的是"慷慨洒落的英雄"。请看下面两个例，便知不同的风格的对照，能引起你怎样的趣味：

　　啼着曙，泪落枕将浮，身沈被流去。（《华山畿》）

　　新买五尺刀，悬着中梁柱。一日三摩挲，剧于十五女。（《琅琊王歌》）

　　（五）文学的目的，除给我们以喜悦而外，更使我们知道人——不要知道他的行动，而要知他的灵魂。

　　文学的美是要在"静观"里领受的，前面已说过了。"静观"即是"安息"（Repose）；所谓"喜悦"便指这种"安息"，这种无执著，无关心的境界而言，与平常的利己的喜悦有别，这种喜悦实将悲哀也包在内；悲剧的嗜好，落泪的愉快，均是这种喜悦。——"知道人的灵魂"一语，前于第二节中已及兹义；现在所要说的，只是"知道人的灵魂"，正所以知道"自己的"灵魂！人的灵魂是镜子，从它里面，可以清清楚楚地看见自己的灵魂的样子。

　　（六）在文学里，保存着种族的理想，便是为我们文明基础的种种理解；所以它是人心中的最重要最有趣的题目之一。

　　所谓国民性，所谓时代精神，在文学里，均甚显著。即如中国旧戏里，充满着诲淫诲盗的思想，谁能说这不是中国文明的一种基础？又如近

年来新文学里"弱者"的呼声,"悲哀"的叫喊,谁能说这不是时代精神的一面?周作人先生《论阿Q正传》文里说:

> ……但是国民性真是奇妙的东西,这篇小说里收纳这许多外国的分子,但其结果,对于斯拉夫族有了他的大陆的迫压的气氛而没有那"笑中的泪",对于日本有了他的东方的奇异的花样而没有那"俳味",这句话我相信可以当作他的褒词,但一面就当作他的贬辞,却也未始不可。这样看来,文学真是最重要又最有趣的一个题目。

一九二五年六月

文学的标准与尺度

　　我们说"标准"，有两个意思。一是不自觉的，一是自觉的。不自觉的是我们接受的传统的种种标准。我们应用这些标准衡量种种事物种种人，但是对这些标准本身并不怀疑，并不衡量，只照样接受下来，作为生活的方便。

　　自觉的是我们修正了的传统的种种标准，以及采用的外来的种种标准。这种种自觉的标准，在开始出现的时候大概多少经过我们的衡量；而这种衡量是配合着生活的需要的。本文只称不自觉的种种标准为"标准"，改称种种自觉的标准为"尺度"，来显示这两者的分别。"标准"原也离不了尺度，但尺度似乎不像标准那样固定；近来常说"放宽尺度"，既然可以"放宽"，就不是固定的了。这种"标准"和"尺度"的分别，在一个变得快的时代最容易觉得出：在道德方面在学术方面如此，在文学方面也如此。

　　中国传统的文学以诗文为正宗，大多数出于士大夫之手。士大夫配合君主掌握着政权。做了官是大夫，没有做官是士；士是候补的大夫。君主士大夫合为一个封建集团，他们的利害是共同的。这个集团的传统的文学标准，大概可用"儒雅风流"一语来代表。载道或言志的文学以"儒雅"为标准，缘情与隐逸的文学以"风流"为标准。

有的人"达则兼济天下，穷则独善其身"，表现这种情志的是载道或言志。这个得有"正其谊不谋其利，明其道不计其功"的抱负，得有"怨而不怒""温柔敦厚"的涵养，得用"熔经铸史""含英咀华"的语言。这就是"儒雅"的标准。有的人纵情于醇酒妇人，或寄情于田园山水，表现这种种情志的是缘情或隐逸之风。这个得有"妙赏""深情"和"玄心"，也得用"含英咀华"的语言。这就是"风流"的标准。（关于"风流"的解释，用冯友兰先生语，见《论风流》一文中。）在现阶段看整个的传统的文学，我们可以说"儒雅风流"是标准。但是看历代文学的发展，中间还有许多变化。即如诗本是"言志"的，陆机却说"诗缘情而绮靡"。"言志"其实就是"载道"，与"缘情"大不相同。陆机实在是用了新的尺度。"诗言志"这一个语在开始出现的时候，原也是一种尺度；后来得到公认而流传，就成为一种标准。说陆机用了新的尺度，是对"诗言志"那个旧尺度而言。这个新尺度后来也得到公认而流传，成为又一种标准。又如南朝文学的求新，后来文学的复古，其实都是在变化；在变化的时候也都是用着新的尺度。固然这种新尺度大致只伸缩于"儒雅"和"风流"两种标准之间，但是每回伸缩的长短不同，疏密不同，各有各的特色。文学史的扩展从这种种尺度里见出。

这种尺度表现在文论和选集里，也就是表现在文学批评里。中国的文学批评以各种形式出现。魏文帝的"论文"是在一般学术的批评的《典论》里，陆机《文赋》也许可以说是独立的文学批评的创始，他将文作为一个独立的课题来讨论。此后有了选集，这里面分别体类，叙述源流，指点得失，都是批评的工作。又有了《文心雕龙》和《诗品》两部批评专著。还有史书的文学传论，别集的序跋和别集中的书信。这些都是比较有系

文赋

余每觀材士之作竊有以得其用
心夫其放言遣辭良多變矣妍
蚩好惡可得而言每自屬文尤見
其情恒患意不稱物文不逮意蓋

统的文学批评，各有各的尺度。这些尺度有的依据着"儒雅"那个标准，结果就是复古的文学，有的依据着"风流"那个标准，结果就是标新的文学。但是所谓复古，其实也还是求变化求新异；韩愈提倡古文，却主张务去陈言，戛戛独造，是最显著的例子。古文运动从独造新语上最见出成绩来。胡适之先生说文学革命都从文字或文体的解放开始，是有道理的，因为这里最容易见出改变了的尺度。现代语体文学是标新的，不是复古的，却也可以说是从文字或文体的解放开始；就从这语体上，分明的看出我们的新尺度。

这种语体文学的尺度，如一般人所公认，大部分是受了外国的影响，就是依据着种种外国的标准。但是我们的文学史中原也有这样一股支流，和那正宗的或主流的文学由分而合的相配而行。明代的公安派和竟陵派自然是这支流的一段，但这支流的渊源很古久，截取这一段来说是不正确的。汉以前我们的言和文比较接近，即使不能说是一致。从孔子"有教无类"起，教育渐渐开放给平民，受教育的渐渐多起来。这种受了教育的人也称为"士"，可是跟从前贵族的士不同，这些只是些"读书人"。士的增多影响了语言和文体，话要说得明白，说得详细，当时的著述是说话的纪录，自然也是这样。这里面该有平民语调的参入，虽然我们不能确切的指出。汉代辞赋发达，主要的作为宫廷文学；后来变为远于说话的骈俪的体制，士大夫就通用这种体制。可是另一方面，游历了通都大邑名山大川的司马迁，却还用那近乎说话的文体作《史记》，古里古怪的扬雄跟《问孔》、《刺孟》的王充，也还用这种文体作《法言》和《论衡》；而乐府诗来自民间，不用问更近于说话。可见这种文体是废不掉的。就是骈俪文盛行的时代，也还有《世说新语》，记录那时代的说话。到了唐代的韩愈，提倡"气盛言宜"的古文，"气盛言宜"就是说话的调子，至少是近于说话的调子，还有语录和笔记，起于唐而盛于宋，还有来自民间的词，这些也都用着说话或近于说话的调子。东汉以来逐渐建立起来的门阀，到了唐代中叶垮了台，"寻常百姓"的士又增多起来，加上宋代印刷和教育的发达，所以那种详明如话的文体就大大的发达了。到了元明两代，又有了戏曲和小说，更是以说话体就是语体为主。公安派竟陵派接受了这股支派，努力想将它变成主流，但是这一个尝试失败了。直到现代，一个新的尝试才完成了语体文学，新文学，也就是现代文学。

从以上一段语体文学发展的简史里可以看出种种伸缩的尺度。这些尺度大体上固然不出乎"儒雅"和"风流"那两个标准，可是像语录和笔记，有些恐怕只够"儒"而不够"雅"，有些恐怕既不够"儒"也不够"雅"，不够"雅"因为用俗语或近乎俗语，不够"儒"因为只是一些细事，无关德教，也与风流不相干。汉乐府跟《世说新语》也用俗语，虽然现在已将那些俗语看作了古典。戏曲和小说有的别忠奸，寓劝惩，叙风流，固然够得上标准，有的却不够儒雅，不算风流。在过去的文学传统里，这两种本没有地位，所谓不在话下。不过我们现在得给这些不够格的分别来个交代。我们说戏曲和小说可以见人情物理，这可以叫做"观风"的尺度，《礼记》里说诗可以"观民风"；可以观风，也就拐了弯儿达到了"儒雅"那个标准。戏曲和小说不但可以观民风，还可以观士风，而观风就是写实，就是反映社会，反映时代。这是社会的描写，时代的纪录。在我们看来，用不着再绕到"儒雅"那个标准之下，就足够存在的理由了。那些无关政教也不算风流的笔记，也可以这么看。这个"人情物理"或"观风"的尺度原是依据了"儒雅"那个标准定出来的，可是唐代中叶以后，这个尺度似乎已经暗地里独立运用，这已经不是上德化下的尺度而是下情上达的尺度了。人民参加着定了这个尺度，而俗语的参入文学，正与这个尺度配合着。

说是人民参加着订定文学的尺度，如上文所提到的，该起于春秋末

（上）◎ 《文学的标准与尺度》发表于大公报

（下）◎ 《文心雕龙》

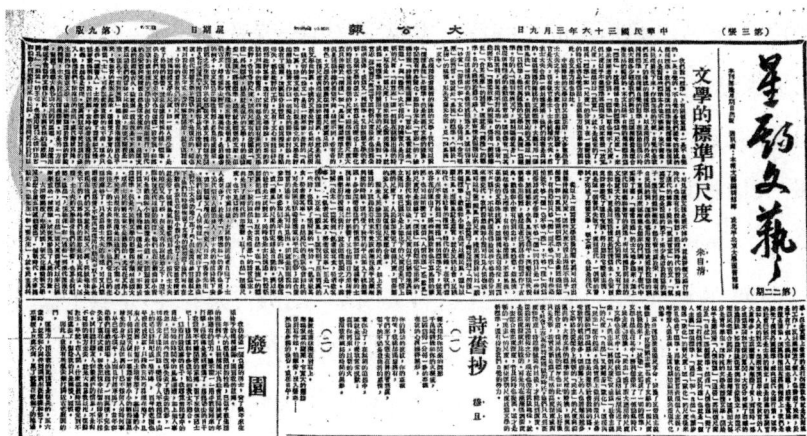

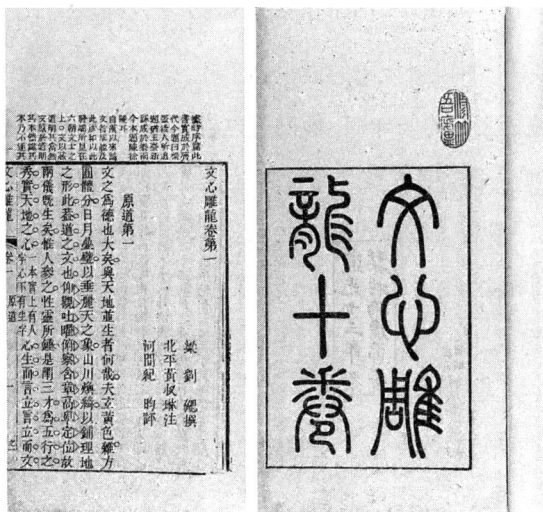

年贵族渐渐没落平民渐渐兴起的时候。这些受了教育的平民加入了统治集团，多少还带着他们的情感和语言。这种新的士流日渐增加，自然就影响了文化的面目乃至精神。汉乐府的搜集与流行，就在这样氛围之中。

韩诗解《伐木》一篇说到"饥者歌其食，劳者歌其事"。"饥者歌其食，劳者歌其事"正是"人情物理"，正是"观风"；这说明了三百篇诗的一些诗，也说明了乐府里的一些诗。"饥者歌其食，劳者歌其事"，自然周代的贵族也会如此的，可是这两句话带着浓重的平民的色彩；配合着语言的通俗，尤其可以见出。这就是前面说的"参加"，这参加倒是不自觉的。但那"人情物理"或"观风"的尺度的订定却是自觉的。汉以来的社会是士民对立，同时也是士民流通。《世说新语》里纪录一些俗语，取其自然。在"风流"的标准下，一般的固然以"含英咀华"的语言为主，但是到了这时代稍加改变，取了"自然"这个尺度，也不足为怪的。

唐代中叶以后，士民间的流通更自由了，士人是更多了。于是乎"人情物理"的著作也更多。元代蒙古人压迫汉人，士大夫的地位降低下去。真正领导文坛的是一些吏人以及"书会先生"他们依据了"人情物理"的尺度作了许多戏曲。明代士大夫的地位高了些，但是还在暴君压制之下。他们这时却恢复了文坛的领导权，他们可也在作戏曲，并且在提倡小说，作小说了。公安派竟陵派就是受了这种风气的影响而形成的。清代士大夫的地位又高了些，但是又在外族统治之下，还不能恢复元代以前的地位。他们也在作戏曲和小说，可是戏曲和小说始终还是小道，不能跟诗文并列为正宗。"人情物理"还是一种尺度，不能成为标准。但是平民对文学的影响确乎渐渐在扩大。

原来士民的对立并不是严格的。尤其在文学上，平民所表现的生活还是以他们所"虽不能至，然心向往之"的士大夫生活为标准。他们受自己的生活折磨够了，只羡慕着士大夫的生活，可又只能耐着苦羡慕着，不

大家
讲谈

知道怎样用行动去争取，至多是表现在他们的文学就是民间文学里；低级趣味是免不了的，但那时他们的理想是爬上高处去。这样，士大夫的文学接受他们的影响，也算是个顺势。虽然"人情物理"和"通俗"到清代还没有成为标准，可是"自然"这尺度从晋代以来已渐渐成为一种标准。这究竟显出了人民的力量。

大清帝国改了中华民国，新文化运动新文学运动配合着"五四"运动画出了一个新时代。大家拥戴的是"德先生"和"赛先生"，就是民主与科学。但是实际上做到的是打倒礼教也就是反封建的工作。反封建解放了个人，也发现了民众，于是乎有了个人主义和人道主义；前者是实践，后者还是理论。这里得指出在那个阶段上，我们是接受了种种外国标准，而向现代化进行着。这时的社会已经不是士民的对立，而是封建的军阀官僚和人民的对立。从清末开设学校，受教育的人大量增多。士或读书人渐渐变了质；到这时一部分成为军阀和官僚的帮闲，大部分却成了游离的知识阶级。知识阶级从军阀和官僚独立，却还不能跟民众联合起来，所以是游离着。这里面大部分是青年学生。这时候的文学是语体文学，开始似乎是应用着"人情物理""通俗"那两个尺度以及"自然"那个标准。然而"人情物理"变了质成为"打倒礼教"就是"反封建"也就是"个人主义"这个标准，"通俗"和"自然"也让步给那"欧化"的新尺度；这"欧化"的尺度后来并且也成了标准。用欧化的语言表现个人主义，顺带着人道主义，是这时期知识阶级向着现代化的路。

"五卅"运动接着国民革命，发展了反帝国主义运动；于是"反帝国主义"也成了文学的一种尺度。抗战起来了，"抗战"立即成了一切的标准，文学自然也在其中。胜利却带来了一个动乱时代，民主运动发展，"民主"成了广大应用的尺度，文学也在其中。这时候知识阶级渐渐走近了民众，"人道主义"那个尺度变质成为"社会主义"的尺度，"自然"又调剂着

"欧化"，这样与"民主"配合起来。但是实际上做到的还只是暴露丑恶和斗争丑恶。这是向着新社会发脚的路。受教育的越来越多，这条路上的人也将越来越多，文学终于要配合上那新的"民主"的尺度向前迈进的。大概文学的标准和尺度的变换，都与生活配合着，采用外国的标准也如此。表面上好像只是求新，其实求新是为了生活的高度深度或广度。社会上存在着特权阶级的时候，他们只见到高度和深度；特权阶级垮台以后，才能见到广度。从前有所谓雅俗之分，现在也还有低级趣味，就是从高度深度来比较的。可是现在渐渐强调广度，去配合着高度深度，普及同时也提高，这才是新的"民主"的尺度。要使这新尺度成为文学的新标准，还有待于我们自觉的努力。

原载一九四七年三月九日《大公报》

民众文学谈

　　俄国托尔斯泰在他的《艺术论》里极力抗议现在所谓优美的艺术。他说:"其实我们的艺术……却只是人类一部分极少数的艺术。"又说:"凡我们所有的艺术都认为真实的、唯一的艺术;然而不但是人类的三分之二(亚洲、非洲的民族)生生死死,不知道这种唯一的高尚艺术,并且就在基督教社会里也不过是百分之一的人能享受我们所称的'全'艺术,其馀百分之九十九的欧洲人,还是一代一代生生死死,做极劳苦的工作,永没有享受着艺术的滋味——就是间或能享受着,也决不会恍然'了解'。"法国罗曼·罗兰在他的《演剧论》末所附的宣言里,也有同样的抗议:"艺术今为利己主义及无政府的混乱所苦。少数之人擅艺术之特权,民众反若见摈于艺术之外……欲救艺术……必以一切之人悉入于一切世界之中……为万人之快乐而经营之。不当存阶级之见,有如所谓下等社会、知识阶级云云者;亦不当为一部分之机械,有如所谓宗教、政治、道德,乃至社会云云者。吾人非欲于过去、未来有所防遏,特有表白现在一切之权利而已……吾人之所愿友者,能求人类之理想于艺术之中,探友爱之理想于生活之中者也;能不以思索与活动与美,民众与优秀为各相分立者也。中流之艺术今已入于衰老之境矣；欲使其壮健有生气，则唯有借民众之力……"这两位伟大的作者十分同情于那些被艺术忘却的人们，所以有这样真诚的呼吁；他们对于旧艺术的憎恶和对于新艺术的希望，都热烈到极点。照他们意思，从前艺术全得推翻，没有改造底馀地；新兴的艺术家只须"借了民众之力"，处处顾到托尔斯泰所谓"全人类底享受"，自不难白手成家。于是乎离开民众便无艺术——他俩这番精神，我们自然五体投地地佩服；见解呢，却便很有可商量的地方了。

如今且撇开雕刻、绘画、音乐等等，单谈文学。托尔斯泰和罗兰自然都主张民众文学。但民众文学可以有两种解释：一是民众化的文学，以民众底生活理想为中心，用了谁都能懂得的方法表现。凡称文学，都该如此；民众化外，便无文学了。二是为民众的文学，性质也和第一种相同；但不必将文学全部民众化了，只须在原有文学外，按照民众底需要再行添置一种便好。——正如有人主张，在原有文学外，按照儿童底需要，再行建设一种儿童文学一样。托尔斯泰和罗兰所主张的是第一种。他们以为文学总该使大多数能够明白；前者说"人类底享受"，后者说"万人之快乐"，都是此意。他们这样牺牲了少数底受用，蔑视了他们的进步的要求了。这自然是少数久主文坛底反动。公平说来，从前文学摈斥多数，固然是恶；现在主张蔑视少数的文学，遏抑少数底赏鉴力的文学，怕也没有充分的理由罢！因为除掉数目底势力以外，摈斥多数底赏鉴权，正和遏抑少数底赏鉴力一样是偏废。况且文学一面为人生，一面也有自己的价值；他总得求进步。民众化的文学原也有进步，因为民众底理解和领解力是进步的。但多数进步极慢；快的是少数。所以文学底长足的进步是必要付托给那少数有特殊赏鉴力的非常之才的了。他们是文学底先驱者。先驱者的见解永不会与民众调和；他们始终得领着。易卜生说得好："……我从前每作一本戏时的主张，如今都已渐渐变成了很多数人的主张。但是等到他们赶到那里时，我久已不在那里了。我又到别处去了。我希望我总是向前去了。"这样，为公道和进步起见，在"多数"底文学外，不能不容许多少异质的少数底文学了。多数自然不能赏鉴那个；于是文学不能全部民众化，是显然了。

于是便成就了文学和民众文学底对立；虽为托尔斯泰、罗兰所不赞成，却也无法变更事实。——这……这里民众文学是第二种，称为"为民众的文学"的便是，这对立底理由极为明了；就如食量大的人总该可以吃得多些，断不能教他饿着肚子，只吃和常人同量的食物。取精神的食粮的，也正如此。——托尔斯泰说："……这种全民族所公有的艺术，彼得以前在俄国就有，在十三世纪、十四世纪以前的欧洲社会也有。自从欧洲社会上等阶级不致信于教会信条，却又不信仰真实的基督教以后，他们所谓艺术，更谈不到全人类艺术一层。自此以后，上等阶级的艺术已与全平民的艺术相离，而分为两种：平民的艺术和贵族的艺术……"托尔斯泰颇惋惜艺术底分离；他归咎于不信教。他是个教徒，自然这样说。但从我们看来，这个现象正是艺术底分化，正是他由浑之化底历程，正是他的进步，喜还不及，何所用其悼惜呢！但这里有个重要的问题，便是"少数人擅着艺术底特权"那件事。他们有些见解，正和托尔斯泰、罗兰相反。

他们托大惯了，要他们如乌兹屋斯（Wordsworth）所说"从悬想的高下降"，建设所谓"为民众的文学"，只怕他们有所不屑为罢！但这也好办，他们的权原是社会授予的；我们只消借我们所新建设的向社会要求便了。好在是"为民众的文学"，雅俗可以共赏，社会底同情是不难获得的。——这样，权便慢慢转移了。有志于民众文学的朋友，只管前进啊，最后的胜利，终归是你们的。

我所谓文学和民众文学并无根本的不同。我们不能承认二者间有如托尔斯泰所说的那样隔绝，甚至所谓优美的艺术"不但不能抬高工人们的心灵，恐怕还要引坏他。"

我们只说"文学"底情调比较错综些、隐微些，艺术也比较繁复些、致密些、深奥些便了。俄国克罗泡特金说："各种艺术都有一种特用的表现法，便是将作者底感情传染与别人的方法。所以要想懂得他，须有相当的一番习练；即便最简单的艺术品，要正当地理解他，也非经过若干习练不可……"所谓特用的表现法，便是特殊的艺术。克罗泡特金用这些话批评托尔斯泰，却比他公允多了。但须知两种文学虽有难易底不同，却无价值底差异。

他们各有各的特殊的趣味；民众文学有他单纯的、质朴的、自然的风格，文学也有他的多方面的风格。所以他们各有自己存在底价值。所谓文学底进步，只是增加趣味底方面罢了；并非将原有的趣味淘汰了，另换上新兴的趣味。因为这种趣味，如德国耶路撒冷（Jerusalem）所说，是心底"机能的要求（Functional Demand）"，只有发展，不会消失。我敢相信，便一直到将来，只要人底生物性没有剧烈的变更，无论文学如何进步，现在民众文学所有几种趣味，将更加浓厚，并仍和别方面文学的趣味有同等的价值。所以"为民众的文学"绝不是骈枝的文学，更不是第二流的文学。

论到中国底民众文学，却颇令人黯然。据我所知，从来留意到民众的文人，只有唐朝白居易。他的诗号称"老妪都解"，又多歌咏民生疾苦，当时流行颇广。倘然有人问我中国底民众文学，我首先举出的必是他的《秦中吟》一类的诗了。近代通俗读物里，能称为文学的绝少。看了刘半农底《中国下等小说》一文，知道所谓下等小说底思想之腐败，文字之幼稚，真不禁为中国民众文学前途失声叹息！但在现在要企图民众底觉醒，要培养他们的情感，灌输他们的知识，还得从这里下手才是正办。不先洗了心，怎样革面呢？这实是一件大事业，至少和建设国语文学和儿童文学一样重要，须有一班人协力去做，才能有效。现在谁能自告奋勇，愿负了这个大任呢？

进行底方法，我也略略想了。一，搜辑民间歌谣、故事之类加以别择或修订。二，体贴民众底需要而自作，态度要严肃、平等；不可有居高临下底心思，须知我也是民众底一个。地方色彩，不妨浓厚一些。"文章要简单、明了、匀整；思想要真实、普遍。"三，印刷格式都照现行下等小说，——所谓旧瓶装新酒，使人看了不疑。最好就由专印下等小说的书局（如上海某书局）印刷发行。四，如无相当的书局，只好设法和专卖下等小说的接洽，托他们销售。卖这种小说的有背包的和摆摊的两种：前者大概在茶楼、旅馆、轮船上兜售；后者大概在热闹市街上求售。倘然我们能将民众文学书替代了他们手中的下等小说，他们将由传染瘟疫的霉菌一变而为散布福音的天使了！

一九二一年十月十日

民众文学的讨论

　　我从前曾作过一篇《民众文学谈》，以两种意义诠释所谓民众文学：一是"民众化的文学"，二是"为民众的文学"。我以为只能有后一种，而前一种是不可能；因为照历来情形推测起来，文学实不能有全部民众化之一日。在那篇文里，我并极力抗议托尔斯泰一派遏抑少数底赏鉴力底主张，而以为遏抑少数底赏鉴力（如对于宏深的、幽渺的风格的欣赏）和摈斥多数底赏鉴权一样是偏废。我的意思，多数底文学与少数底文学应该有同等的重要，应该相提并论。现在呢，我这根本主张虽还照旧，但态度却已稍有不同。因为就事实而论，现在文坛上还只有少数底文学，不曾见多数底文学底影子；虽然有人大叫，打倒少数人优美的文学，建设"万人"底文学、"全人类"底文学，实际上却何曾做到千万分之一！所以遏抑少数底赏鉴力一层，在现在和最近的将来里，正是不必忧虑的事。而多数底赏鉴权被摈斥，倒真是眼前迫不可掩的情形！文坛上由少数人独霸，多数已被叠压在坛下面；这样成了偏畸的局势。在这种局势里，我们若能稍稍权衡于轻重缓急之间，便可知道我们所应该做的，是建设为民众的文学，而不是拥护所谓优美的文学。我们要矫正现势底这一端的偏畸，便不得不偏向那一端努力，以期扯直。所以我现在想，优美的文学尽可搁在一边，让他自然发展，不必去推波助澜；一面却须有些人大声疾呼，为民众文学鼓吹，并且不遗馀力地去搜辑、创作，——更要亲自"到民间去"！这样，民众底觉醒才有些希望；他们的赏鉴权才可以恢复呵。日本平林初之辅说得好："民众艺术的问题不是纯粹艺术学的问题，乃是今日的艺术的问题。"我们所该以全力解决的，便是这"今日的艺术的问题"！

说为"民众"的文学，容易惹起一种误会，这里也得说明。我们用"民众"一词，并没有轻视民众底意味，更没有侮辱他底意思。从严正的论理上说，我们也正是一种民众；"为民众"只是"为和我们同等的别些种民众"底意义。——虽然我们因为机会好些，知与情或者比他们启发得多些；但决不比他们尊贵些。"为民众"底"为"字，只是"为朋友帮忙"一类意义，并非慈善家居高临下，慨施乐助底口吻。但是这民众究竟指着那些人呢？我且参照俞平伯君所说，拟定一个答案。我们所谓民众，大约有这三类：一，乡间的农夫、农妇；他们现在所有的是口耳相传的歌谣、故事之类，间有韵文的叙事的歌曲；以及旧戏。二，城市里的工人、店伙、佣仆、妇女以及兵士等；他们现在所有的是几种旧小说，如《彭公案》、《水浒》之类和各种石印的下等小说，如什么《风流案》、《欢喜冤家》之类，以及旧戏；韵文的叙事的歌曲，也为他们所喜。另有报纸上（如上海几种销行很广的报）的游戏小说（因为这种小说，大概是用游戏底态度去做的，故定了这个名字），间或也能引起他们中一部分人底注意。三，高等小学高年级学生和中等学校学生、商店或公司底办事人、其他各机关底低级办事人、半通的文人和妇女，他们现在所有的是各种旧小说——浅近的文言小说和白话的章回小说、报纸上的游戏小说、"《礼拜六》派"的小说以及旧戏和文明新戏。我这样分类，自知不能全然合理；只因观察未周，姑且约略区划以便说明而已。在三类外，还有那达官、贵绅、通人、名士。他们或因无事忙，或因眼光高，大概无暇或不屑去看小说；诗歌虽有喜欢的，但决不喜欢通俗的诗歌。戏剧呢，虽有时去看看，但也只是听歌、赏色，并非要领略剧中情节。所以这班人是在民众文学底范围以外；幸而是很少数，暂时可以不必去管他们。

在上述三类里，每类人知与情底深广之度大致相同，很少有特殊的例外，而第一类尤然。平伯君说民众不是齐一的，我却以为民众是相对地齐一的；我相信在知与情未甚发达的人们里，个性底参差总少些。惟其这样，民众文学才有普遍的趣味和效力；不然，芸芸的人们里将以谁为依据呢？因此，我大胆将民众分为三类。民众文学也正可依样分为这三类。

论到建设民众文学底途径，自然不外搜辑和创作两种；而搜辑更为重要。因为创作必有所凭依，断非赤手空拳所能办。凭依指民众底需要、趣味等。这些最好自己到民间去观察、体验，但在本来流行的读物和戏剧等里，也能看出大致的趋向，得着多少的帮助。再则，搜集来的材料又可供研究民俗学者底参考；于民众别方面的改进，也有很大的益处。这种材料搜得后，最好先分为两大类：有些文学趣味的为一类；没有的为另一类。从后一类里，我们可以知道些民众底需要；从前一类里，我们并可以知道些他们的趣味。这一类里颇有不少大醇而小疵的东西；倘能稍加抉择、修订，使他们变为纯净，便都很有再为传播底价值。而且效力也许比创作的大。因为这些里都隐着民众底真切的影子，容易引起深挚的同情。初次着手创作，怕难有这样的力量，加以现在作手不多，成绩也怕难丰富；所以收效一定不能如抉择、修订底容易而广大。还有，将修订的东西传播开去，可以让人将他们和旧有的比较，引起思索和研究底兴趣；这也为创作所不及。至于搜辑底方法，却很难详细说明。就前分三类说，后二者较易着手，因为既经印行，便有着落；只有第一类，大都未经用文字记录，存在农夫、农妇以及儿童们底心里、口里，要去搜辑，必须不怕劳苦，不惜时日，才可有成。我以为要做这种事，总得有些同志，将他当作终生事业，当作宗教，分头分地去办，才行。鼓吹固然要紧，实行更为要紧；空言鼓吹，尽管起劲，又有何用！何以要分头分地呢？因为这种事若用广告征集底方法，坐地收成，一定不能见功。受用那些种读物的民众未必能懂得征集这事底意义，也未必留意他，甚至广告也未必看见；此外呢，又未必高兴做这事——自然也有不懂他的意义，和不留意他的。这样，收获自然有限！若由同志们组织小团体，分头到各地亲自切实去搜寻，当比一纸空文的广告效率大得多呵。例如北京大学两三年前就曾有过征集歌谣的广告，至今所得还不见多；而顾颉刚君以一人之力，在苏州一个地方，也只搜了三四年倒得了四百多首吴谚。两种方法效率底大小，由此可以推知！再有，第一类底东西，也非由各本地人分开搜辑不可。因为这种东西常带着很浓厚的乡土的色彩，如特殊的风俗和方言之类，非本地人简直不能了解、领会，并且无从揣摩；搜集起来自是十分不便。——而况地理、民情、方言，外乡人又都不及本地人熟悉呢？这一类东西又多是自古流传的，往往夹着些古风俗、古方言在内，也非加以考订不可。这却需着专门的学者。在搜辑民众文学的同志里，必不可少这样专门的学者。以上所说，大概是就小说、故事和歌谣而言；至于戏剧剧本底搜辑，却比较容易，因为已有许多册戏考做我们的凭借。

搜辑的材料，第一须分为两大类，前面已经说过。分类定后，可再就那些含有文学趣味的里面，审察一番，看那些是值得再为传播的。然后将这些理应该解释、考订的，分别加以解释、考订；那要修改的也就可着手修改。

修改只须注意内容，形貌总以少加变动为是；便是内容底修改，也只可比原作进一步、两步，不可相差太远。——太远了，人家就不请教了！修改这件事本不容易；我们只记着，不要"求全责备"便好！现在该说到创

作了。创作比修改自然更难，但也非如有些人所说，是绝不可能的事。有些人说，所谓民众底知与情和我们的在两个范围之内，我们至多只能立在第三者底地位，去了解他们，启发他们，却不能代他们想，代他们感，而民众文学底创作，正要设身处地做了民众，去想，去感，所以是不可能。但我不信人间竟有这样的隔膜；同是"上帝底儿子"，虽因了环境底参差，造成种种的分隔，但内心底力量又何致毫不相通呢！从前赵子昂画马，伏地作马形，便能揣摩出几分马底神气；异类还能这样相通，何况同类？而且以事实论，现在所有的民众读物里，除第一种大半出自民间，无一定的作者之外，其馀两类东西，多出于我们所谓民众以外的作者之手；但都很风行，都很为民众所好。若非所写的情思与民众欣合无间，又何能至此？这多少可证明异范围底人们全然不能互相了解一说底谬误了。讲到民众文学底创作，可分题材与艺术两面。我惭愧得很，对于民众读物还不曾有着实的、充足的研究，实在说不出什么精彩的话来；只好将现在所能想到的拉杂的写下些，供同好底参考。要得创作新的，先须研究旧的；现在流行民众读物底题材是些什么呢？我所能知的是：第一类超自然的奇迹，有现实意味的幻想，语逆而理顺的机智，单纯而真挚的恋爱等。第二类肉欲的恋爱，侠义的强盗底事迹，由穷而达底威风，鬼神底事迹，中下层社会生活实况等。第三类才子佳人式的恋爱，礼教，黑幕，侦探案，不合理的生活等。

这些读物里的叙述与描写总有多少游戏、夸张底色彩，第二、三类里更甚；因此不能铸成强大、鲜明的印象。第二、三类里更有将秽亵、奸诈等事拿来挑拨、欣赏的；那却简直是毒物了；我们现在要创作，自然也得酌量采用这些种题材；不过从旧有的里面生吞活剥，是无效力的；我们亲自到民间去体验一番才能确有把握，不至游移不切。我们虽用旧材料，却要依新方法排列，使他们有正当不偏的倾向；态度宜郑重不苟，切忌带一毫游戏底意味！至于艺术方面，旧有的读物，除第一类外，似乎很少可取的地方。粗疏、浮浅、散乱是他们的通病，第一类却多简单、明了、匀整的东西，所以是好。这里我们应该截长补短。创作民众文学第一要记着的，是非个人的风格，凡是流行的民众读物，必具有这种风格。非个人的风格正与个人的风格相反，一篇优美的文学，必有作者底人格、底个性，深深地透映在里边，个性表现得愈鲜明、浓烈，作品便愈有力，愈能感动与他同情的人；这种作品里映出底个性，叫个人风格。个人的风格很难引起普遍的（多数人格）趣味。而民众文学里所需要的正是这种趣味；所以便要有非个人的风格。一篇民众文学底目的不在表现一个作者——假定只有一个作者——底性格，而在表现一类人的性格。一类人底性格大都是坦率、广漠的地方多，所以用不着委曲、锋利之笔。我们创作时，得客观地了解民众底心，不可妄加己见；不然，徒劳无益！作第一类底文学自然以简单、明了、匀整为主；第二、三类虽可较为复杂、曲折、散缓，但须因其自然，不可故意用力。篇幅长短，也宜依类递进，民众文学里又有一个特色，是"乡土风"，有些创作里必须保存这个，才有生命；我们也得注意。创作这种东西，要求妥适无疵，最好用托尔斯泰所做底方法。一篇东西作好，可将他读给预定的一类里比较聪明的人们听；读完，教他们照己意以为好的改头换面地复述一遍；便照复述的写下来，那一定容易有效。有时或可请他们给简单的批评，作修改底凭借。——以上是就写下来的民众文学立论。但民众文学单靠写与作，效力还不能大。我们须知民众除读物外，还有演戏，还有说书、唱曲。读物的影响固然大了，演戏、说书、唱曲底影响又何曾小呢！所以我们不但要求有些人能写，并要有些人能演、能说、能唱；肯演、肯说、肯唱，才能完成我们的民众文学运动！那演的、说的、唱的，旧有的或新作的都可；但演、说、唱底技术，却需一番特殊的练习。——另有影戏底创作与映演也极为紧要，但是比较难些了。

　　现在还剩一个问题，民众文学底目的是享乐呢？教导呢？我不信有板着脸教导的"文学"，因为他也不愿意在文学里看见他教师底端严的面孔。用教师底口吻在文学里，显然自己已搭了架子，谁还愿意低首下心来听你唠叨呢？罗曼·罗兰说得好："……其说法、教训，尤非避去不可。平民底朋友有一种法术，能够使极爱艺术的都嫌起艺术来。"又说："……民众较之有人教他们，还是希望有人把他们弄到能够了解……他们希望有人把他们放在能够想、能够行动的状态。较之教师，他们还是希望朋友。……"可见在民众文学里，更不宜于严正的教导了。所以民众文学底第一要件还在使民众感受趣味。但所谓使他们感受趣味，也与逢迎他们的心理，仅仅使他们喜悦不同。——若是这样，旧有的读物尽够用了，又何必要建设什么民众文学呢？我的意思，民众文学当有一种"潜移默化"之功，以纯正的、博大的趣味，替代旧有读物、戏剧等底不洁的、褊狭的趣味；使民众底感情潜滋暗长，渐渐地净化、扩充，要做到这一步，自然不能全以民众底一时底享乐为主，自然也当稍稍从理性上启发他们；不过这种启发底地方，应用感情的调子表现，不可用教导底口吻罢了。若竟做到这一步，民众自然能够自己向着正当的方向思想和行动；换句话说，民众就觉醒了，他们底文学赏鉴权也恢复了！我们当"作为宣示者而到底里去"！

一九二二年一月十八日

文学与语言

关于这个问题，今天讲的只是常识方面的几句话，打算分作五项讲：

（一）口语与写作　　大家都知道，口语在前，写作在后，就是说先有语言，后有文字。口语记录便成功文字。口语跟文字不过是两种工具，用来发表思想表示感情。这两种工具有许多不同的地方，文言跟口语固然差别很多，白话跟口语也不尽同，言文一致只是一种理想，因为口语跟文言、白话的规则有差别，我们有所谓文法句法，应当还有语法。拿口语来讲："他没有来偖？"这句话在文字上须写成"他还没有来？"又如"你吃饭过吗？"，要写成"你吃过饭吗？"才通。

在写作上散文与诗的句法也不相同。譬如"竹喧归浣女"，意思就是"竹喧浣女归"。有些人往往把诗看得很神秘，以为诗不合逻辑就越好，诗人的态度应该是蓄长发穿破皮鞋的。其实诗并无神秘，不过写法不同罢了。最近死去的陈之原，他在张之洞幕府里的时候，有一次伴着张之洞重九登高，做了一首七言律诗，第七句是"作健逢辰领元老"，张之洞看了很不高兴，他以为元老怎么会被人领呢？一被人领了便不元不老了。这句诗的本意就是"作健逢辰元老领"。张之洞也是个诗人，但是他把诗法与文法混在一块了。

其次说到口语，口语的好处，活泼、亲切、自然，说时有姿态、手势来帮助表情。如中国人的眨眨眼，摇摇头，洋人的耸耸肩膀，都表示一种感情。声调语气也有种种变化，有轻重快慢的不同。但说话只能对少数人，广播的说话可以对多数人，不过姿势表情没有了，又少修饰，很使人听得不耐烦。还是不能代替文字的写作。

写作的好处在条理清楚。它没有声调姿势的帮助，便利用条理。文字的简洁或增加，是经过一种选择的。这种选择便是修饰功夫。写作不但条理清楚，而且比说话经济。说五分钟话，写成文字，两分钟就看完了。

（二）**白话与文言**　白话与文言可说是两种语言。这两种语言的分别，弄清楚了有很多好处。一般人以为文言的阅读须经过脑筋翻译成白话才能明了。写文言文要把白话翻译成文言而后能写成文字。这是一种错误观念。这种观念大概是从学习外国语而来的。因为初学外国语时，须先经过一种翻译才能阅读和写作。其实写文言不必翻译正如精通外国文的人写作和阅读不需要翻译一样。英文学得不好的人，写作时要先打中文稿子，结果便写成中国英文了。拿白话翻成文言，也就不能成真正文言。

有人说文言的好处在简单，白话太繁。这也是不对的，两者都有繁简。博士卖驴，写完三纸，不见驴字。这不是文言的繁吗？繁简只是写作艺术上的问题，不是文言和白话的分别。

就语汇和字汇来分别也不好，白话文中免不了有用文言字的。但就方式说，白话和文言就大不相同了。譬如说，"听父亲的话。"听来很顺耳，说"接受父亲的意见"，在一般年纪老一些的人听来便不大舒服了。五四以后，青年人的地位渐渐增高了，说"接受父亲的意见"便不觉怎样不对。"接受父亲的意见"这方式文言中是没有的。生活的改变，语言方式有了新的增加。

韩愈讲文气，他说："气，水也；言，浮物也，水大而物之浮者，小大毕浮，气之与言犹是也。"这里所谓气，应该是新的语式，韩愈讲究文气，就是用新的语式加入文章。有人说韩愈复古，作古文，我以为他是革新，作新文体。明清的古文家，描写人的对话时，也极力想接近当时说话的口气。原因是当时的生活渐渐改变了，旧文体不能胜任，不得不有变化。最明显的改变是清末梁启超所倡的新文体。

五四提倡白话到现在，就文学说，刚立好基础。应用则已很广。至于公文等的应用，仍旧用文言。因为其中好多语式未改变，用文言写来比较方便。譬如：文言中的"尊著"，用白话写就是"你的著作"。这似乎太不客气。写作"你的大作"，便客气些，但就带着文言的味道了。再如"仁兄"这个称呼也不易改变。固然，直呼名字，在五四时认为前进；"你我"相称，可以表示亲热，若用于尊长，便见得太亲热了。也可说不大庄敬。

语言是有许多阶层的，正如社会有许多阶层一样。语汇和谈话方式各阶层自成一套。因为教育和环境的不同，所以对语言的了解力也不同。此是纵的方面。横的方面看，散文与诗有着差别，前面已经说过了，而骈文散文也不一样。例如："远迹曹爽，洁身懿师。"这句子，依散文的观点来看，像是说阮籍追随着曹爽，其实这是远避的意思。因为骈文与散文在组织与文法上有很大的差别。

专就散文而论，桐城派的古文与从前的《大公报》的社评也不同。后者可称为新文言或变质的文言，其中夹上许多的新名词，而没有声调之美。古文读起来是可以摇头摆尾的，但读大公报的社评，头摇不起来，尾也摇不出来。所以我必须用不同的眼光去观察，把它们看成两种东西。

（三）文字与文学 说到文字与文学，最好先从语言上着眼，语言可分表情的与达意的两种。譬如，你在食堂门口碰见朋友，问他"吃饭了没有？"不吃饭怎么到食堂里来呢？又如问外面进来的朋友："有太阳没有？"太阳当然不会没有的。意思是说看没看见太阳。这些话都是没有什么意思的，不过表示一种对朋友的关心。目的不是达意而是表情。

文学大多是偏重在表示感情的，有人说文字使人知，文学使人感。有把文字的功用分为四种的。一表达意思，二表达感情，三表示口气，四表示目的。其实严格分别是不可能的。大概说来，文字要注重条理，文学更要注重具体描写。例如："五月榴花照眼明"；"枯藤老树昏鸦，小桥流水人家，古道西风瘦马。夕阳西下，断肠人在天涯"。都是凑合许多形象，如给人一幅画图一样。这是文学，不是文字。

诗是最文学的，所表示的感情特别强烈。有人以为诗与散文的不同，是在韵脚和节奏的有无，但骈文有节奏，赋有韵脚，这并不是诗。用诗意来分别也不好，散文中也有富于诗意的。就形式来分也很难，现在的分行的新诗有许多并不像诗。我看，比较保险的分法就是诗的表情比文更强烈一点。

（四）**比喻与文学** 比喻在口语中我们常常用到它，但在文学中，比喻尤其重要。山头，山脚，都是比喻，用惯了便不觉得。这种比喻是死的，还有活的比喻，如："这个人的舌头像刀一样。""眼睛像星一样。""日本人的泥脚"等等。

比喻是文学的重要的一部分，它的来源有二：改变旧的，或创造新的。诗人与文人必须常常制造比喻，改造比喻。典故也是一种比喻。放着许多典不用也觉可惜。不过典应有新的用法，偏僻的典不可用。

（五）**组织与排列** 这可分三节讲：

一、颠倒：为了文字的经济，有时要改变普通的组织排列。如韦应物的诗："独夜忆秦关，听钟未眠客。"意思上的次序是说一个孤独的旅人，夜里听着钟声，想念秦关而不能入眠。小说中也常有颠倒的写法，劈空而来，再转头说回去，这样更见得有力。

二、重复与夸张：重复就是兜着圈子说，表示加重意思。如古诗："行行重行行，与君生别离。相去万馀里，各在天一涯。道路阻且长，会面安可知……"。再如："东边一棵杨柳树，西边一棵杨柳树。南边一棵杨柳树，北边一棵杨柳树。任他千万杨柳树，怎能挽得离情住？"说来说去，只是一个别离而已。至于夸张，例子多不胜举。就说四川的山歌罢："你的山歌没得我的多，我的山歌比牛毛多。唱了三年六个月，没有唱完一只牛耳朵。"

三、声律与排比：声律是使文学美化的一个要素，旧诗中的音调都是很美的。新诗则利用节奏。排比在古文学中甚占地位，白话文也少不了它。胡适之先生的文章大家说好，他就是喜欢用排比的，例如："写字的要笔好，杀猪的要刀好。"今天讲的只是个大概，至于证例，诸位在阅读时常可找到的。

原载一九四三年《文学批评》第二期

文学与新闻

　　"文学与新闻"这题目可以说就是"文学与报纸"。在这个范围里面，我分下列三点来叙述：

　　第一点，我要说的是由白话纯文学到白话杂文学（本来，文学用纯和杂来分类，不大妥当，但我一时找不出另外的适当的名词来代替），换句话说，就是由创作到写作。民国八年以后，一般爱好新文艺的青年顶注意的是创作。在创作当中，顶早而且顶盛行的是诗。大概因为诗是适合于抒情写景，和青年人的气质相投，比较地易写；以及，不管是不是诗，只要有一种分行的形式便可以算数的缘故。后于诗发展的是小说。小说多了起来，诗就渐渐少了下去；抗战以后，诗的创作似乎已远不及小说的蓬勃，在成绩上也是如此。

　　再次发展的是戏剧，战前原来发展得很慢，战后才突然跃进而且普遍起来。

　　最后发展的是散文（这里所指的散文是狭义的，就是所谓小品文，并不包括论文）。比起前三者来，散文在抒情写景之外更接近于应用。这特色配合了当时的现实的要求，发展为一种新的文体，或叫做类型，就是所谓杂文。自然,写杂文顶出名的是鲁迅先生,因为他应用这文体在讽刺,暴露,攻击旧势力的弱点方面,是非常地有力量的。由于这种趋势,我们就可以看出纯文学发展向应用文学这一方面来的轨迹,或说是由创作到写作的路线。各位,乍看起来,"创作"和"写作"这两个名词底涵义似乎相同,实际上是大有分别,这,只要我们仔细一想便可以明白。

接着要谈到的是白话文的需要问题:因为当时提倡文学革命,在"射人先射马,擒贼必擒王"的原则下面,就得先改革表达思想的文字,以便完成"借了文学的手段以达到改良中国的政治和社会"的目的。各位都晓得,要改革社会,必先改革思想,要改革思想,又必先要改革传达思想的工具:文字和语言,而文字又是语言的记录,所以,文学革命就要先改革表达思想的文字;用白话文来代替文言。白话文比起文言文来,确实容易懂,容易学习,所以很快地就风靡一时了。

为什么纯文学成为时代的宠儿呢?我想,大概是由于当时从事白话文的青年多喜欢形象化和注意趣味,所以都偏向创作。不过,创作归创作,应用方面的主要的传达思想的工具还是以文言文居多,比如爱好新文艺的青年底家信,往往还是以"父亲大人膝下,敬禀者"来开头,就是。

不过,那已是二十多年前的事了。到了现在,当时的青年已经都成为中年了,在社会上也都各自负起了一重责任。他们对白话文的看法和态度,比起前一辈来,宽容了许多。白话文由抒情写景而趋于实际应用,这正是时候,而且这也是自然而然的发展。——倘不这样,白话文的出路是不广大的。

第二点,我要谈到白话文的发展方向。首先,我们可以看看创作的成绩。本来,白话文运动参加的人很多,但成功了而为我们所晓得的,却寥寥无几。可见创作这条路并非是人人都能通得过去的;而且,也可以看

◎ 朱自清1944年作楷书七言诗

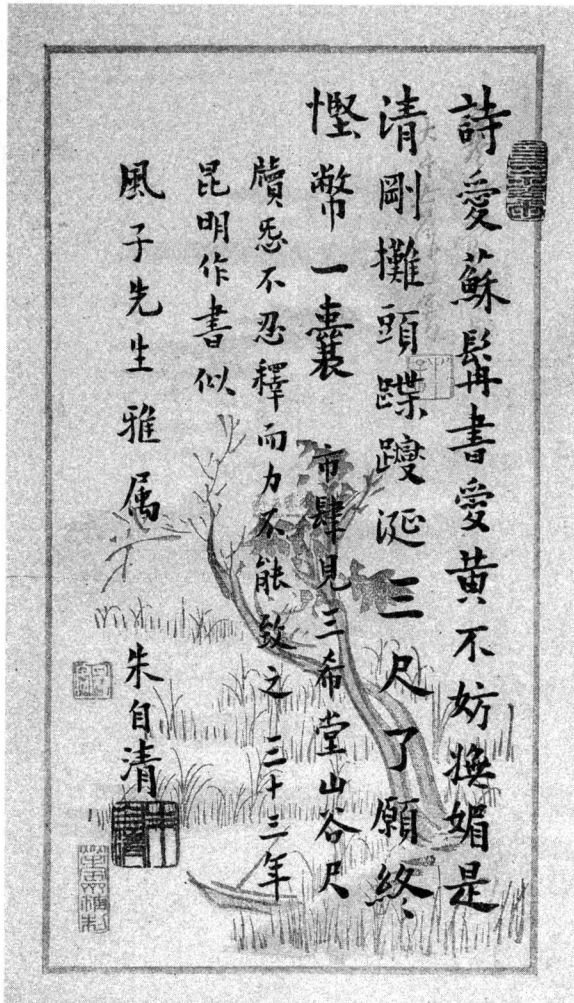

诗爱苏髯书爱黄　不妨焕媚是
清刚　攡头蹀躞泚三尺了愿终
悭币一橐囊　市肆见三希堂山谷尺
牍恧不忍释而力不能致之三十二年
昆明作书似
风子先生雅属
　　　　朱自清

到，那些通不过的，数目上也一定不会很少。由此，我们就可以断言：创作是相当艰难的，不是每个人都能胜任愉快的。根据这一点，我愿意诚恳地贡献给有志从事文学的青年一个意见，就是：倘若你发觉到自己对于创作这条路并不大能够行得通的话，很可以走另外一条新兴的，宽广的路——新闻。我们可以把十年前的报纸的文体拿来和现在底比较一下，很容易看到白话文的成分是日渐地加多起来，文言文的成分则日渐地减少下去。现在，不但社评，通讯，特写等都渐改为白话，就是应用文件如：蒋委员长告国民书，政府文告等，也都渐改为白话了。当然，还有些告示，公文，电稿之类没有完全脱离文言；但可断言的是，这些改变，也不过是时间的问题。

第三点，我要说的是新闻中的文学。新近我读到一本曹聚仁先生著的书：《大江南北》。前面有一篇《新闻文艺论》，和我今天的所讲很有关系。那文中提到一个从事新闻事业的人应具备的三种修养：一、新闻眼，二、整理材料，三、艺术笔触。这三点有相互的关联，本应一起谈到的。不过第一点说到从事新闻事业者底眼光，观察能力，敏感……是牵涉到各人的才分，气质上的问题；第二点则说到如何处理材料，又关系到技巧的修养和经验上了；对于今天我所要讲的题目，都不及第三点来得密切。所以，今天只就"艺术笔触"这一点来说一说。

在"新闻"这一范畴之内的"艺术笔触"，并包括一般的政治家发表言论的"吐属"，"含蓄"，"风趣"，"幽默"一类新闻材料，通过了新闻眼的摄取、选择、组织、融化，再适当地表现出来的新闻记者的手笔而言。这种通过了艺术的洗炼和照耀的材料，是更能增加新闻本身的力量的。

我把这种材料大致分为四类：

第一类：辞令

某些政治首脑，为了对于一种新发生的事件的保守机密，同时却又不得不给那些敏锐的"新闻眼"以适当的答复和满足，就往往采取一种"不知道"或"保留"的口气或态度来应付。这种办法，多见于外交家们对外的发言——一种巧妙的措词或辞令。比如下面这些我们由报上所看到的例子：

一、比如说"关于某某事件，在继续收到可靠的材料之先，未便告。"——这句话，实在只表示："不知道。"

二、美国务卿赫尔回答某记者关于美远东舰队是否已开抵菲律宾这事底询问说："在君询问之前，我尚未知此事。"——是说："知道。"

三、威尔基氏对某问题的询问底回答说："我想不起来曾有人这说过"——是说："不知道。"

四、某要人回答某机要问题底询问时说："此事我在报上看到，知。"——是说："不知道。"

五、日本某相答复外界对于某现象底活动的询问说："报上的舆论已足够表示了。"——是说："不知道。"

六、罗邱会晤的事，美发言人称："总统游艇正沿海岸徐徐前进中。"——未说所在地，等于说："不知道。"

七、罗斯福召见海军舰队司令后回答新闻记者称："我们在研究地图。"——等于说："不知道。"

八、外界询及澳洲总理与罗斯福晤谈的内容底范围，澳洲总理答称："我等所谈广涉到古今未来，而其范围又等于绕地球一周。"——等于说："不知道。"

九、罗斯福回答某问题时谓："此事诸君可自行判断。"——等于说："不知道。"

十、某人要求某政治家发表对另一政治家之言论之观感，答称："对某君发表之谈话，深感兴趣。"——"兴趣"如何？等于说："不知道。"

十一、美劝南斯拉夫不加入轴心这回事，希忒拉称：

"对此美之门罗主义行使至欧洲之事，颇感兴趣。"——也是说："不知道。"

十二、小罗斯福来华，新闻记者询其来华印象，他说："此行印象颇佳。"——也是说："不知道。"

十三、罗斯福代言人发表总统对希忒拉之讲演之意见，谓："希氏讲演时，总统适小寐，讲毕始醒，故对此讲演无意见表示。"——还是说："不知道。"

十四、罗斯福代言人对外发表总统对松冈讲演之意见，谓："总统无暇阅览松冈氏讲稿，故无意见发表。"——还是说："不知道。"

第二类：暗示

一、日外相丰田贞次郎此次上台时，发表谈话，谓："三国同盟时，本人适负责海军，故较熟悉，至于近三月来，对外交情况则较为模糊，此次上台，纯为学习学习……"——暗示对日苏协定有不尊重之意。

二、美国记者某谓："美政府不欢迎除美以外之任何国家过问新加坡。"——暗示日本不得对新加坡染指。

第三类：描写

一、某记者报道英德争夺克里特岛之战况，描写德伞兵下降时之情形谓："……自远观之，有如落英缤纷。"——使读者在严肃的紧张中，得到一种调剂的，中和的轻松之感。

二、当罗斯福当选为第三任总统时，记者描述其政敌威尔基氏拍贺电时之态度曰："是日晨，威氏身披睡衣，慢啜咖啡，拍发对罗总统之贺电。"——由被描述者的闲适之状，我们看到威氏之宽大的政治家的风度及其对罗总统的敬意。

三、伦敦被炸时，某记者记述其情况曰："彼时，我适卧于地板上写稿，随时有遭到生命危险的可能。"——虽所写为身边琐事，却也可反映出当时伦敦在空袭下的严重情形。

第四类：宣传

一、渝市四月二日被炸时，英大使馆亦遭波及，卡尔大使发言曰："余愿以中国人之精神，接受此次轰炸。"——此种描述，一方面表示卡尔大使对我国之抗战精神的同情与敬佩，一方面也表示了中英邦交的敦睦。

二、随军记者记载官兵对日机投弹技术之评语谓："能听到炸弹声已经算是很好的了。"——这种记述，表示敌空军人员因为大量的伤亡，以至把训练尚未完成的飞行人员都调到前线上来应用这一点。

三、英舰遭受四百公尺上空之德机追炸而未被击中，该舰司令曰："此种技术恶劣之轰炸员，实应使之饱尝铁窗风味！"——此固表示对德空军之藐视，亦足表示出英人之幽默风度。

四、克里特岛被狂炸后，记者描述其情况曰："多数青年均下海捕死鱼。"——此足以表示该岛居民不畏空袭。

五、希忒拉发表对英德战事的观察，谓："二者必有一崩溃，但，决非德国！"这简直是宣传的宣传。

六、希忒拉作豪语曰："英如在柏林投弹八千公斤、一万公斤；德即马上在伦敦投弹十五万公斤，二十三万公斤……"云云——更是宣传的宣传了。

七、罗斯福发表对苏德战争之观感，谓："苏抵抗力之强大，即德军事专家亦为之惊叹。"或问军事专家是否亦包括德之最杰出之专家希忒拉在内，罗氏言："此问使余之谈话失去意义。"——这段新闻，在宣传的意义上是："希忒拉不配称为军事专家。"

一九四一年八月

青年与文学

　　青年人爱好文学的很多。多一半不但爱好阅读,也爱好写作。他们常有的问题是:阅读什么? 怎样写作?

　　阅读的兴趣大概集中于白话新文学。这又有创作和翻译的分别。似乎还是爱好本国创作的多,因为风土人情到底熟悉些。三十年来新文学作品可读的不少,但是这里先提出鲁迅先生和茅盾先生。他们有鲁迅自选集与茅盾自选集,可惜这两本书现在似乎没有重印,不容易得着。那么,先读鲁迅先生的《呐喊》与《热风》,茅盾先生的《蚀》(包括《动摇》《幻灭》《追求》三部曲)也好。翻译可以先读古典,如官话圣经,傅东华先生译的奥德赛与吉诃德先生传,曹未风先生译的《莎士比亚全集》,周学普先生或郭沫若先生译的《浮士德》,郭沫若和高地两先生译的《战争与和平》,韦丛芜先生译的《罪与罚》,傅雷先生译的《约翰·克利斯朵夫》。旧小说和古文学也该读。前者可以先读《水浒传》、《西游记》、《红楼梦》,后者可以先读"言文对照"的《古文观止》和《唐诗三百首》——前一种可以读姚稚翔先生译注的,后一种可以读姚乃麟先生译注的。

　　写作的兴趣从前似乎集中于纯文学,现在渐渐转向杂文学。这是健全而明智的转变。表现和批评这时代，杂文学的需要比纯文学似乎更大。杂文学是报章与文学的结合，报章显然是大家都要读的。一方面杂文学的写作成就不太难，纯文学却难得多。

原载一九四八年八月二十八日《申报》

中学生与文艺

一、"中学生往往特别爱好文艺"，我想是因为他们要接触，并在精神上参加，广大的人生——人生的苦乐。他们自觉的或不自觉的感到自己生活圈子的狭小，阅读文艺是扩大这个圈子的一条路。而在学时期大概可以不必自谋衣食，他们也有闲暇去阅读和爱好文艺。

二、"热心阅读"文艺，不见得就理解文艺，诚然。不过这没有什么弊病，并且多阅读也可以增进理解。"动手写"文艺，就是写不好，似乎也没有什么弊病。只有理解不能透彻，写又写不好，却"立志把文艺作为终身事业"，那确是自误，并且也是社会的损失。但是青年人自知之明不足，择业往往错误，不止在文艺方面如此。这得靠贤明的父母兄姊和师友指点劝告。自己多碰钉子，当然也会觉悟，只是怕到那时已经晚了些。

三、理解文艺得从作品入手。同时也得阅读理论书籍，来帮助理解作品。自己摸索，也可以入门；但是得着理论的帮助可以快些。这种理论书该是鸟瞰的文学概论或文学史论或故事体的文学史或多举例分析的作法和讲解等。

四、文艺增进对于人生的理解，指示人生的道路，教读者渐渐悟得做人的道理。这就是教育上的价值。文艺又是精选的语言,读者可以学习怎样运用语言来表现和批评人生。国文科是语文教学,目的在培养和增进了解、欣赏与表现的力,文艺是主要的教材。

五、"今日的中学生"该多读现代作品(包括翻译),但是不必限于新写实主义的。古典作品,语体的如《水浒传》、《西游记》、《红楼梦》等,也该读。文言以读唐宋以来的作品为主;古书最好翻成语体给他们读。

六、这里只就自己读过、现在想到的近代作品和理论书推荐几种,如下:

1.作品

鲁迅自选集《呐喊》。这里是"老中国人的谱"和鲁迅先生反封建的工作。

茅盾自选集《春蚕》。这里是外来的经济压迫下挣扎着的中国,以及现代中国人的种种面影。

冯雪峰:《乡风与市风》,本书阐明历史在战斗中一个意思,精深警辟,但须细心阅读才能理会。

屠格涅夫:《父与子》(巴金译),这可以比较中国的中年代和青年代的生活态度。《罗亭》(陆蠡译),这显示知识分子只能说漂亮话,没有实践的勇气。

2.理论

本间久雄:《文学概论》(章锡琛译),这是鸟瞰的文学概论。书中将文学作为"一个社会的现象"。

托尔斯泰:《艺术论》(耿济之译),托氏主张艺术是传染情感的,要使大多数人民懂。

伊可维支:《唯物史观的文学论》(江思译),本书阐明"唯物史观在文学上的应用"。

梁实秋：《浪漫的与古典的》，梁氏站在古典主义的立场看新文学运动，认为是浪漫的，而且是外国的影响。

李何林：《近二十年中国文艺思潮论》，本书在创作方面推尊鲁迅先生，在理论方面推尊宋阳先生。

约翰·麦西：《世界文学史话》（胡仲持译），这也是鸟瞰的著作。

郑振铎：《插图本中国文学史》，本书特别注重平民文学的发展，叙述也明白晓畅。

朱光潜：《谈文学》，书中有可商之处，如《论文学上的低级趣味》一篇。但是大体上可以说是对初学者切实的指导。

夏丏尊、叶绍钧：《文心》，本书流行已久，对于阅读和写作都有切实而详尽的帮助，尤其对于写作。叶绍钧、朱自清：《精读指导举隅》，这是详细的讲解，注重怎样分析语文的意义。恕我"戏台里喝彩"，推荐了自己的书。

七、阅读作品，不可只注重故事，匆匆读过，应该随时停下来思考研究，并且得用心记住。读时可以随时和读过的理论印证。读文艺理论也该仔细，不可只记住些公式；读时也该随时和读过的作品印证。

八、转移这一类中学生的兴趣，主要的还是先介绍合式的作品给他们阅读。不妨先介绍那些包含着有趣味的故事的，也不妨先让他们消遣的读着，慢慢再认真起来。

九、中学生作文课，该以广义的应用文为主，因为作文课主要是技能的训练，艺术自当居次位。但是学生自己愿意多练习文艺写作，自然也可以在课外练习，并请教师指导。

十、文艺教学是语文教学的一部门，并且是主要的一部门，因为文艺是语文教学的主要教材。因为是语文教学的一部门，所以文艺教学应该注重词句段落的组织和安排，意义的分析；单照概括的文艺原理或批评原理来讲论作品的大意，是不够的。文艺教学跟文艺批评不尽同，教学不该放松字句。

十一、中学生办文艺小刊物，练习写作，似乎也是好事。只是不可以耽误别种功课。有人以为还是"多读些书好"，也许因为有些学生只顾写，不读书，也不观察，材料有限，越写越贫乏，写来写去只是那一点儿。这确是一条绝路。但是这是写作的态度不对，办文艺小刊物的并不一定到这地步。

十二、中学生如果只爱文艺，阅读的是它，练习的是它，却又没有敏锐的辨别力，就很容易滥用文艺的笔调。他们不能清楚的辨别文艺和普通文字（就是广义的应用文）的不同，他们只会那一套。因此写起普通文字来，浮文多，要紧话少，而那几句要紧话又说不透彻。这就不能应用。所以我在第九条答案里说"中学生作文课该以广义的应用文为主"。这广义的应用文应该以报章文做标准。讲读的教材里也该多选近乎这种标准的文章。但是这广义的应用文如果能恰到好处的含有些文学趣味，那自然是更有效果的。

原载一九四七年五月《中学生》杂志

文艺之力

　　我们读了《桃花源记》,《红楼梦》,《虬髯客传》,《灰色马》,《现代日本小说集》,《茵梦湖》,《卢森堡之一夜》……觉得新辟了许多世界。有的开着烂漫的花,绵连着芊芊的碧草。在青的山味,白的泉声中,上下啁啾着玲珑的小鸟。太阳微微的笑着;天风不时掠过小鸟的背上。有的展着一片广漠的战场,黑压压的人都冻在冰里,或烧在火里。却有三两个战士,在层冰上,在烈焰中奔驰着。那里也有风,冷到刺骨,热便灼人肌肤。那些战士披着发,红着脸,用了铁石一般的声音叫喊。在这个世界里,没有困倦,没有寂寞;只有百度上的热,零度下的冷,只有热和冷! 有的是白发的老人和红衣的幼女,乃至少壮的男人,妇人,手牵着手,挽成一个无限大的圈儿,在地上环行。他们都踏着脚,唱着温暖的歌,笑容可掬的向着;太阳在他们头上。有的全是黑暗和阴影,仿佛夜之国一般。大家摸索着,挨挤着,以嫉恨的眼互视着。这些闪闪的眼波,在暗地里仿佛是幕上演着的活动影戏,有十足的机械风。又像舞着的剑锋,说不定会落在谁的颈上或胸前的。这世界如此的深而莫测,真有如"盲人骑瞎马,夜半临深池"了。有的却又不同。将眼前的世界剥去了一层壳,只留下她的裸体,显示美和丑的曲线。世界在我们前面索索的抖着，便不复初时那样的仪态万方了。有时更像用了X光似的，显示出她的骨骼和筋络等等，我们见其肺肝了，我们看见她的血是怎样流的了。这或者太不留馀地。但我们却能接触着现世界的别面，将一个胰皂泡幻成三个胰皂泡似的，得着新国土了。

另有词句与韵律，虽常被认为末事，却也酝酿着多样的空气，传给我们种种新鲜的印象。这种印象确乎是简单些；而引人入胜，有催眠之功用，正和前节所述关于意境情调的一样——只是程度不同吧了。从前人形容痛快的文句，说是如啖哀家梨，如用并州剪。这可见词句能够引起人的新鲜的筋肉感觉。我们读晋人文章和《世说新语》一类的书遇着许多"隽语"，往往愉然有出尘之感，真像不食人间烟火似的，也正是词句的力。又如《红楼梦》中的自然而漂亮的对话，使人觉得轻松，觉得积伶。《点滴》中深曲而活泼的描写，多用拟人的字眼和句子，更易引起人神经的颤动。《诱惑》中的：

　　忽然全世界似乎打了一个寒噤。

　　仿佛地正颤动着，正如伊的心脏一般的跳将起来了。

便足显示这种力量。此外"句式"也有些关系。短句使人敛；长句使人宛转；锁句（periodicalsentence）使人精细；散句使人平易；偶句使人凝整，峭拔。说到"句式"，便会联想到韵律，因为这两者是相关甚密的。普通说韵律，但就诗歌而论；我所谓韵律却是广义的，散文里也有的。

这韵律其实就是声音的自然的调节，凡是语言文字里都有的。韵律的性质，一部分随着字音的性质而变，大部分随着句的组织而变。字音的性质是很复杂的。我于音韵学没有什么研究，不能详论。约略说来，有刚音，有柔音，有粗涩的音，有甜软的音。清楚而平滑的韵（如"先"韵）可以引起轻快与美妙的感觉；开张而广阔的韵（如"阳"韵）可以引起飏举与展扩的感觉。浊声（如ㄅ，ㄉ，ㄍ）使人有努力，冲撞，粗暴，艰难，沉重等印象；清声（如ㄆ，ㄊ，ㄋ）则显示安易，平滑，流动，稳静，轻妙，温良与娴雅。浊声如重担在肩上；清声如蜜在舌上。这些分别，大概由于发音机关的变化；旧韵书里所谓开齐合撮，阴声，阳声，弇声，侈声，当能说明这种缘故。我却不能做这种工作；我只总说一句，因发音机关的作用不同，引起各种相当而不同的筋肉感觉，于是各字的声音才有不同的力量了。但这种力量也并非一定，因字在句中的位置而有增减。在句子里，因为意思与文法的关系，各字的排列可以有种种的不同。其间轻重疾徐，自然互异。轻而疾则力减，重而徐则力增。这轻重疾徐的调节便是韵律。调节除字音外，更当注重音"节"与句式；音节的长短，句式的长短，曲直，都是可以决定韵律的。现在只说句式，音节可以类推。短句促而严，如斩钉截铁，如一柄晶莹的匕首。长句舒缓而流利，如风前的马尾，如拂水的垂杨。锁句宛转腾挪，如天矫的游龙，如回环的舞女。散句曼衍而平实，如战场上的散兵线，如依山临水的错落的楼台。偶句停匀而凝炼，如西湖上南北两峰，如处女的双乳。这只论其大凡，不可拘执；但已可见韵律的力量之一斑了。——所论的在诗歌里，尤为显然。

由上所说，可见文艺的内容与形式都能移人情；两者相依为用，可以引人入胜，引人到"世界外之世界"。在这些境界里，没有种种计较利害的复杂的动机，也没有那个能分别的我。只有浑然的沉思，只有物我一如的情感（fellowfeeling）。这便是所谓"忘我"。这时虽也有喜，怒，哀，乐，爱，恶，欲等的波动，但是无所附的，无所为的，无所执的。固然不是为"我自己"而喜怒哀乐，也不是为"我的"亲戚朋友而喜怒哀乐，喜怒哀乐只是喜怒哀乐自己，更不能说是为了谁的。既不能说是为了谁的，当然也分不出是"谁的"了。所以，这种喜怒哀乐是人类所共同的。因为是共同的，无所执的，所以是平静的，中和的。有人说文艺里的情绪不是真的情绪，纵然能逼紧人的喉头，燃烧人的眼睛。我们阅读文艺，只能得着许多鲜活的意象（idea）吧了；这些意象是如此的鲜活，将相联的情绪也微微的带起在读者的心中了。正如我们忆起一个恶梦一样，虽时过境迁，仍不免震悚；但这个震悚的力量究竟是微薄的。所以文艺里的情绪的力量也是微薄的；说它不是真的情绪，便是为此。真的情绪只在真的冲动，真的反应里才有。但我的解说，有些不同。文艺里既然有着情绪，如何又说是不真？至多只能加上"强"，"弱"，"直接"，"间接"等限制词吧了。你能说文艺里情绪是从文字里来的，不是从事实里来的，所以是间接的，微弱的；但你如何能说它不是真的呢？至于我，认表现为生活的一部，文字与事实同是生活的过程；我不承认文艺里的情绪是间接的，因而也不能承认它是微弱的。我宁愿说它是平静的，中和的。这中和与平静正是文艺的效用，文艺的价值。为什么中和而平静呢？我说是无"我执"之故。人生的狂喜与剧哀，都是"我"在那里串戏。利害，得失，聚散……之念，萦于人心，以"我"为其枢纽。"我"于是纠缠、颠倒，不能已已。这原是生活意志的表现；生活的趣味就在于此。但人既执着了"我"，自然就生出"我爱"，"我慢"，"我见"，"我痴"；情之所发，便有偏畸，不能得其平了。与"我"亲的，哀乐之情独厚；渐疏渐薄，至于没有为止。这是争竞状态中的情绪，力量甚强而范围甚狭。至于文艺里的情绪，则是无利害的，泯人我的；无利害便无争竞，泯人我便无亲疏。因而纯净，平和，普遍，像汪汪千顷，一碧如镜的湖水。湖水的恬静，虽然没有涛澜的汹涌，但又何能说是微薄或不充实呢？我的意思，人在这种境界里，能够免去种种不调和与冲突，使他的心明净无纤尘，以大智慧普照一切；无论悲乐，皆能生趣。——日常生活中的悲哀是受苦，文艺中的悲哀是享乐。愈易使我们流泪的文艺，我们愈愿意去亲近它。有人说文艺的悲哀是"奢华的悲哀"

（luxurious sadness）正是这个意思。"奢华的"就是"无计较的享乐"的意思。

我曾说这是"忘我"的境界；但从别一面说，也可说是"自我无限的扩大"。我们天天关闭在自己的身分里，如关闭在牢狱里；我们都渴望脱离了自己，如幽囚的人之渴望自由。我们为此而忧愁，扫兴，阴郁。文艺却能解放我们，从层层的束缚里。文艺如一个侠士，半夜里将我们从牢狱里背了出来，飞檐走壁的在大黑暗里行着；又如一个少女，偷偷开了狭的鸟笼，将我们放了出来，任我们向海阔天空中翱翔。我们的"我"，融化于沉思的世界中，如醉如痴的浑不觉了。在这不觉中，却开辟着，创造着新的自由的世界，在广大的同情与纯净的趣味的基础上。前面所说各种境界，便可见一斑。这种解放与自由只是暂时的，或者竟是顷刻的。但那中和与平静的光景，给我们以安息，给我们以滋养，使我们"焕然一新"；文艺的效用与价值惟其是暂而不常的，所以才有意义呀。普通的娱乐如打球，跳舞等，虽能以游戏的目的代替实利的目的，使人忘却一部分的计较，但决不能使人完全忘却了自我，如文艺一样。故解放与自由实是文艺的特殊的力量。

文艺既然有解放与扩大的力量，它毁灭了"我"界，毁灭了人与人之间重重的障壁。它继续的以"别人"调换我们"自己"，使我们联合起来。现在世界上固然有爱，而疑忌，轻蔑，嫉妒等等或者更多于爱。这决不是可以满足的现象。其原因在于人为一己之私所蔽，有了种种成见与偏见，便不能了解他人，照顾他人了。各人有各人的世界；真的，各人独有一个世界。大世界分割成散沙似的碎片，便不成个气候；灾祸便纷纷而起了。灾祸总要避除。

有心人于是着手打倒种种障壁；使人们得以推诚相见，携手同行。他们的能力表现在各种形式里，而文艺亦其一种。文艺在隐隐中实在负着联合人类的使命。从前俄国托尔斯泰论艺术，也说艺术的任务在借着情绪的感染以联合人类而增进人生之幸福。他的全部的见解，我觉得太严了，也可以说太狭了。但在"联合人类"这一层上，我佩服他的说话。他说只有他所谓真正的艺术，才有联合的力量，我却觉得他那斥为虚伪的艺术的，也未尝没有这种力量；这是和他不同的地方。单就文艺而论，自然也事同一例。在文艺里，我们感染着全人类的悲乐，乃至人类以外的悲乐（任举一例，如叶圣陶《小蚬的回家》中所表现的）。这时候人天平等，一视同仁；"我即在人中"，人即在自然中。"全世界联合了哟！"我们可以这样绝叫了。便是自然派的作品，以描写丑与恶著名，给我们以夜之国的，看了究竟也只会发生联合的要求；所以我们不妨一概论的。这时候，即便是一刹那，爱在我们心中膨胀，如月满时的潮汛一般。爱充塞了我们的心，妖魅魍魉似的疑忌轻蔑等心思，便躲避得无影无踪了。这种联合力。是文艺的力量的又一方面。

有人说文艺并不能使人忘我，它却使人活泼泼的实现自我（self-realization），这就是说，文艺给人以一种新的刺激，足以引起人格的变化。照他们说，文艺能教导人，能鼓舞人；有时更要激动人的感情，引起人的动作。革命的呼声可以唤起睡梦中的人，使他们努力前驱，这是的确的。俄国便是一个好例。而"靡靡之音"使人"缠绵歌泣于春花秋月，销磨其少壮活泼之气"，使人"儿女情多，风云气少"，却也是真的。这因环境的变迁固可影响人的情思及他种行为，情思的变迁也未尝不能影响他种行为及环境；而文艺正是情思变迁的一个重要因子，其得着功利的效果，也是当然的。文艺如何影响人的情思，引起他人格的变化呢？梁任公先生说得最明白，我且引他的话：

抑小说之支配人道也，复有四种力：一曰熏。熏也者，如入云烟中而为其所烘，如近墨朱处而为其所染……人之读一小说也，不知不觉之间，而眼识为之迷漾，而脑筋为之摇……，而神经为之营注；今日变一二焉，明日变一二焉，刹那刹那，相断相续：久之，而此小说之境界遂入其灵台而据之，成一特别原质之种子。有此种子故，他日又更有所触所受者，旦旦而熏之，种子愈盛。而又以之熏他人……（《论小说与群治之关系》）

　　此节措辞虽间有不正确之处，但议论是极透辟的。他虽只就小说立论，但别种文艺也都可作如是观。此节的主旨只是说小说（文艺）能够渐渐的，不知不觉的改变读者的旧习惯，造成新习惯在他们的情思及别种行为里。这个概念是很重要的；所谓"实现自我"，也便是这个意思。近年文坛上"血与泪的文学"，爱与美的文学之争，就是从这个见解而来的。但精细的说，"实现自我"并不是文艺之直接的，即时的效用，文艺之直接的效用，只是解放自我，只是以作品的自我调换了读者的自我；这都是阅读当时顷刻间的事。至于新刺激的给予，新变化的引起，那是片刻间的扩大，自由，安息之结果，是稍后的事了。因为阅读当时没有实际的刺激，便没有实际的冲动与反应，所以也没有实现自我可言。阅读之后，凭着记忆的力量，将当时所感与实际所受对比，才生出振作，颓废等样的新力量。这所谓对比，自然是不自觉的。阅读当时所感，虽同是扩大，自由与安息，但其间的色调却是千差万殊的；所以所实现的自我，也就万有不同。至于实现的效用，也难一概而论。大约一次两次的实现是没有多大影响的；文艺接触得多了，实现的机会频频了，才可以造成新的习惯，新的人格。所以是很慢的。原来自我的解放只是暂时的，而自我的实现又不过是这暂时解放的结果；间接的力量，自然不能十分强盛了。故从自我实现的立场说，文艺的力量的确没有一般人所想像的那样大。周启明先生说得好：

我以为文学的感化力并不是极大无限的，所以无论善之华恶之华都未必有什么大影响于后人的行为，因此除了真不道德的思想以外（资本主义及名分等）可以放任。（《诗》一卷四号通信）

他承认文艺有影响行为的力量，但这个力量是有限度的。这是最公平的话。但无论如何，这种"实现自我"的力量也是文艺的力量的一面，虽然是间接的。它是与解放、联合的力量先后并存的，却不是文艺的唯一的力量。

说文艺的力量不是极大无限的，或许有人不满足。但这绝不足为文艺病。文艺的直接效用虽只是"片刻间"的解放，而这"片刻间"已经多少可以安慰人们忙碌与平凡的生活了。我们如奔驰的马。在接触文艺的时候，暂时松了缰绊，解了鞍辔，让嚼那青青的细草，饮那凛冽的清泉。这短短的舒散之后，我们仍须奔驰向我们的前路。我们固愿长逗留于清泉嫩草之间，但是怎能够呢？我们有我们的责任，怎能够脱卸呢？我们固然要求无忧无虑的解放，我们也要求继续不断的努力与实现。生活的趣味就在这两者的对比与调和里。在对比的光景下，文艺的解放力因稀有而可贵；它便成了人生的适量的调和剂了。这样说来，我们也可不满足的满足了。至于实现自我，本非文艺的专责，只是馀力而已；其不能十分盛大，也是当然。又文艺的效用是"自然的效用"，非可以人力强求；你若故意费力去找，那是钻入牛角湾里去了。而文艺的享受，也只是自然的。或取或舍，由人自便；它决不含有传统的权威如《圣经》一样，勉强人去亲近它。它的精神如飘忽来往的轻风，如不能捕捉的逃人；在空闲的甜蜜的时候来访问我们的心。它来时我们决不十分明白，而它已去了。我们欢迎它的，它给我们最小到最大的力量，照着我们所能受的。我们若拒绝它或漠然的看待它,它便什么也不丢下。我们有时在伟大的作品之前,完全不能失了自己,或者不能完全失了自己,便是为此。文艺的精神,文艺的力,是不死的;它变化万端而与人生相应。它本是"人生底"呀。看第一第二两节所写,便可明白了。

　　以上所说大致依据高斯威赛(Galsworthy)之论艺术(art);所举原理可以与他种艺术相通。但文艺之力就没有特殊的彩色么?我说有的,在于丰富而明了的意象(idea)。他种艺术都有特别的,复杂的外质,——绘画有形,线,色彩,音乐有声音,节奏——足以掀起深广的情澜在人们心里;而文艺的外质大都只是极简单的无变化的字形,与情潮的涨落无关的。文艺所恃以引起浓厚的情绪的,却全在那些文字里所含的意象与联想(association)(但在诗歌里,还有韵律)。文艺的主力自然仍在情绪,但情绪是伴意象而起的。——在这一点上,我赞成前面所引的Puffer的话了。他种艺术里也有意象,但没有文艺里的多而明白;情绪非由意象所引起,意象便易为情绪所蔽了。他种艺术里的世界虽也有种种分别,但总是浑沌不明晰的;文艺里的世界,则大部分是很精细的。以"忘我"论,他种艺术或者较深广些,"以创造新世界"论,文艺则较精切了;以"解放联合"论,他种艺术的力量或者更强些,"以实现自我"论,文艺又较易见功了。——文艺的实际的影响,我们可以找出历史的例子,他种艺术就不能了。总之,文艺之力与他种艺术异的,不在性质而在程度;这就是浅学的我所能说出的文艺之力的特殊的调子了。

一九二四年一月二十八日

文艺的真实性

我们所要求的文艺，是作者真实的话，但怎样才是真实的话呢？我以为不能笼统的回答；因为文艺的真实性是有种别的，有等级的。

从"再现"的立场说，文艺没有完全真实的，因为感觉与感情都不能久存，而文艺的抒写，又必在感觉消失了，感情冷静着的时候，所以便难把捉了。感觉是极快的，感觉当时，只是感觉，不容作别的事。到了抒写的时候，只能凭着记忆，叙述那早已过去的感觉。感情也是极快的。在它热烈的时候，感者的全人格都没入了，那里有从容抒写之暇？——一有了抒写的动机，感情早已冷却大半，只剩虚虚的轮廓了。所以正经抒写的时候，也只能凭着记忆。从记忆里抄下的感觉与感情，只是生活的意思，而非当时的生活；与当时的感觉感情，自然不能一致的。不能一致，就不是完全真实了——虽然有大部分是真实的。

在大部分真实的文艺里，又可分为数等。自叙传性质的作品，比较的最是真实，是第一等。虽然自古哲人说自知是最难的，虽然现在的心理学家说内省是靠不住的，研究自己的行为和研究别人的行为同其困难，但那是寻根究底的话；在普通的意义上，一个人知道自己，总比知道别人多些，叙述自己的经验，总容易切实而详密些。近代文学里，自叙传性质的作品一日一日的兴盛，主观的倾向一日一日的浓厚；法朗士甚至说，一切文艺都是些自叙传。这些大约就因为力求逼近真实的缘故。作者唯恐说得不能入微，故只拣取自己的经验为题材，读者也觉作者为别人说话，到底隔膜一层，不如说自己的话亲切有味，这可叫做求诚之心，欣赏力发达了，求诚之心也便更觉坚强了。

叙述别人的事不能如叙述自己的事之确实，是显然的，为第二等。所谓叙述别人的事，与第三身的叙述稍有不同。叙别人的事，有时也可用第一身；而用第三身叙自己的事，更是常例。这正和自叙传性质的作品与第一身的叙述不同一样。在叙述别人的事的时候，我们所得而凭借的，只有记忆中的感觉，与当事人自己的话，与别人关于当事人的叙述或解释。——这所谓当事人，自然只是些"榜样"Model。将这些材料加以整理，仔仔细细下一番推勘的工夫，体贴的工夫，才能写出种种心情和关系；至于显明性格或脚色，更需要塑造的工夫。这些心情，关系和性格，都是推论所得的意思；而推论或体贴与塑造，是以自己为标准的。人性虽有大齐，细端末节，却是千差万殊的，这叫做个性。人生的丰富的趣味，正在这细端末节的千差万殊里。能显明这千差万殊的个性的文艺，才是活泼的，真实的文艺。自叙传性质的作品，确能做到一大部分；叙述别人的事，却就难了。因为我们的叙述，无论如何，是以自己为标准的；离不了自己，那里会有别人呢？以自己为标准所叙别人的心情，关系，性格，至多只能得其轮廓，得其形似而已。自叙凭着记忆，已是间接；这里又加上了推论，便间接而又间接了；愈间接，去当时当事者的生活便愈远了，真实性便愈减少了。但是因为人性究竟是有大齐的，甲所知于别人的固然是浮面的，乙丙丁……所知于别人的也不见得有多大的差异；因此大家相忘于无形，对于"别人"的叙述之真实性的减少，并不觉有空虚之感。我们在文人叙述别人的文字里，往往能觉着真实的别人，而且觉着相当的满足，就为此故。——这实是我们的自骗罢了。

相像的抒写，从"再现"的立场看，只有第三等的真实性。相像的再现力是很微薄的。它只是些凌杂的端绪Fringe，凌杂的影子。它是许多模糊的影子，依着人们随意饾起的骨架，构成的一团云雾似的东西。和普通所谓实际，相差自然极远极远了。影子已经靠不住了，何况又是模糊的，凌杂的呢？何况又是照着人意重行结构的呢？虽然想像的程度也有不同，但性质总是类似的。无论是想像的实事，无论想像的奇迹，总只是些云雾，不过有浓有淡罢了。无论这些想像是从事实来的，是从别人的文字来的，也正是一样。它们的真实性，总是很薄弱的。我们若要剥头发一样的做去，也还能将这种真实性再分为几等；但这种剖析，极难"铢两悉称"非我的力量所能及。所以只好在此笼统地说，想像的抒写，只有第三等的真实性。

从"再现"的立场所见的文艺的真实性，不是充足的真实性；这令我们不能满意。我们且再从"表现"的立场看。我们说，创作的文艺全是真实的。感觉与感情是创作的材料；而想像却是创作的骨髓。这和前面所说大异了。"创作"的意义决不是再现一种生活于文字里，而是另造一种新的生活。因为说生活的再现，则再现的生活决不能与当时的生活等值，必是低一等或薄一层的。况说生活再现于文字里，将文字与生活分开，则主要的是文字，不是生活；这实是再现生活的"文字"，而非再现的"生活"了。这里文艺之于生活，价值何其小呢？说创作便不如此。我前面解释创作，说是另造新生活；这所谓"另造"，骤然看来，似乎有能造与所造，又有方造与既造。但在当事的创作者，却毫不起这种了别。说能造是作者，所造是表现生活的文字，或文字里表现的生活；说方造是历程，既造是成就：这都是旁观者事后的分析，创作者是不觉得的。这种分析另有它的价值，但决不是创作的价值。创作者的创作，只觉是一段生活，只觉是"生活着"。"我"固然是这段生活的一部，文字也是这段生活的一部；"我"与文字合一，便有了这一段生活。这一段生活继续进行，有它自然的结束；这便是一个历程。在历程当中，生活的激动性很大；剧烈的不安引起创作者不歇的努力。历程终结了，那激动性暂时归于平衡的状态；于是创作者如释了重负，得到一种舒服。但这段生活之价值却不仅在它的结束。创作者并不急急地盼望结束的到临；他在继续的不安中，也欣赏着一步步的成功——一步步实现他的生活。这样，历程中的每一点，都于他有价值了。所以方造与既造的辨别，在他是不必要的；他自然不会感着了。

总之，创作只是浑然的一段生活，这其间不容任何的了别的。至于创作的材料则因生活是连续的，而创作也是一段生活，所以仍免不了取给于记忆中所留着的过去生活的影像。但这种影像在创作者的眼中，并不是过去的生活之模糊的副本，而是现在的生活之一部——记忆也是现在的生活；所以是十分真实的。这样，便将记忆的价值增高了。再则，创作既是另造新生活，则运用现有的材料，自然有自由改变之权，不必保持原状；现有的材料，存于记忆中的，对于创作，只是些媒介罢了。这和再现便不同了。创作的主要材料，便是，创作者唯一的向导——这是想像。想像就现有的记忆材料，加以删汰，补充，联络，使新的生活得以完满地实现。所以宽一些说，创作的历程里，实只有想像一件事；其馀感觉，感情等，已都融冶于其中了。想像在创作中第一重要，和在再现中居末位的大不相同。这样，创作中虽含有现在生活的一部，即记忆中过去生活的影像，而它的价值却不在此；它的价值在于向未来的生活开展的力量，即想像的力量。开展就是生活；生活的真实性，是不必怀疑的。所以创作的真实性，也不必怀疑的。所以我说，从表现的立场看，创作的文艺全是真实的。

至于自叙或叙别人，在创作里似乎不觉有这样分别。因为创作既不分"能""所"，当然也不分"人""我"了。"我"的过去生活的影像与"人"的过去生活的影像，同存于记忆之内，同为创作的材料；价值是相等的。在创作时，只觉由一个中心而扩大，其间更无界划。这个中心或者可说是"我"；但这个"我"实无显明的封域，与平常人所执着的我广狭不同。凭着这个意义的"我"，我们说一切文艺都是自叙传，也未尝不可。而所谓近代自叙传性质的作品增多，或有一大部分指着这一意义的自叙传，也未可知。——我想，至少十九世纪末期及二十世纪的文艺是如此。在创作时，只觉得扩大一件事。扩大的历程是不能预料的；惟其不能预料，才成其为创造，才成其为生活。我们写第一句诗，断不知第二句之为何——谁能知道"满城风雨近重阳"的下一句是什么呢？就是潘大临自己，也必不晓得的。这时何暇且何能，斤斤斟酌于"人""我"之间，而细为剖辨呢？只任情而动罢了。事后你说它自叙也好，说它叙别人也好，总无伤于它完全的真实性。胡适的《应该》，俞平伯的《在鹪鹰声里的》，事后看来，都是叙别人的。从"再现"方面看，诚然或有不完全真实的地方。但从"创作"方面看，则浑然一如，有如满月；那有丝毫罅隙，容得不真实的性质溜进去呢？总之，创作实在是另辟一世界，一个不关心的安息的世界。便是血与泪的文学，所辟的也仍是这个世界。（此层不能在此评论）在这个世界里，物我交融，但有窃然的向往，但有沛然的流转；暂脱人寰，遂得安息。至于创作的因缘，则或由事实，或由文字。但一经创作的心的熔铸，就当等量齐观，不宜妄生分别。俗见以为由文字而生之情力弱，由事实而生之情力强，我以为不然。这就因为事实与文字同是人生之故。即如前举俞平伯《在鹪鹰声里的》一诗，就是读了康白情的《天亮了》，触动宿怀，有感而作。那首诗谁能说是弱呢？这可见文字感人之力，又可见文字与事实之易相牵引了。上来所说，都足证创作只是浑然的真实的生活；所以我说，

◎ 朱自清手稿

创造的文艺全是真实的。

从"表现"的立场看，没有所谓"再现"；"再现"是不可能的。创作只是一现而已。就是号称如实描写客观事象的作品，也是一现的创作，而不是再现；因所描写的是"描写当时"新生的心境（记忆），而不是"描写以前"旧有的事实。这层意思，前已说明。所以"再现"不是与"创作"相对待的。在"表现"的立场里，和"创作"相对待的，是"模拟"及"撒谎"。模拟是照别人的样子去制作。"拟古"，"拟陶"，"拟谢"，"拟某某篇"，"效某某体"，"拟陆士衡拟古"，"学韩"，"学欧"，……都是模拟，都是将自己揿在他人的型里。模拟的动机，或由好古，或由趋时，这是一方面；或由钦慕，或由爱好，这是另一方面。钦慕是钦慕其人，爱好是爱好其文。虽然从程度上论，爱好比钦慕较为真实，好古与趋时更是浮泛；但就性质说，总是学人生活，而非自营生活。他们悬了一些标准，或选了一些定型，竭力以求似，竭力以求合。他们的制作，自然不能自由扩展了。撒谎也可叫做"捏造"，指在实事的叙述中间，插入一些不谐和的虚构的叙述；这些叙述与前后情节是不一致的，或者相冲突的。从"再现"的立场说，文艺里有许多可以说是撒谎的；甚至说，文艺都是撒谎的。因为文艺总不能完全与事实相合。在这里，浪漫的作品，大部分可以说完全是谎话了。历史小说，虽大体无背于事实，但在详细的节目上，也是撒谎了。便是写实的作品，谎话诚然是极少极少，但也还免不了的。不过这些谎话全体是很谐和的，成为一个有机体，使人不觉其谎。而作者也并无故意撒谎之心。假使他们说的真是谎话，这个谎话是自由的，无所为的。因此，在"表现"的立场里，我们宁愿承认这些是真实的。然则我们现在所谓"撒谎"的，是些什么呢？这种撒谎是狭义的，专指在实事的叙述里，不谐和的，故意的撒谎而言。这种撒谎是有所为的；为了求合于某种标准而撒谎。这种标准或者是道德的，或者是文学的。章实斋《文史通义古文十弊》篇里有三个例，可以说明这一种撒谎的意义。我现在抄两个给诸君看：

　　（一）"有名士投其母行述，……叙其母之节孝：则谓乃祖衰年病废，卧床，溲便无时；家无次丁，乃母不避秽亵，躬亲熏濯。其事既已美矣，又述乃祖于时蹙然不安，乃母肃然对曰，'妇年五十，今事八十老翁，何嫌何疑？'节母既明大义，定知无是言也！此公无故自生嫌疑，特添注以斡旋其事；方自以谓得体，而不知适如冰雪肌肤，剜成疮痏，不免愈濯愈痕瘢矣。"（二）"尝见名士为人撰志。其人盖有朋友气谊；志文乃仿韩昌黎之志柳州也。——一步一趋，惟恐其或失也。中间感叹世情反复，已觉无病费呻吟矣；未叙丧费出于贵人，及内亲竭劳其事。询之其家，则贵人赠赙稍厚，非能任丧费也；而内亲则仅一临穴而已，亦并未任其事也。且其子俱长成。非若柳州之幼子孤露，必待人为经理者也。诘其何为失实至此？则曰，仿韩志终篇有云，……今志欲似之耳……临文摹古，迁就重轻，又往往似之矣。"

　　第一例是因求合于某种道德标准（所谓"得体"）而捏造事实，第二例是因求似于韩文而附会事实；虽然作者都系"名士"，撒谎却都现了狐狸尾巴！这两文的漏洞（即冲突之处）及作者的有意撒谎，章实斋都很痛快的揭出来了。看了这种文字，我想谁也要觉着多少不舒服的。这种作者，全然牺牲了自己的自由，以求合于别人的定型。他们的作品虽然也是他们生活的一部，但这种生活是怎样的局促而空虚哟！

　　上面第一例只是撒谎；第二例是模拟而撒谎，撒谎是模拟的果。为什么只将它作为撒谎的例呢？这里也有缘故。我所谓模拟，只指意境，情调，风格，词句四项而言；模拟而至于模拟实事，我以为便不是模拟了。因为实事不能模拟，只能捏造或附会；模拟事实，实在是不通的话。所以说模拟实事，不如说撒谎。上面第二例，形式虽是模拟而实质却全是撒谎；我说模拟而撒谎，原是兼就形质两方而论。再明白些说，我所谓模拟有两种：第一种，里面的事实，必是虚构的，且谐和的，以求生出所模拟之作品的意境，情调。第二种，事实是实有的，只仿效别人的风格与字句。至于在应该叙实事的作品里，因为模拟的缘故，故意将原有事实变更或附会，这便不在模拟的范围之内，而变成撒谎了。因为实事是无所谓模拟的。至于不因模拟，而于叙实事的作品里插入一些捏造的事实，那当然更是撒谎，不成问题的。这是模拟与撒谎的分别。一般人说模拟也是撒谎。但我觉得模拟只是自动的"从人"，撒谎却兼且被动的"背己"。因为模拟时多少总有些向往之诚，所以说是自动的；因为向往的结果是"依样葫芦"，而非"任性自表"，所以说是"从人"。但这种"从人"，不至"背己"。何以故？从人的意境，字句，可以自圆其说，成功独立的一段生活，而无冲突之处。这是无所谓"背己"的；因为虽是学人生活，但究竟是自己的一段完成的生活。——却不是充足的，自由的生活。至于从人的风格，情调，似乎会"背己"了，其实也不然。因为风格与情调本是多方面的，易变化的。况且一切文艺里的情调，风格，总有其大齐的。所以设身处地去体会他人的情调而发抒之，是可能的。并且所模仿的，虽不尽与"我"合，但总是性之所近的。因此，在这种作品里，虽不能自由发抒，但要谐和而无冲突，是甚容易的。至于撒谎，如前第一例，求合于某种道德标准，只是根于一种畏惧，掩饰之心；毫无什么诚意。——连模拟时所具的一种倾慕心，也没有了。因此，便被动的背了自己的心瞎说了。明明记着某人或自己是没有这些事的，但偏偏不顾是非的说有；这如何能谐和呢？这只将矛盾显示于人罢了。第二例自然不同，那是以某一篇文的作法为标准的。在这里，作者虽有向往之诚，可惜取径太笨了，竟至全然牺牲了自己；因为他悍然的违背了他的记忆，关于那个死者的。因此，弄巧成拙，成了不诚的话了。总之，模拟与撒谎，性质上没有多大的不同，只是程度相差却甚远了。我在这里将捏造实事的所谓模拟不算作模拟，而列入撒谎之内，是与普通的见解不同的；但我相信如此较合理些。由以上的看法，我们可以说，在表现的立场里，模拟只有低等的真实性，而撒谎全然没有真实性——撒谎是不真实的，虚伪的。

我们要有真实而自由的生活，要有真实而自由的文艺，须得创作去；只有创作是真实的，不过创作兼包精粗而言，并非凡创作的都是好的。这已涉及另一问题，非本篇所能详了。

附注：本篇内容的完成，颇承俞平伯君的启示，在这里谢谢他。

原载于一九二四年《小说月报》第一号

"五四"时代的文艺

刚才主席说过，"五四"是"人的发现"，但"五四"同时也是"青年的发现"与"现代的发现"。在"五四"以前，是老人才有权威，现在却要年青才行，像我这样头发白了的人是不行了，现代的发现则是要把握住现在。"五四"时代的文艺我想分三方面来说。

第一，是从新文体到白话文，新文体是清末时代的新生文体，代表人物有梁启超和胡适之，主张推翻桐城派和文选派的文体，八股更要推翻，新文体是要应用到报纸上，要使了解的人更多。要通俗化，对象是读书人和受新教育的青年，也就是开通民智。梁启超的文章确曾收到了大的效果，民国以后《新青年》出版，胡适之与陈独秀提倡白话文学，白话的来源，除旧小说之外，我看还有当时的讲演，讲演对语言的帮助很大；再有一种是与传统有关的语录，语录是宋代学家讲授时的笔录。旧小说中的话是像说书人的话，因为来自民间，表现出受压迫的情绪，都带有自嘲的口诀式的，以致乐为目的的滑稽，或说是侍候人的口气。到今天说大鼓的还要说"侍候您一段"，语录便是没有"侍候人的气息"的白话，影响很大。白话文学后来受欧化影响，又生变化，但白话文学确是经过"五四"

◎ 《新青年》杂志

才广泛展开来的。

第二，谈文学改良与文学革命。"五四"在民国八年，新文学运动在民国六年，应从民国六年说起，胡适之写了文学改良刍议，陈独秀则提倡文学革命，胡适之说过他的主张是温和的，如无陈的激烈运动，白话不会开展得这么快。其内容用胡适之自己的话说是"文字解放""文体解放"，八不主义中有三不是"不要言之无物"，"不做无病呻吟"，"不避俗语俗字"，这是用当时的言语来表达出来的。用今天的话说便是属于人民的，因为有一点须要说明，中国白话由来已久，胡适之在白话文学史中的意见是正确的，唐朝以后士与民之间的对流很大，宋以后，民间的东西如小说戏剧都抬起头来，白话便开始于人民要表现自己的东西。陈独秀的主张，是用国民文学反对贵族文学，用写实文学反对古典文学，用社会文学反对山陵文学；国民便是人民，社会文学是人民的文学，写实文学是用人民的语言，所以总括一句，便是"人民文学"。因为时代的不同，那时候不能说的这么干脆，但也已经很干脆了。

第三要说到鲁迅先生，有了理论，还要有创作，就是"拿出证据来"。他的第一部创作便是《狂人日记》，里面提到礼教与孩子，那时的批评，说它是"用写实的手法表现了象征的意义"，"吃人的礼教"。这句话在今天听来平常，当时却如洪水猛兽，说这句话的便是狂人，今天不是狂人也要说这样的话，足见是进步了。礼教怎么吃人的？大家都是知道的，就是强凌弱，大吃小，强者大者便是封建社会里的统治阶级，"士"也是统治阶级的一部分。并非纯是势利，被吃的人便是村人，就是农民，所以批评《狂人日记》者说"发现了村人的性格"，村人便是封建社会下被压迫被损害的一群。胡适之说过，一个人是爸爸的儿子，爷爷的孙子，又是儿子的爸爸，上下夹攻，没有办法；如果有了七八个孩子，慢说现在，就在"五四"时候也毫无办法。《狂人日记》里喊出"救救孩子!"并且要打倒孔家店,"孔家店"便是当时给"封建社会"的代名词,鲁迅便是肩起闸门放出孩子去的。他当时虽认为希望不多,但希望总是有的,他就用艺术方法表现了出来,要怎样救救孩子呢?就是说两位先生,一位是德先生,一位是赛先生,到今天也仍然如此,这就是我所知道的"五四"时代的文艺。

一九四七年五月四日

中国文评流别述略

　　近年读郭绍虞先生《中国文学批评史》讲义（周、秦至北宋），别具条理，跟坊间的文学史文学批评史大不相同，确是一部好书。但那是纵剖的叙述，范围也大，通论与专评都要说及。本篇却想横剖的看，看中国文评到底有几大类。范围只限于专评，就是具体的评作家评作品的话，完整的或零星的。因此着眼于诗文评专著和诗文评选本的地方多些。

　　所谓流别，只是说有这些种评法而已，其实并无严格的界限，评者参用几种方法是常有的事——自然也有专主一法的，但少些。照我看，中国文评可分五大类。这里姑不确定类名，只标出他们所论的主体；因为借用外国名字，苦于不贴切，自定名字，又嫌闭门造车，怕不合式。

（一）论比兴

　　这只限于诗词。《毛诗正义》云：郑司农云："比者，比方于物。"诸言"如"者皆比辞也。司农又云："兴者，托事于物。"则兴者，起也；取譬引类，起发己心。诗文诸举草木鸟兽以见意者，皆兴辞也。

言"如"的是直喻（例：有力如虎），托物的是借喻（例：《诗·谷风》《毛传》：阴阳和而谷风至，夫妇和则室家成，室家成而继嗣生），一显一隐，一个只是形似之辞，一个却寓言外之意。所以《毛诗传》只说兴而不及比。孔颖达这一番话说比兴的分别最清楚，也最合于《毛传》原意（《文心雕龙·比兴篇》举例也有此分别，但未明白说出）。但近年来讨论比兴的似乎都没有引这一节。日人铃木虎雄的《支那诗论史》里独引它（孙俍工译《中国古代文艺论史》上卷二八、二九页），可谓有见。

比只是修辞的方法，兴却不只于此而关于全诗的用意。用意既不明见于文义中，所以不妨各说各的。历来解《诗经》的异说纷纷，以及后来人好谈比兴，都是为此。其实只是兴的问题，与比无干；只因一般弄不清比兴的界限，所以老是牵连着说。论兴诗的异说虽多，就传统上看，却也有些共同的趋向。一是教化的，二是历史的。《诗大序》里"上以风化下，下以风刺上"，可作"教化的"一语的注脚。因为是教化的，所以都是有为而作，于是乎必求其时地以实之；这便是历史的。所兴的是朝政或风俗，固然可以这么看；所兴的是个人失志，也还可以这么看。因为个人的身世与性情也可以见出教化来。《诗经》里无主名的兴诗可以这样看，后世各家的诗可以认作兴体的（如李商隐之作），也未尝不可这样看。

这种看法实在出于春秋时代的用诗；那时不管诗的原来用意如何，只断章取义地用在政教方面去（参看顾颉刚先生《诗经在春秋战国间的地位》，见《古史辨》三下）。因为全篇诗往往不能整个儿合用，所以只得断章取义。后来说兴诗的虽未明言，却也采取此法。《毛诗传》里解释兴诗的话常常只能说通两三句或一章的意思，极少能全诗毫无扞格的。注李商隐的也多处如此。再说张惠言《词选》里解释温庭筠的《菩萨蛮》十四首，也是好例子。但也有能自圆其说的，如铜阳居士说苏轼的《卜算子》词（见黄昇《花菴词选》），端木埰说王沂孙《齐天乐》咏蝉词（似见四印斋所刻《花外词》），但真是少极。就凭这断章取义一层，我们可以看出比兴论所论的并不是原诗本来的用意，而是傅会上去的效用。自然也有例外，作家受了比兴论的影响，确有用兴体作诗的，如朱庆余《近试上张水部》一绝（通常以为是比，但照《毛诗》的说法，应该是兴）。可是这种例外太少，无妨存而不论。

（二）论教化

比兴论从修辞论到用意，而以教化为主。起初还只是解诗的标准，后来渐渐成为评诗的标准。理论上有比兴的诗高于无比兴的诗（实际上建安以来就没有多少真可以称为兴体的诗）。再后来索性连本来是修辞方法的比兴都不谈，只谈教化。这么着这个标准应用的范围便扩大起来，连文也包括进去。昭明太子《陶渊明集序》说："白璧微瑕，惟在《闲情》一赋。"正用这个标准。宋代"文以载道"之说既盛，这个标准自然更有力些。王柏《诗疑》甚至要重删郑、卫的诗。清代陈祚明《古诗选》以情与辞论诗，颇有佳见；但论《孔雀东南飞》，以为焦仲卿妻"不闻孝道之微"，而仲卿"刑于之化犹有未尽"。他说："论诗本不宜言理。然此有系于风化，故偶及之。"不过这种极端的议论到底不常见，而"主于论理而不论文"的真德秀《文章正宗》，"虽所持之理甚正"，"自宋以来罕有诵习之者"（见梁章钜《退庵论文》）。也可见极端的教化论是行不通的。教化论有力的中心思想怕只是"诗教"。《礼记·经解篇》："温柔敦厚，诗教也。"这就是《诗大序》里说的"发乎情止乎礼义"，也就是情感的节制之意。《文章正宗》纲目"诗赋"下说："悠然得其性情之正，即所谓义理也"，义与此同。这虽说是诗教，可也用作评文的标准，应用是很广的。

（三）论兴趣

严羽《沧浪诗话》说："盛唐诸人，惟在兴趣，羚羊挂角，无迹可求。"又说"李、杜数公如金鹦擘海，香象渡河。"兴趣可以说是情感的趋向，羚羊云云见得这种趋向是代表一类事，不是代表一件事，所以不可死看。苏轼所谓"赋诗必此诗，定知非诗人"，就是此意。金鹦云云以见李、杜兴趣的一端，也不可死看。兴趣的兴是比兴的兴的引申义，都是托事于物，不过所托的一个是教化，一个是情趣罢了。比兴的兴是借喻，兴趣的说明也靠着形似之辞，是极其相近的。兴趣二字用为论诗之语，虽始于《沧浪诗话》，但以兴趣论诗，晋朝就有了。钟嵘《诗品》论潘岳诗，引李充《翰林论》，说他"翩翩然如翔禽之有羽毛，衣服之有绡纹"。又引谢混的话，"潘诗烂如舒锦，无处不佳。陆（机）文如披沙简金，往往见宝。"论颜延之诗引汤惠休说，"谢（灵运）诗如芙蓉出水，颜如错采镂金。"都是这一类。后来张说与徐坚论"近代文士"（见《旧唐书·杨炯传》），皇甫湜《谕业》文以及各选本里引用最多的敖陶孙《诗评》，体制都出于此。而唐以来文人互相标榜的文字，也常有形似语，但体制不同，那是推广的用法了（参用郭著《中国文学批评史》里的材料）。郭绍虞先生说这种方法"近游戏，多模糊影响之谈"，是不错的。兴趣论所论的其实也与作家或作品无多交涉，只是用感觉的表现描出作品的情感部分而已。但情感以外还有文义、口气、用意等（用英人瑞恰慈说），兴趣论都不去触及；"模糊影响"，就为的这个。

（四）论渊源

《诗品》论诗，每家必说源出于何人，"若一一亲见其师承者"（《四

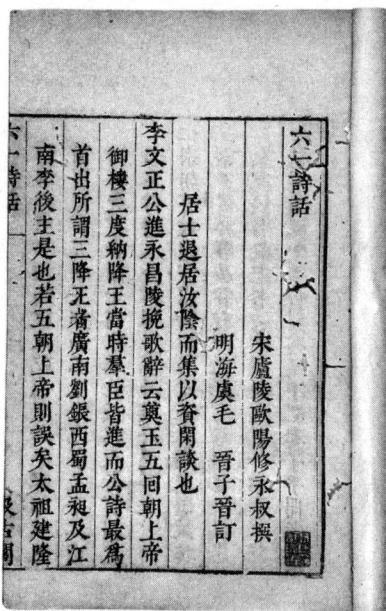 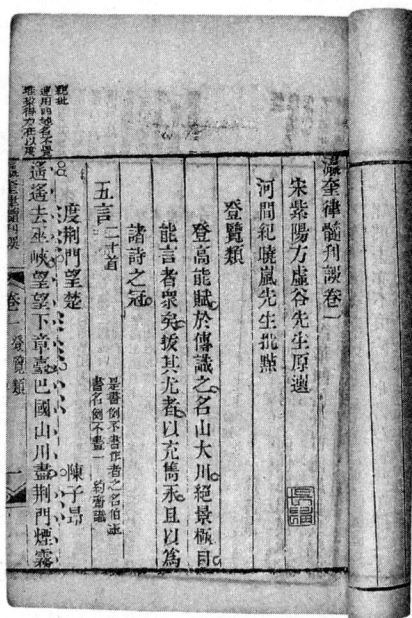

（左）◎《六一诗话》
（右）◎《瀛奎律髓》

98

库提要》语）。《四库提要》以为"不免附会"，自是确论。钟嵘所以如此说，大约因为尊古与模拟的风气。《汉书艺文志》说九流出于王官，钟嵘似乎窃取了班固的意思。再则汉以来模拟渐盛。诸家仿《楚辞》，扬雄仿《易经》《论语》，都可见出。到了晋代，更开了拟古的风气。模拟本来是制作必经的阶段；而因为个人的才性与环境的关系，于古作者偏有所主，也是当然。只要如刘知畿说的"貌异而心同"，便是正路。后来韩愈一面"非三代两汉之书不敢观"，一面又要"惟陈言之务去"，就是这个道理。钟嵘追溯各家的渊源，正因为看出模拟之必不可免。想找出诗家所取法的人，让一般人比较着看，更可以了解各家的诗。到这里为止，也是不错的。但为尊古思想所误，要给各家一一找出娘家来，自然就"不免附会"了。我们觉得这个方法可用，不过要"拿证据来"，一两句空话是不行的。

（五）论体性

刘勰《文心雕龙·体性篇》举出"典雅"等八体；体是"体式"。又论"才性"给文的影响，举"贾生俊发，故文洁而体清"等十二例。《诗品》所论，却偏于"体式"，"才性"只偶及而已。这两种书里用以评价的，以骈字的性状形容词为最多，而以几个观念为纲领，如"神""气""味"（郭绍虞先生说刘勰多论"神""气"，钟嵘则始拈出"味"字）。《诗品》所用骈字形容词约一百个（据陈卿先生《钟嵘诗品之研究》）。这些观念与形容词都是借用，或说引申用。"神"的观念出于《庄子》，"气"的观念出于《典论》。扬雄《法言》说："诗人之赋丽以则，辞人之赋丽以淫。"曹丕《典论·论文》说："应玚和而不壮，刘桢壮而不密"，已都用性状形容词。不过到了南朝用得更多。后世递相沿袭，时有新附；现在若作文评词汇，必是蔚然大观。这些性状形容词对于诗文的文义、情感、口气、用意四项都经指及，但只囫囵地说，加以用得太久，意义多已含糊不切，所以没有很大的效用。许多人看不起这种评语，大半为此。但这种方法才是就文论文，不涉枝节，是为了解鉴赏之助。若有人能用考据方法将历来文评所用的性状形容词爬罗剔抉一番，分别确定它们的义界，我们也许可以把旧日文学的面目看得清楚些。

（六）论字句

《文心雕龙》有《章句》、《练字》、《附会》三篇，论篇章字句之法，但重在作而不在评。《诗品序》只举名篇，书中极少论到字句等，可见当时文评风气。唐、宋人诗格一类书颇多，也重在作。但宋代诗话发达，其中渐渐评到字句；《诗人玉屑》里"句法""下字"各有专类，便是一证，而各家诗话多以摘句代批评，也是此故。论文风气大略相同，但无如此之盛。如欧阳修《醉翁亭记》起处本有数十字，后来删剩一句，仍存原意，传为佳话。而叶梦得说："今世安得文章？只有个减字换字法尔。"（与上条皆《朱子语类》）都足见当世重视字句修饰。又南宋陈骙《文则》中也颇多论字句的话。

到了宋末，才有了评点的书；苏批《孟子》是伪书（见《四库提要》），除批评字句章法外，并用连圈连点标出佳处。其时有刘辰翁评点的书不少，方回的《瀛奎律髓》也著名。清代金人瑞想来便传的这一派。但刘、方等评语也只用几个纲领的观念和一些性状形容词，金却更加如火如荼的形似之语。像《西厢记》评中论烘云托月法、论匡庐天下之奇诸节皆是。他评《水浒传》还有什么草蛇灰线法等。这种观念大约从八股文来，方法却模拟论兴趣诸家的。但论兴趣的是就各作家的全部作品论，与金的枝枝节节而为之不一样。又清代有许多诗声调谱，王士祯、赵执信是开山祖师。后来有个李锳,作《诗法易简录》,其中古诗部分便应用他们所论的去批评。这可以说是声调论,自然也是枝枝节节而为之。字句论与声调论都流于琐碎或支离,教人只注意枝节,而忽略了整个儿作品,金人瑞尤其如此。但若能适可而止,也未尝没有用处。

原载一九三三年十一月十一日天津《大公报·文艺副刊》

论逼真与如画

——关于传统的对于自然和艺术的态度的一个考察

　　"逼真"与"如画"这两个常见的批评用语，给人一种矛盾感。"逼真"是近乎真，就是像真的。"如画"是像画，像画的。这两个语都是价值的批评，都说是"好"。那么，到底是真的好呢？还是画的好呢？更教人迷糊的，像清朝大画家王鉴说的：

　　　　人见佳山水，辄曰"如画"，见善丹青，辄曰"逼真"。（《染香庵跋画》）

　　丹青就是画。那么，到底是"如画"好呢？还是"逼真"好呢？照历来的用例，似乎两个都好，两个都好而不冲突，怎么会的呢？这两个语出现在我们的中古时代，沿用得很久，也很广，表现着这个民族对于自然和艺术的重要的态度。直到白话文通行之后，我们有了完备的成套的批评用语，这两个语才少见了，但是有时还用得着，有时也翻成白话用着。

　　这里得先看看这两个语的历史。照一般的秩序，总是先有"真"，后才有"画"，所以我们可以顺理成章的说"逼真与如画"——将"逼真"排在"如画"的前头。然而事实上似乎后汉就有了"如画"这个语，"逼真"却大概到南北朝才见。这两个先后的时代，限制着"画"和"真"两个词的意义，也就限制着这两个语的意义；不过这种用语的意义是会跟着时代改变的。《后汉书·马援传》里说他：

> 为人明须发，眉目如画。

唐朝李贤注引后汉的《东观记》说：

> 援长七尺五寸，色理发肤眉目容貌如画。

可见"如画"这个语后汉已经有了，南朝范晔作《后汉书·马援传》，大概就根据这类记载；他沿用"如画"这个形容语，没有加字，似乎直到南朝这个语的意义还没有什么改变。但是"如画"到底是什么意义呢？

我们知道直到唐初，中国画是以故事和人物为主的，《东观记》里的"如画"，显然指的是这种人物画。早期的人物画由于工具的简单和幼稚，只能做到形状匀称与线条分明的地步，看武梁祠的画像就可以知道。画得匀称分明是画得好；人的"色理发肤眉目容貌如画"，是相貌生得匀称分明，也就是生得好。但是色理发肤似乎只能说分明，不能说匀称，范晔改为"明须发，眉目如画"，是很有道理的。匀称分明是常识的评价标准，也可以说是自明的标准，到后来就成了古典的标准。类书里还举出三国时代诸葛亮的《黄陵庙记》，其中叙到"乃见江左大山壁立，林麓峰峦如画"，上文还有"睹江山之胜"的话。清朝严可均编辑的《全三国文》里说"此文疑依托",大概是从文体或作风上看。笔者也觉得这篇记是后人所作。"江山之胜"这个意念到东晋才逐渐发展,三国时代是不会有的;而文体或作风又不像。文中"如画"一语,承接着"江山之胜",已经是变义,下文再论。

"如画"是像画,原义只是像画的局部的线条或形体,可并不说像一个画面;因为早期的画还只以个体为主,作画的人对于整个的画面还没有清楚的意念。这个意念似乎到南北朝才清楚的出现。南齐谢赫举出画的六法,第五是"经营布置",正是意识到整个画面的存在的证据。就在这个时代,有了"逼真"这个语,"逼真"是指的整个形状。

如《水经注·沔水篇》说:

上粉县……堵水之旁……有白马山,山石似马,望之逼真。

这里"逼真"是说像真的白马一般。但是山石像真的白马又有什么好呢? 这就牵连到这个"真"字的意义了。这个"真"固然指实物,可是一方面也是《老子》、《庄子》里说的那个"真",就是自然,另一方面又包含谢赫的六法的第一项"气韵生动"的意思,惟其"气韵生动",才能自然,才是活的不是死的。死的山石像活的白马,有生气,有生意,所以好。"逼真"等于俗语说的"活脱"或"活像",不但像是真的,并且活像是真的。如果这些话不错,"逼真"这个意念主要的还是跟着画法的发展来的。

这时候画法已经从匀称分明进步到模仿整个儿实物了。六法第二"骨法用笔"似乎是指的匀称分明,第五"经营布置"是进一步的匀称分明。第三"应物象形",第四"随类傅彩",第六"传模移写",大概都在说出如何模仿实物或自然;最重要的当然是"气韵生动",所以放在第一。"逼真"也就是近于自然,像画一般的模仿着自然,多多少少是写实的。

唐朝张怀瓘的《书断》里说：

太宗……尤善临古帖，殆于逼真。

这是说唐太宗模仿古人的书法，差不多活像，活像那些古人。不过这似乎不是模仿自然。但是书法是人物的一种表现，模仿书法也就是模仿人物；而模仿人物，如前所论，也还是模仿自然。再说我国书画同源，基本的技术都在乎"用笔"，书法模仿书法，跟画的模仿自然也有相通的地方。不过从模仿书法到模仿自然，究竟得拐上个弯儿。老是拐弯儿就不免只看见那作品而忘掉了那整个儿的人，于是乎"貌同心异"，模仿就成了死板板的描头画角了。书法不免如此，画也不免如此。这就不成其为自然。郭绍虞先生曾经指出道家的自然有"神化"和"神遇"两种境界。而"气韵生动"的"气韵"，似乎原是音乐的术语借来论画的，这整个语一方面也接受了"神化"和"神遇"的意念，综合起来具体的说出，所以作为基本原则，排在六法的首位。但是模仿成了机械化，这个基本原则显然被忽视。为了强调它，唐朝人就重新提出那"神"的意念，这说是复古也未尝不可。于是张怀瓘开始将书家分为"神品""妙品""能品"，朱景元又用来论画，并加上了"逸品"。这神、妙、能、逸四品，后来成了艺术批评的通用标准，也是一种古典的标准。但是神、妙、逸三品都出于道家的思想，都出于玄心和达观，不出于常识，只有能品才是常识的标准。

重神当然就不重形，模仿不妨"貌异心同"；但是这只是就间接模仿自然而论。模仿别人的书画诗文，都是间接模仿自然，也可以说是艺术模仿艺术。直接模仿自然，如"山石似马"，可以说是自然模仿自然，就还得"逼真"才成。韩愈的《春雪间早梅》诗说：

那是俱疑似，

　　　须知两逼真！

　　春雪活像早梅，早梅活像春雪，也是自然模仿自然，不过也是像画一般模仿自然。至于韩偓的诗：

　　　纵有才难咏，

　　　宁无画逼真！

　　说是虽然诗才薄弱，形容不出，难道不能画得活像！这指的是女子的美貌，又回到了人物画，可以说是艺术模仿自然。这也是直接模仿自然，要求"逼真"，跟"山石似马"那例子一样。

　　到了宋朝，苏轼才直截了当的否定了"形似"，他《书鄢陵王主簿所画折枝》的诗里说：

　　　论画以形似，

　　　见与儿童邻。……

　　　边鸾雀写生，

　　　赵昌花传神。……

　　"写生"是"气韵生动"的注脚。后来董逌的《广川画跋》里更提出"生意"这个意念。他说：

　　　世之评画者曰，妙于生意，能不失真如此矣。至是为能尽其

106

（上）◎《梦溪笔谈》

（下）◎《汉书》

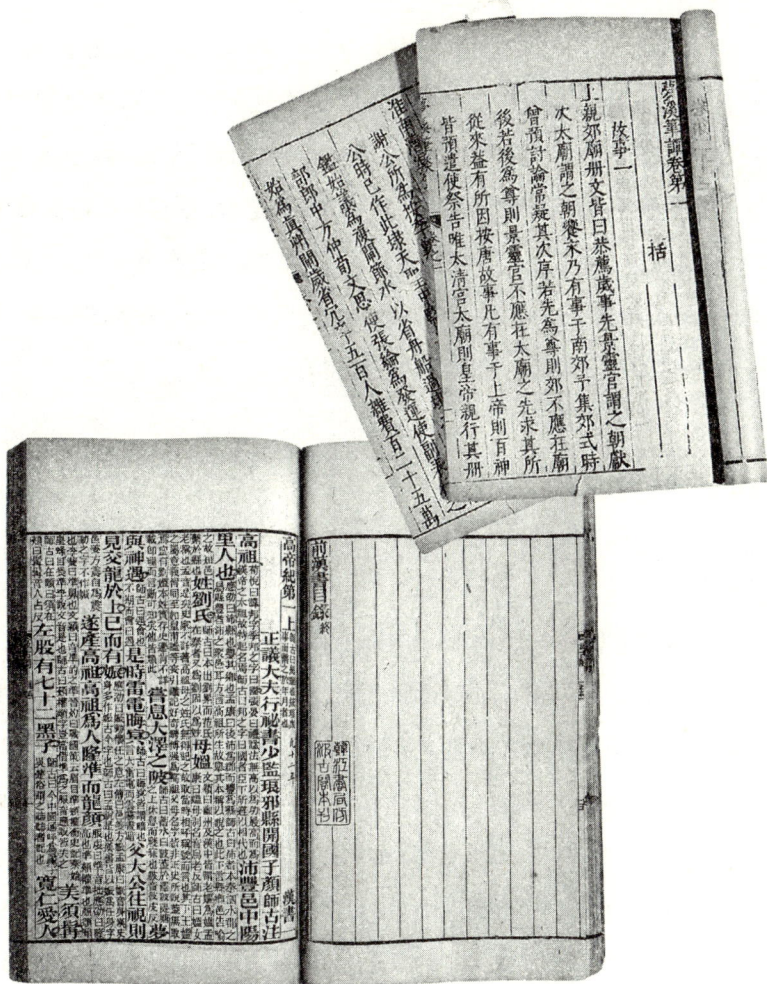

技。尝问如何是当处生意？曰，殆谓自然。问自然，则曰能不异真者斯得之矣。且观天地生物，特一气运化尔，其功用秘移，与物有宜，莫知为之者。故能成于自然。今画者信妙矣，方且晕形布色，求物比之，似而效之，序以成者，皆人力之后失也，岂能以合于自然者哉！

"生意"是真，是自然，是"一气运化"。"晕形布色"，比物求似，只是人工，不合自然。他也在否定"形似"，一面强调那气化或神化的"生意"。这些都见出道家"得意忘言"以及禅家"参活句"的影响。不求"形似"，当然就无所谓"逼真"；因为"真"既没有定形，逼近与否是很难说的。我们可以说"神似"，也就是"传神"，却和"逼真"有虚实之分。不过就画论画，人物、花鸟、草虫，到底以形为本，常识上还只要求这些画"逼真"。跟苏轼差不多同时的晁以道的诗说得好：

画写物外形，

要于形不改。

就是这种意思。但是山水画另当别论。

东晋以来士大夫渐渐知道欣赏山水，这也就是风景，也就是"江山之胜"。但是在画里山水还只是人物的背景，《世说新语》记顾恺之画谢鲲在岩石里，就是一个例证。那时却有个宗炳，将自己游历过的山水，画在墙壁上，"卧以游之"。这是山水画独立的开始，但是这种画无疑的多多少少还是写实的。到了唐朝，山水画长足的发展，北派还走着近乎写实的路，南派的王维开创了文人画，却走上了象征的路。苏轼说他"诗中有画，画中有诗"，文人画的特色就在"画中有诗"。因为要"有诗"，有时就出了常识常理之外。张彦远说"王维画物多不问四时，如画花，往往以桃

杏芙蓉莲花同画一景"。宋朝沈括的《梦溪笔谈》也说他家藏得有王氏的
"《袁安卧雪图》，有雪中芭蕉"。但是沈氏却说：

> 此乃得心应手，意到便成，故造理入神，迥得天意。此难可与
> 俗人论也。

　　这里提到了"神"、"天"就是自然，而"俗人"是对照着"文人"说
的。沈氏在上文还说"书画之妙，当以神会"，"神会"可以说是象征化。
桃杏芙蓉莲花虽然不同时，放在同一个画面上，线条、形体、颜色却有一
种特别的和谐，雪中芭蕉也如此。这种和谐就是诗。桃杏芙蓉莲花等只当
作线条、形体、颜色用着，只当作象征用着，所以就可以"不问四时"。这
也可以说是装饰化，图案化，程式化。但是最容易程式化的最能够代表文
人化的是山水画，苏轼的评语，正指王维的山水画而言。

　　桃杏芙蓉莲花等等是个别的实物，形状和性质各自分明，"同画一
景"，俗人或常人用常识的标准来看，马上觉得时令的矛盾，至于那矛盾
里的和谐，原是在常识以外的，所以容易引起争辩。山水，文人欣赏的山
水，却是一种境界，来点儿写实固然不妨，可是似乎更宜于象征化。

　　山水里的草木鸟兽人物，都吸收在山水里，或者说和山水合为一气；
兽与人简直可以没有，如元朝倪瓒的山水画，就常不画人，据说如此更高
远，更虚静，更自然。这种境界是画，也是诗，画出来写出来是的，不画出
来不写出来也是的。这当然说不上"像"，更说不上"活像"或"逼真"了。
"如画"倒可以解作像这种山水画。但是唐人所谓"如画"，还带有写实
的意味，例如李商隐的诗：

　　茂苑城如画，

阊门瓦欲流。

皮日休的诗：

　　楼台如画倚霜空。

　　虽然所谓"如画"指的是整个画面，却似乎还是北派的山水画。上文《黄陵庙记》里的"如画"，也只是这个意思。
　　到了宋朝，如林逋的诗：

　　白公睡阁幽如画。

　　这个"幽"就全然是境界，像的当然是南派的画了。"如画"可以说是属于自然模仿艺术一类。
　　上文引过王鉴的话，"人见佳山水，辄曰'如画'"，这"如画"是说像南派的画。他又说"见善丹青，辄曰'逼真'"，这丹青却该是人物、花鸟、草虫，不是山水画。
　　王鉴没有弄清楚这个分别，觉得这两个语在字面上是矛盾的，要解决这个矛盾，他接着说：

　　　则知形影无定法，真假无滞趣，惟在妙悟人得之；不尔，虽工未为上乘也。

　　形影无定，真假不拘，求"形似"也成，不求"形似"也成，只要妙

110

悟，就能够恰到好处。但是"虽工未为上乘"，"形似"到底不够好。但这些话并不曾解决了他想像中的矛盾，反而越说越糊涂。照"真假无滞趣"那句话，似乎画是假的；可是既然不拘真假，假而合于自然，也未尝不可以说是真的。其实他所谓假，只是我们说的境界，与实物相对的境界。照我们看，境界固然与实物不同，却也不能说是假的。同是清朝大画家的王时敏在一处画跋里说过：

> 石谷所作雪卷，寒林积素，江村寥落，一一皆如真境，宛然辋川笔法。

辋川指的王维，"如真境"是说像自然的境界，所谓"得心应手，意到便成"，"莫知为之者"。自然的境界尽管与实物不同，却还不妨是真的。

"逼真"与"如画"这两个语借用到文学批评上，意义又有些变化。这因为文学不同于实物，也不同于书法的点画，也不同于画法的"用笔""象形""傅彩"。文学以文字为媒介，文字表示意义，意义构成想像；想像里有人物，花鸟，草虫，及其他，也有山水——有实物，也有境界。但是这种实物只是想像中的实物；至于境界，原只存在于想像中，倒是只此一家，所以"诗中有画，画中有诗"。向来评论诗文以及小说戏曲，常说"神态逼真"，"情景逼真"，指的是描写或描画。写神态写情景写得活像，并非诉诸直接的感觉，跟"山石似马，望之逼真"以及"宁无画逼真"的直接诉诸视觉不一样，这是诉诸想像中的视觉的。宋朝梅尧臣说过"状难写之景，如在目前"，"如"字很确；这种"逼真"只是使人如见。可是向来也常说"口吻逼真"，写口气写得活像，是使人如闻，如闻其声。这些可以说是属于艺术模仿自然一类。向来又常说某人的诗"逼真老杜"，某人的文"逼真昌黎"，这是说在语汇，句法，声调，用意上，都活像，也就是在作风与作意上都活像，活像在默读或朗诵两家的作品，或全篇，或断句。这儿说是"神似老杜""神似昌黎"也成，想像中的活像本来是可实可虚两面儿的。这是属于艺术模仿艺术一类。文学里的模仿，不论模仿的是自然或艺术，都和书画不相同；倒可以比建筑，经验是材料，想像是模仿的图样。

向来批评文学作品，还常说"神态如画"，"情景如画"，"口吻如画"，也指描写而言。上文"如画"的例句，都属于自然模仿艺术一类。这儿是说"写神态如画"，"写情景如画"，"写口吻如画"，可以说是属于艺术模仿自然一类。在这里"如画"的意义却简直和"逼真"是一样，想像的"逼真"和想像的"如画"在想像里合而为一了。

这种"逼真"与"如画"都只是分明、具体、可感觉的意思，正是常识对于自然和艺术所要求的。可是说"景物如画"或"写景物如画"，却是例外。这儿"如画"的"画"，可以是北派山水，可以是南派山水，得看所评的诗文而定；若是北派，"如画"就只是匀称分明，若是南派，就是那诗的境界，都与"逼真"不能合一。不过传统的诗文里写景的地方并不很多，小说戏剧里尤其如此，写景而有境界的更少，因此王维的"诗中有画"才见得难能可贵，模仿起来不容易。他创始的"画中有诗"的文人画，却比那"诗中有画"的诗直接些，具体些，模仿的人很多，多到成为所谓南派。我们感到"如画"与"逼真"两个语好像矛盾，就由于这一派文人画的影响。不过这两个语原来既然都只是常识的评价标准，后来意义虽有改变，而除了"如画"在作为一种境界解释的时候变为玄心妙赏以外，也都还是常识的标准。这就可见我们的传统的对于自然和艺术的态度，一般的还是以常识为体，雅俗共赏为用的。那些"难可与俗人论"的，恐怕到底不是天下之达道罢。

原载一九三四年《文学》二卷六号

论雅俗共赏

陶渊明有"奇文共欣赏，疑义相与析"的诗句，那是一些"素心人"的乐事，"素心人"当然是雅人，也就是士大夫。这两句诗后来凝结成"赏奇析疑"一个成语，"赏奇析疑"是一种雅事，俗人的小市民和农家子弟是没有份儿的。然而又出现了"雅俗共赏"这一个成语，"共赏"显然是"共欣赏"的简化，可是这是雅人和俗人或俗人跟雅人一同在欣赏，那欣赏的大概不会还是"奇文"罢。这句成语不知道起于什么时代，从语气看来，似乎雅人多少得理会到甚至迁就着俗人的样子，这大概是在宋朝或者更后罢。

原来唐朝的安史之乱可以说是我们社会变迁的一条分水岭。在这之后，门第迅速的垮了台，社会的等级不像先前那样固定了，"士"和"民"这两个等级的分界不像先前的严格和清楚了，彼此的分子在流通着，上下着。而上去的比下来的多，士人流落民间的究竟少，老百姓加入士流的却渐渐多起来。王侯将相早就没有种了，读书人到了这时候也没有种了；只要家里能够勉强供给一些，自己有些天分，又肯用功，就是个"读书种子"；去参加那些公开的考试，考中了就有官做，至少也落个绅士。这种进展经过唐末跟五代的长期的变乱加了速度，到宋朝又加上印刷术的发达，学校多起来了，士人也多起来了，士人的地位加强，责任也加重了。这些士人多数是来自民间的新的分子，他们多少保留着民间的生活方式和生活态度。他们一面学习和享受那些雅的，一面却还不能摆脱或蜕变那些俗的。人既然很多，大家是这样，也就不觉其寒尘；不但不觉其寒尘，还要重新估定价值，至少也得调整那旧来的标准与尺度。"雅俗共赏"似乎就是新提出的尺度或标准，这里并非打倒旧标准，只是要求那些雅士理会到或迁就些俗士的趣味，好让大家打成一片。当然，所谓"提出"和"要求"，都只是不自觉的看来是自然而然的趋势。

中唐的时期，比安、史之乱还早些，禅宗的和尚就开始用口语记录大师的说教。用口语为的是求真与化俗，化俗就是争取群众。安、史乱后，和尚的口语记录更其流行，于是乎有了"语录"这个名称，"语录"就成为一种著述体了。到了宋朝，道学家讲学，更广泛的留下了许多语录；他们用语录，也还是为了求真与化俗，还是为了争取群众。所谓求真的"真"，一面是如实和直接的意思。禅家认为第一义是不可说的，语言文字都不能表达那无限的可能，所以是虚妄的。然而实际上语言文字究竟是不免要用的一种"方便"，记录文字自然越近实际的、直接的说话越好。在另一面这"真"又是自然的意思，自然才亲切，才让人容易懂，也就是更能收到化俗的功效，更能获得广大的群众。道学主要的是中国的正统的思想，道学家用了语录做工具，大大的增强了这种新的文体的地位，语录就成为一种传统了。比语录体稍稍晚些，还出现了一种宋朝叫做"笔记"的东西。这种作品记述有趣味的杂事，范围很宽，一方面发表作者自己的意见，所谓议论，也就是批评，这些批评往往也很有趣味。作者写这种书，只当做对客闲谈，并非一本正经，虽然以文言为主，可是很接近说话。这也是给大家看的，看了可以当做"谈助"，增加趣味。宋朝的笔记最发达，当时盛行，流传下来的也很多。目录家将这种笔记归在"小说"项下，近代书店汇印这些笔记，更直题为"笔记小说"；中国古代所谓"小说"，原是指记述杂事的趣味作品而言的。

那里我们得特别提到唐朝的"传奇"。"传奇"据说可以见出作者的"史才、诗、笔、议论"，是唐朝士子在投考进士以前用来送给一些大人先生看，介绍自己，求他们给自己宣传的。其中不外乎灵怪、艳情、剑侠三类故事，显然是以供给"谈助"，引起趣味为主。无论照传统的意念，或现代的意念，这些"传奇"无疑的是小说，一方面也和笔记的写作态度有相类之处。照陈寅恪先生的意见，这种"传奇"大概起于民间，文士是仿作，文字里多口语化的地方。陈先生并且说唐朝的古文运动就是从这儿开始。他指出古文运动的领导者韩愈的《毛颖传》，正是仿"传奇"而作。我们看韩愈的"气盛言宜"的理论和他的参差错落的文句，也正是多多少少在口语化。他的门下的"好难"、"好易"两派，似乎原来也都是在试验如何口语化。可是"好难"的一派过分强调了自己，过分想出奇制胜，不管一般人能够了解欣赏与否，终于被人看作"诡"和"怪"而失败，于是宋朝的欧阳修继承了"好易"的一派的努力而奠定了古文的基础。——以上说的种种，都是安史乱后几百年间自然的趋势，就是那雅俗共赏的趋势。

宋朝不但古文走上了"雅俗共赏"的路，诗也走向这条路。胡适之先生说宋诗的好处就在"做诗如说话"，一语破的指出了这条路。自然，这条路上还有许多曲折，但是就像不好懂的黄山谷，他也提出了"以俗为雅"的主张，并且点化了许多俗语成为诗句。实践上"以俗为雅"，并不从他开始，梅圣俞、苏东坡都是好手，而苏东坡更胜。据记载梅和苏都说过"以俗为雅"这句话，可是不大靠得住；黄山谷却在《再次杨明叔韵》一诗的"引"里郑重的提出"以俗为雅，以故为新"，说是"举一纲而张万目"。他将"以俗为雅"放在第一，因为这实在可以说是宋诗的一般作风，

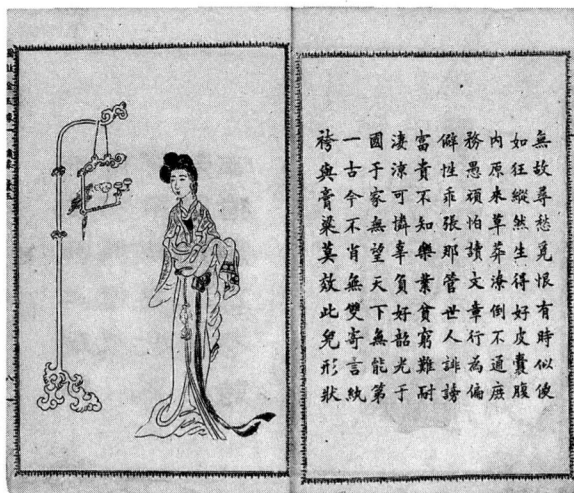

大家

也正是"雅俗共赏"的路。但是加上"以故为新",路就曲折起来,那是雅人自赏,黄山谷所以终于不好懂了。不过黄山谷虽然不好懂,宋诗却终于回到了"做诗如说话"的路,这"如说话",的确是条大路。

雅化的诗还不得不回向俗化,刚刚来自民间的词,在当时不用说自然是"雅俗共赏"的。别瞧黄山谷的有些诗不好懂,他的一些小词可够俗的。柳耆卿更是个通俗的词人。词后来虽然渐渐雅化或文人化,可是始终不能雅到诗的地位,它怎么着也只是"诗馀"。词变为曲,不是在文人手里变,是在民间变的;曲又变得比词俗,虽然也经过雅化或文人化,可是还雅不到词的地位,它只是"词馀"。一方面从晚唐和尚的俗讲演变出来的宋朝的"说话"就是说书,乃至后来的平话以及章回小说,还有宋朝的杂剧和诸宫调等等转变成功的元朝的杂剧和戏文,乃至后来的传奇,以及皮簧戏,更多半是些"不登大雅"的"俗文学"。这些除元杂剧和后来的传奇也算是"词馀"以外,在过去的文学传统里简直没有地位。也就是说这些小说和戏剧在过去的文学传统里多半没有地位,有些有点地位,也不是正经地位。可是虽然俗,大体上却"俗不伤雅",虽然没有什么地位,却总是"雅俗共赏"的玩艺儿。

"雅俗共赏"是以雅为主的,从宋人的"以俗为雅"以及常语的"俗不伤雅",更可见出这种宾主之分。起初成群俗士蜂拥而上,固然逼得原来的雅士不得不理会到甚至迁就着他们的趣味,可是这些俗士需要摆脱的更多。他们在学习,在享受,也在蜕变,这样渐渐适应那雅化的传统,于是乎新旧打成一片,传统多多少少变了质继续下去。前面说过的文体和诗风的种种改变,就是新旧双方调整的过程,结果迁就的渐渐不觉其为迁就,学习的也渐渐习惯成了自然,传统的确稍稍变了质,但是还是文言或雅言为主,就算跟民众近了一些,近得也不太多。

至于词曲,算是新起于俗间,实在以音乐为重,文辞原是无关轻重的;

"雅俗共赏"，正是那音乐的作用。后来雅士们也曾分别将那些文辞雅化，但是因为音乐性太重，使他们不能完成那种雅化，所以词曲终于不能达到诗的地位。而曲一直配合着音乐，雅化更难，地位也就更低，还低于词一等。可是词曲到了雅化的时期，那"共赏"的人却就雅多而俗少了。真正"雅俗共赏"的是唐、五代、北宋的词，元朝的散曲和杂剧，还有平话和章回小说以及皮簧戏等。皮簧戏也是音乐为主，大家直到现在都还在哼着那些粗俗的戏词，所以雅化难以下手，虽然一二十年来这雅化也已经试着在开始。平话和章回小说，传统里本来没有，雅化没有合式的榜样，进行就不易。《三国演义》虽然用了文言，却是俗化的文言，接近口语的文言，后来的《水浒》《西游记》《红楼梦》等就都用白话了。不能完全雅化的作品在雅化的传统里不能有地位，至少不能有正经的地位。雅化程度的深浅，决定这种地位的高低或有没有，一方面也决定"雅俗共赏"的范围的小和大——雅化越深，"共赏"的人越少，越浅也就越多。所谓多少，主要的是俗人，是小市民和受教育的农家子弟。在传统里没有地位或只有低地位的作品，只算是玩艺儿；然而这些才接近民众，接近民众却还能教"雅俗共赏"，雅和俗究竟有共通的地方，不是不相理会的两橛了。

单就玩艺儿而论，"雅俗共赏"虽然是以雅化的标准为主，"共赏"者却以俗人为主。固然，这在雅方得降低一些，在俗方也得提高一些，要"俗不伤雅"才成；雅方看来太俗，以至于"俗不可耐"的，是不能"共赏"的。但是在什么条件之下才会让俗人所"赏"的，雅人也能来"共赏"呢？我们想起了"有目共赏"这句话。孟子说过"不知子都之姣者，无目者也"，"有目"是反过来说，"共赏"还是陶诗"共欣赏"的意思。子都的美貌，有眼睛的都容易辨别，自然也就能"共赏"了。孟子接着说："口之于味也，有同嗜焉；耳之于声也，有同听焉；目之于色也，有同美焉。"这说的是人之常情，也就是所谓人情不相远。但是这不相远似乎只限于一些

118

具体的、常识的、现实的事物和趣味。譬如北平罢，故宫和颐和园，包括建筑，风景和陈列的工艺品，似乎是"雅俗共赏"的，天桥在雅人的眼中似乎就有些太俗了。说到文章，俗人所能"赏"的也只是常识的，现实的。后汉的王充出身是俗人，他多多少少代表俗人说话，反对难懂而不切实用的辞赋，却赞美公文能手。公文这东西关系雅俗的现实利益，始终是不曾完全雅化了的。再说后来的小说和戏剧，有的雅人说《西厢记》诲淫，《水浒传》诲盗，这是"高论"。实际上这一部戏剧和这一部小说都是"雅俗共赏"的作品。《西厢记》无视了传统的礼教，《水浒传》无视了传统的忠德，然而"男女"是"人之大欲"之一，"官逼民反"，也是人之常情，梁山泊的英雄正是被压迫的人民所想望的。俗人固然同情这些，一部分的雅人，跟俗人相距还不太远的，也未尝不高兴这两部书说出了他们想说而不敢说的。这可以说是趣味，可并不是低级趣味；这是有关系的，也未尝不是有节制的。"诲淫""诲盗"只是代表统治者的利益的说话。

十九世纪二十世纪之交是个新时代，新时代给我们带来了新文化，产生了我们的知识阶级。这知识阶级跟从前的读书人不大一样，包括了更多的从民间来的分子，他们渐渐跟统治者拆伙而走向民间。于是乎有了白话正宗的新文学，词曲和小说戏剧都有了正经的地位。还有种种欧化的新艺术。这种文学和艺术却并不能让小市民来"共赏"，不用说农工大众。于是乎有人指出这是新绅士也就是新雅人的欧化，不管一般人能够了解欣赏与否。他们提倡"大众语"运动。但是时机还没有成熟，结果不显著。抗战以来又有"通俗化"运动，这个运动并已经在开始转向大众化。"通俗化"还分别雅俗，还是"雅俗共赏"的路，大众化却更进一步要达到那没有雅俗之分，只有"共赏"的局面。这大概也会是所谓由量变到质变罢。

原载一九四七年十一月十八日《观察》第三卷第十一期

论百读不厌

前些日子参加了一个讨论会，讨论赵树理先生的《李有才板话》。座中一位青年提出了一件事实：他读了这本书觉得好，可是不想重读一遍。大家费了一些时候讨论这件事实。有人表示意见，说不想重读一遍，未必减少这本书的好，未必减少它的价值。但是时间匆促，大家没有达到明确的结论。一方面似乎大家也都没有重读过这本书，并且似乎从没有想到重读它。然而问题不但关于这一本书，而是关于一切文艺作品。为什么一些作品有人"百读不厌"，另一些却有人不想读第二遍呢？是作品的不同吗？是读的人不同吗？如果是作品不同，"百读不厌"是不是作品评价的一个标准呢？这些都值得我们思索一番。

苏东坡有《送章惇秀才失解西归》诗，开头两句是：

旧书不厌百回读，

熟读深思子自知。

"百读不厌"这个成语就出在这里。"旧书"指的是经典，所以要"熟读深思"。《三国志·魏志·王肃传·注》：

> 人有从（董遇）学者，遇不肯教，而云"必当先读百遍"，言"读书百遍而意自见"。

经典文字简短，意思深长，要多读，熟读，仔细玩味，才能了解和体会。所谓"意自见"，"子自知"，着重自然而然，这是不能着急的。这诗句原是安慰和勉励那考试失败的章惇秀才的话，劝他回家再去安心读书，说"旧书"不嫌多读，越读越玩味越有意思。固然经典值得"百回读"，但是这里着重的还在那读书的人。简化成"百读不厌"这个成语，却就着重在读的书或作品了。这成语常跟另一成语"爱不释手"配合着，在读的时候"爱不释手"，读过了以后"百读不厌"。这是一种赞词和评语，传统上确乎是一个评价的标准。当然，"百读"只是"重读""多读""屡读"的意思，并不一定一遍接着一遍的读下去。

经典给人知识，教给人怎样做人，其中有许多语言的、历史的、修养的课题，有许多注解，此外还有许多相关的考证，读上百遍，也未必能够处处贯通，教人多读是有道理的。但是后来所谓"百读不厌"，往往不指经典而指一些诗，一些文，以及一些小说；这些作品读起来津津有味，重读，屡读也不腻味，所以说"不厌"；"不厌"不但是"不讨厌"，并且是"不厌倦"。诗文和小说都是文艺作品，这里面也有一些语言和历史的课题，诗文也有些注解和考证；小说方面呢，却直到近代才有人注意这些课题，于是也有了种种考证。但是过去一般读者只注意诗文的注解，不大留心那些课题，对于小说更其如此。他们集中在本文的吟诵或浏览上。这些人吟诵诗文是为了欣赏，甚至于只为了消遣，浏览或阅读小说更只是为了消遣，他们要求的是趣味，是快感。这跟诵读经典不一样。诵读经典是为了知识，为了教训，得认真，严肃，正襟危坐的读，不像读诗文和小说可以马马虎虎的，随随便便的，在床上，在火车轮船上都成。这么着可还能够教人"百读不厌"，那些诗文和小说到底是靠了什么呢？

在笔者看来，诗文主要是靠了声调，小说主要是靠了情节。过去一般读者大概都会吟诵，他们吟诵诗文，从那吟诵的声调或吟诵的音乐得到趣味或快感，意义的关系很少；只要懂得字面儿，全篇的意义弄不清楚也不要紧的。梁启超先生说过李义山的一些诗，虽然不懂得究竟是什么意思，可是读起来还是很有趣味（大意）。这种趣味大概一部分在那些字面儿的影像上，一部分就在那七言律诗的音乐上。字面儿的影像引起人们奇丽的感觉；这种影像所表示的往往是珍奇，华丽的景物，平常人不容易接触到的，所谓"七宝楼台"之类。民间文艺里常常见到的"牙床"等等，也正是这种作用。民间流行的小调以音乐为主，而不注重词句，欣赏也偏重在音乐上，跟吟诵诗文也正相同。感觉的享受似乎是直接的，本能的，即使是字面儿的影像所引起的感觉，也还多少有这种情形，至于小调和吟诵，更显然直接诉诸听觉，难怪容易唤起普遍的趣味和快感。至于意义的欣赏，得靠综合诸感觉的想象力，这个得有长期的教养才成。然而就像教养很深的梁启超先生，有时也还让感觉领着走，足见感觉的力量之大。

小说的"百读不厌"，主要的是靠了故事或情节。人们在儿童时代就爱听故事，尤其爱奇怪的故事。成人也还是爱故事，不过那情节得复杂些。这些故事大概总是神仙、武侠、才子、佳人，经过种种悲欢离合，而以大团圆终场。悲欢离合总得不同寻常，那大团圆才足奇。小说本来起于民间，起于农民和小市民之间。在封建社会里，农民和小市民是受着重重压迫的，他们没有多少自由，却有做白日梦的自由。他们寄托他们的希望于超现实的神仙，神仙化的武侠，以及望之若神仙的上层社会的才子佳人；

他们希望有朝一日自己会变成了这样的人物。这自然是不能实现的奇迹，可是能够给他们安慰、趣味和快感。他们要大团圆，正因为他们一辈子是难得大团圆的，奇情也正是常情啊。他们同情故事中的人物，"设身处地"的"替古人担忧"，这也因为事奇人奇的原故。过去的小说似乎始终没有完全移交到士大夫的手里。士大夫读小说，只是看闲书，就是作小说，也只是游戏文章，总而言之，消遣而已。他们得化装为小市民来欣赏，来写作；在他们看，小说奇于事实，只是一种玩艺儿，所以不能认真、严肃，只是消遣而已。

封建社会渐渐垮了，五四时代出现了个人，出现了自我，同时成立了新文学。新文学提高了文学的地位；文学也给人知识，也教给人怎样做人，不是做别人的，而是做自己的人。可是这时候写作新文学和阅读新文学的，只是那变了质的下降的士和那变了质的上升的农民和小市民混合成的知识阶级，别的人是不愿来或不能来参加的。而新文学跟过去的诗文和小说不同之处，就在它是认真的负着使命。早期的反封建也罢，后来的反帝国主义也罢，写实的也罢，浪漫的和感伤的也罢，文学作品总是一本正经的在表现着并且批评着生活。这么着文学扬弃了消遣的气氛，回到了严肃——古代贵族的文学如《诗经》，倒本来是严肃的。这负着严肃的使命的文学，自然不再注重"传奇"，不再注重趣味和快感，读起来也得正襟危坐，跟读经典差不多，不能再那么马马虎虎，随随便便的。但是究竟是形象化的，诉诸情感的，跟经典以冰冷的抽象的理智的教训为主不同，又是现代的白话，没有那些语言的和历史的问题，所以还能够吸引许多读者自动去读。不过教人"百读不厌"甚至教人想去重读一遍的作用，的确是很少了。

新诗或白话诗，和白话文，都脱离了那多多少少带着人工的、音乐的声调，而用着接近说话的声调。喜欢古诗、律诗和骈文、古文的失望了，他们尤其反对这不能吟诵的白话新诗；因为诗出于歌，一直不曾跟音乐完全分家，他们是不愿扬弃这个传统的。然而诗终于转到意义中心的阶段了。古代的音乐是一种说话，所谓"乐语"，后来的音乐独立发展，变成"好听"为主了。现在的诗既负上自觉的使命，它得说出人人心中所欲言而不能言的，自然就不注重音乐而注重意义了。——一方面音乐大概也在渐渐注重意义，回到说话罢？——字面儿的影像还是用得着，不过一般的看起来，影像本身，不论是鲜明的，朦胧的，可以独立的诉诸感觉的，是不够吸引人了；影像如果必需得用，就要配合全诗的各部分完成那中心的意义，说出那要说的话。在这动乱时代，人们着急要说话，因为要说的话实在太多。小说也不注重故事或情节了，它的使命比诗更见分明。它可以不靠描写，只靠对话，说出所要说的。这里面神仙、武侠、才子、佳人，都不大出现了，偶然出现，也得打扮成平常人；是的，这时候的小说的人物，主要的是些平常人了，这是平民世纪啊。至于文，长篇议论文发展了工具性，让人们更如意的也更精密的说出他们的话，但是这已经成为诉诸理性的了。诉诸情感的是那发展在后的小品散文，就是那标榜"生活的艺术"，抒写"身边琐事"的。这倒是回到趣味中心，企图着教人"百读不厌"的，确乎也风行过一时。然而时代太紧张了，不容许人们那么悠闲；大家嫌小品文近乎所谓"软性"，丢下了它去找那"硬性"的东西。

　　文艺作品的读者变了质了，作品本身也变了质了，意义和使命压下了趣味，认识和行动压下了快感。这也许就是所谓"硬"的解释。"硬性"的作品得一本正经的读，自然就不容易让人"爱不释手"，"百读不厌"。于是"百读不厌"就不成其为评价的标准了，至少不成其为主要的标准了。但是文艺是欣赏的对象，它究竟是形象化的，诉诸情感的，怎么"硬"也不能"硬"到和论文或公式一样。诗虽然不必再讲那带几分机械性的声调，却不能不讲节奏，说话不也有轻重高低快慢吗？节奏合式，才能集中，才能够高度集中。文也有文的节奏，配合着意义使意义集中。小说是不注重故事或情节了，但也总得有些契机来表现生活和批评它；这些契机得费心思去选择和配合，才能够将那要说的话，要传达的意义，完整的说出来，传达出来。集中了的完整了的意义，才见出情感，才让人乐意接受，"欣赏"就是"乐意接受"的意思。能够这样让人欣赏的作品是好的，是否"百读不厌"，可以不论。在这种情形之下，笔者同意：《李有才板话》即使没有人想重读一遍，也不减少它的价值，它的好。

但是在我们的现代文艺里，让人"百读不厌"的作品也有的。例如鲁迅先生的《阿Q正传》，茅盾先生的《幻灭》、《动摇》、《追求》三部曲，笔者都读过不止一回，想来读过不止一回的人该不少罢。在笔者本人，大概是《阿Q正传》里的幽默和三部曲里的几个女性吸引住了我。这几个作品的好已经定论，它们的意义和使命大家也都熟悉，这里说的只是它们让笔者"百读不厌"的因素。《阿Q正传》主要的作用不在幽默，那三部曲的主要作用也不在铸造几个女性，但是这些却可能产生让人"百读不厌"的趣味。这种趣味虽然不是必要的，却也可以增加作品的力量。不过这里的幽默决不是油滑的，无聊的，也决不是为幽默而幽默，而女性也决不就是色情，这个界限是得弄清楚的。抗战期中，文艺作品尤其是小说的读众大大的增加了。增加的多半是小市民的读者，他们要求消遣，要求趣味和快感。扩大了的读众，有着这样的要求也是很自然的。长篇小说的流行就是这个要求的反应，因为篇幅长，故事就长，情节就多，趣味也就丰富了。这可以促进长篇小说的发展，倒是很好的。可是有些作者却因为这样的要求，忘记了自己的边界，放纵到色情上，以及粗劣的笑料上，去吸引读众，这只是迎合低级趣味。而读者贪读这一类低级的软性的作品，也只是沉溺，说不上"百读不厌"。"百读不厌"究竟是个赞词或评语，虽然以趣味为主，总要是纯正的趣味才说得上的。

原载一九四七年十一月十五日《文讯》月刊第七卷第五期

论"以文为诗"

陈师道《后山诗话》云：

> 退之以文为诗，子瞻以诗为词，如教坊雷大使之舞，虽极天下之工，要非本色。

说韩愈（退之）以文为诗，原不始于陈师道，释惠洪《冷斋夜话》二云：

> 沈存中，吕惠卿吉甫、王存正仲、李常公泽，治平中在馆中夜谈诗。存中曰："退之诗，押韵之文耳，虽健美富瞻，然终不是诗。"吉甫曰："诗正当如是；吾谓诗人亦未有如退之者。"

"以文为诗"一语似乎比"押韵之文"一语更清楚些，所以这里先引了《后山诗话》。这个诗文分界的问题，是宋人提出的，也是宋人讨论的最详尽。刘克庄、严羽的意见可为代表。

刘说：

> 后人尽诵读古人书，而下语终不能仿佛风人之万一，余窃惑焉。或古诗出于情性，发必善；今诗出于记问博而已，自杜子美未免此病。（《后村先生大全集》九十六，《韩隐君诗序》）

又说：

> 唐文人皆能诗，柳尤高，韩尚非本色。迨本朝则文人多，诗人少。三百年间，虽人各有集，集各有诗，诗各自为体，或尚理致，或负材力，或呈辨博，少者千篇，多至万首，要皆经义策论之有韵者尔，非诗也。（同上九十四，《竹溪诗序》）

严也说：

> 近代诸公乃作奇特解会，遂以文字为诗，以才学为诗，以议论为诗。夫岂不工？终非古人之诗为也；盖于一唱三叹之音有所歉焉。（《沧浪诗话·诗辨》）

他们都是以风诗为正宗的。

到了明代的李梦阳，他更进一步，主张五言古诗以汉、魏、六朝为宗，七言古诗以乐府及盛唐为宗，近体全以盛唐为宗。他给诗立了定格，建了正统。他的诗的影响不过一时，但他的诗格论的影响不是一时的；后来虽有许多反对的意见，却并没有能够摇动他的基础。它的基础是在"吟咏情性"（《诗大序》）"温柔敦厚"（《礼记·经解》）那些话和"选体"的五言诗上头。为什么到了宋代才有诗文分界的问题呢？这有很长的历史。原来古代只有诗和史的分别（见闻一多先生《歌与诗》），古代所谓"文"，包括这两者而言。此外有"辞"、"言"、"语"。"辞"如春秋的辞令，战国的说辞。"语"如《论语》、《国语》。"言"呢，诸子大都是记言之作。但这些都没有明划的分界。诗与史相混，从《雅》《颂》可见。诗、史、辞和言、语相混，从《老子》《庄子》等书内不时夹杂着韵语可见。至于汉代称为《楚辞》的屈、宋诸作，不用说更近于诗了。

汉代是个赋的时代；那时所谓"文"或"文章"便指赋而言。汉代又是个乐府时代；假如赋可以说是霸主，乐府便是附庸了。乐府是诗，赋也可以说是诗，班固《两都赋序》第一句便说："或曰，'赋者，古诗之流也'"；刘歆《七略》也将诗赋合为一目。赋出于《楚辞》和《荀子》的《赋篇》，性质多近于诗的《雅》《颂》；以颂美朝廷，描写事物为主。抒情的不多。晋以后的发展，才渐渐专向抒情一路，到六朝为极盛。按现在说，汉赋里可以说是散文比诗多。所谓骈体实在是赋的支与流裔，而骈体按我们说，也是散文的一部分。这可见出赋的散文性是多么大。赋是诗与散文的混合物，那么，汉人所谓"文"或"文章"，也是诗与散文的混合物了。

乐府以叙事为主，但其中不缺少抒情的成分。它发展到汉末，萌芽了抒情的五言诗。可是纯粹的抒情的五言诗，是成立在魏、晋间的阮籍的手里；他的意境却几乎全是《楚辞》的影响。魏、晋、六朝是骈体文和五言诗的时代；但这时代还只有"文""笔"的分别，没有"诗""文"的分别。"有韵者文"，"无韵者笔"，是当时的"常言"（《文心雕龙·总术》篇）。赋和诗都是"文"，和汉人意见其实一样。另一义却便不同；有对偶、谐声的抒情作品是"文"，骈体的章奏与散体的著述是"笔"（梁元帝《金楼子·立言》篇）。这个说法还得将诗和赋都包括在"文"里，不过加上骈体

◎《困学纪闻》

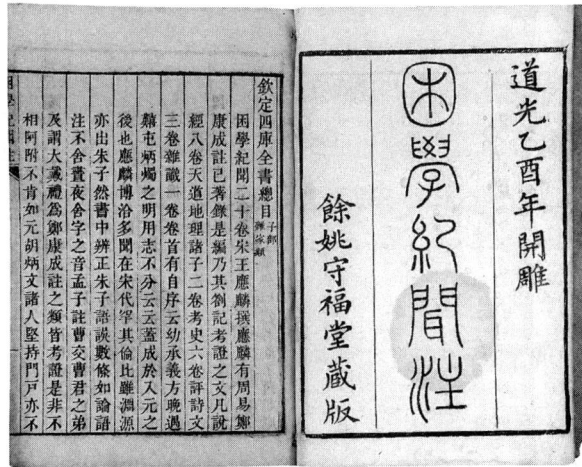

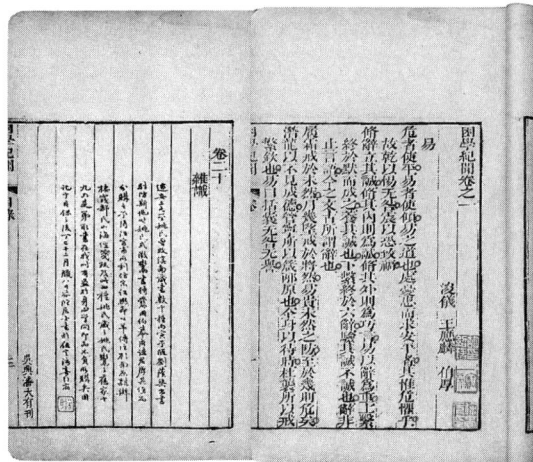

的一部分罢了。这时代也将"诗""笔"对称,所谓"笔"还只指骈体的章奏与散体的著述,一部分抒情的骈体不在内,和后来"诗""文"的分别是不同的。

唐代的诗有了划时代的发展,所以当时人特别强调"诗""笔"的分别;杜甫有"贾笔论孤愤,严诗赋几篇"(《寄岳州贾司马六丈巴州严八使君》)的句子,杜牧有"杜诗韩笔愁来读"(读《杜韩诗集》)的句子,可见唐一代都只注意这一个分别。杜牧称韩愈的散体为"笔",似乎只看作著述,不以"文"论。韩愈和他的弟子们却称那种散体为"古文";韩创作那种散体古文,想取骈体而代之,也是划时代。他的努力是将散体从"笔"升格到"文"里去,所以称为"古文";他所谓"文",似乎将诗、赋、骈体、散体,都包括在内,一面却有意扬弃了"笔"的名称。唐人连韩愈和他的追随者在内,都还没有想到诗文的对立上去。

宋代古文大盛,散体成了正宗。骈体不论是抒情的应用的,也都附在散体里,统于"文"这一个名称之下。王应麟《困学纪闻》有评应用文(骈体居大多数)的,所以别出。王虽分评,却都称为"文";这个"文"的涵义,正是韩愈的理想的实现。这样,"笔"既并入"文"里,"文笔""诗笔"的分别,自然不切用了,于是诗文的分别便应运代兴。诗文的分别看来似乎容易,似乎只消说"有韵者诗,无韵者文"就成了。可是不然。宋人便将赋放在文里,《困学纪闻》"评文"前卷里有评辞赋的话,王应麟却不收在那"评诗"一卷里。宋人将诗从文里分出,却留着辞赋,似乎自己找麻烦,但一看当时"文体"的赋(如苏轼《赤壁赋》等)的发展,便知道这是有道理的。因为成立了诗文对立的局势,而二者的分别又不在韵脚的有无上,所以有许多争议;篇首所引,是代表的例子。

争议虽多,共同的倾向却很显明,那就是风诗正宗。苏轼和朱熹都致慨于唐诗的变古,以为古人的"高风""远韵"从唐代已经衰歇不存(苏

《书黄子思诗集后》，朱《答巩仲至书》第四，第五）。这正是风诗正宗的意思。苏轼自己便是个变古的人，也说出这样的话，可见这主张不是少数人或一时代的私见，它是有来历的。《诗大序》说诗是"吟咏情性"的，《礼记·经解》说"温柔敦厚"是"诗教"。这里面虽含着政教的意味，史的意味，但三百篇中风诗及准风诗的《小雅》既占了大多数，宋代又是经学解放的时代，当时人不管注疏里史的解释，只将自己读风诗的印象去印证那两句话，而以含蓄蕴藉的抒情诗为正宗，也是自然的。再说还有选体诗作他们有力的例子。选体诗的意境是继承《楚辞》的抒情的传统的。东晋时老、庄的哲学虽然一度侵入诗里，但因为只是抄袭陈言，别无新义，不久就"告退"了（《文心雕龙·明诗》）。抒情诗的传统这样建立起来，足为"吟咏情性"和"温柔敦厚"两句话张目。

不过选体诗变为唐诗，到了宋代，一个新传统又建立起来了。这里发展了一类"沉着痛快"之作，或抒情或描写，或叙事，或议论，不尽合于那两句古话，可是事实上是有许多人爱作有许多人爱读的诗。旧传统压不倒新传统，只能和它并存着。好古的人至多只能说旧的是"正"，新的是"变"，像苏轼便是的；或者说新的比旧的次些，像朱熹便是的，但不能不承认那些"沉着痛快"之作也是诗。再说苏轼虽然向慕那"高风""远韵"，他自己却还在开辟着"变"的路；这大约是所谓"穷则变"，也是不得不然。刘克庄也还是走的"变"的路。严羽是走"正"路了，但是不成家数。他说"近代诸公"的诗不是诗，却将"沉着痛快"的诗和"优游不迫"（即"温柔敦厚"）的诗并列为诗的两大类，可见也不能完全脱离时代的影响。

沈括（存中）说韩愈的诗只是"押韵之文"，不是诗；陈师道说韩"以文为诗"，不是诗的本色。陈的意思和后来的朱熹大约差不多；沈说却比较激切，所以引起全然相反的意见。刘克庄说和沈说一样。原来宋以前诗文的界划本不分明，也不求分明，沈、陈、刘，以当时的观念去评量前代，是不公道的。况且韩愈的诗，本于《雅》《颂》和乐府，也不是凭空而来；按宋代说，固可以算他"以文为诗"，按唐代说，他的诗之为诗，原是不成问题的。

宋人的风诗正宗论却大大的影响了元、明两代；一面也是这两代散体古文的发展使诗文的分界更见稳定的缘故。李梦阳的各体诗定格说正是时势使然。但姑不论他的剽窃的作风，他的定格里上有汉乐府，下有唐诗，其实也已经不纯是抒情的传统，与那两句古话不尽合了。到了清代中晚期，提倡所谓宋诗，那新传统复活了而且变本加厉，以金石考订入诗；《清诗汇》自序且诩为"诗道之尊"。章炳麟《辨诗》以为这种考订金石之作"比于马医歌括"，胡适之在《什么是文学》中也以为这种诗不是诗。他们都是或多或少皈依那抒情的传统的。

但是诗文的界划，宋以前既不分明，宋以来理论上虽然分明，事实上也不全然分明，坚持到底，怕也难成定论。所以韩愈"以文为诗"似乎并不碍其为诗。南宋陈善《扪虱新话》云："韩以文为诗，杜以诗为文，世传以为戏。然文中要自有诗，诗中要自有文，亦相生法也。"这是极明通的议论。可是"以文为诗"在我们的诗文评里成了一个热闹的问题，"以诗为文"却似乎不大成问题的样子，这是什么缘故呢？大概宋以前"诗"一直包在"文"里，宋人在理论上将诗文分开了，事实上却分不开，无论对于古人的作品或当时人的作品都如此。这种理论和事实的不一致，便引起许多热烈的讨论。至于文，自来兼有叙事、议论、描写、抒情等作用，本无确定的界限，不管在理论上和事实上。宋人还将辞赋放在文里，可见他们是不以文的抒情的作用为嫌的。

《扪虱新话》引的"杜以诗为文"的话，是仅有的例外。那只是说杜甫作文，用字造句往往像作诗一般，所以显得别别扭扭的。"韩以文为诗"是成功了；"杜以诗为文"却失败了。杜的文没有人爱学，也很少人爱读。这也是"以诗为文"引不起热闹的讨论的一个原因。但类似的讨论却不是没有，唐刘知几《史通·叙事》，论"近古"史书，词多繁复，事喜藻饰。那些时候作史多用骈体，骈体含着很多抒情的成分，繁复和藻饰，正是抒情的主要手法，用来叙事，却是不相宜的。这繁复与藻饰，按宋人的标准说，也正是诗的精彩。刘知几时代，诗文还未分家，更无所谓骈散之辨，但他所指出的问题，若用宋人的术语，却正是"以诗为文"那句话。

到了清代，骈散的争辩热闹起来了，古文家论骈体的短处，也从这里着眼。如曾国藩的话：

> 自东汉至隋，文人秀士，大抵义不孤行，辞多俪语；即议大政，考大礼，亦每缀以排比之句，间以婀娜之声。历唐代而不改；虽韩、李锐意复古，而不能革举世骈体之风。此皆习于情韵者类也。（《湖南文征序》）

"习于情韵"就是"抒情"，和那"排比之句"，"婀娜之声"，都是诗。这里所讨论的，其实也还是"以诗为文"那句话。不过这种讨论，我们的诗文评都放在"骈散"一目下，不从诗文分界的立场看。"以诗为文"的问题，宋人既未全貌的提出，可以作为这个问题的正面的"骈散"的讨论，又不挂在它的账上，所以就似乎不大成问题的样子了。

新文学运动以来，我们输入了西洋的种种诗文观念。宋人的诗文分界说，特别是诗的观念，即使不和输入的诗文观念相合，也是相近的。单就诗说，初期的自由诗有人讥为分行的散文，还带着宋以来诗的传统的影响。第一个提倡新诗的胡适之还提倡以诗说理呢。但是后来的格律诗和象征诗便走上新的纯粹抒情的路。这该是宋人理想的实现。

可是诗的路却似乎越过越窄，作者和读者也似乎越来越少。这里也许用得着J.M.Murry《风格问题》一书中的看法。他说，"在某种文化的水准上，加上种种经济的社会的情形（这些值得详加研究），某种艺术的或文学的体式是会逼着人接受的。"（四八面）宋以来怕可以说是我们的散文时代，散文的体式逼着一般作家接受；诗不得不散文化，散文化的诗才有爱学爱读的人。现代诗走回诗的"正"路，但是理睬的人便少了。只看现代散文（包括小说）的发展是如何压倒了诗的发展，就知此中消息。诗暂时怕只是少数人的爱好（这些人自然也是不可少的），它的繁荣怕要在另一个时代。Murry还说，"批评只消研讨基本的成分，比较着看；它所着眼的是创造想像，除非要研讨文字的细节，是不必顾到诗文的分别的。"（五二、五三面）照这个看法，"以文为诗"也该是不成问题的。

原载一九三九年六月二十日《大合报》

大家

论书生的酸气

　　读书人又称书生。这固然是个可以骄傲的名字，如说"一介书生"，
"书生本色"，都含有清高的意味。但是正因为清高，和现实脱了节，所
以书生也是嘲讽的对象。人们常说"书呆子"、"迂夫子"、"腐儒"、"学
究"等，都是嘲讽书生的。"呆"是不明利害，"迂"是绕大弯儿，"腐"是顽
固守旧，"学究"是指一孔之见。总之，都是知古不知今，知书不知人，食
而不化的读死书或死读书，所以在现实生活里老是吃亏、误事、闹笑话。
总之，书生的被嘲笑是在他们对于书的过分的执着上；过分的执着书，书
就成了话柄了。

　　但是还有"寒酸"一个话语，也是形容书生的。"寒"是"寒素"，对
"膏粱"而言。是魏晋南北朝分别门第的用语。"寒门"或"寒人"并不
限于书生，武人也在里头；"寒士"才指书生。这"寒"指生活情形，指
家世出身，并不关涉到书；单这个字也不含嘲讽的意味。加上"酸"字成
为连语，就不同了，好像一副可怜相活现在眼前似的。"寒酸"似乎原作
"酸寒"。韩愈《荐士》诗，"酸寒溧阳尉"，指的是孟郊。后来说"郊寒
岛瘦"，孟郊和贾岛都是失意的人，作的也是失意诗。"寒"和"瘦"映衬

起来，够可怜相的，但是韩愈说"酸寒"，似乎"酸"比"寒"重。可怜别人说"酸寒"，可怜自己也说"酸寒"，所以苏轼有"故人留饮慰酸寒"的诗句。陆游有"书生老瘦转酸寒"的诗句。"老瘦"固然可怜相，感激"故人留饮"也不免有点儿。范成大说"酸"是"书生气味"，但是他要"洗尽书生气味酸"，那大概是所谓"大丈夫不受人怜"罢？

为什么"酸"是"书生气味"呢？怎么样才是"酸"呢？话柄似乎还是在书上。我想这个"酸"原是指读书的声调说的。晋以来的清谈很注重说话的声调和读书的声调。说话注重音调和辞气，以朗畅为好。读书注重声调，从《世说新语·文学》篇所记殷仲堪的话可见；他说，"三日不读《道德经》，便觉舌本闲强"，说到舌头，可见注重发音，注重发音也就是注重声调。《任诞》篇又记王孝伯说："名士不必须奇才，但使常得无事，痛饮酒，熟读《离骚》，便可称名士。"这"熟读《离骚》"该也是高声朗诵，更可见当时风气。《豪爽》篇记"王司州（胡之）在谢公（安）坐，咏《离骚》、《九歌》'入不言兮出不辞，乘回风兮载云旗'，语人云，'当尔时，觉一坐无人。'"正是这种名士气的好例。读古人的书注重声调，读自己的诗自然更注重声调。《文学》篇记着袁宏的故事：

> 袁虎（宏小名虎）少贫，尝为人佣载运租。谢镇西经船行，其夜清风朗月，闻江渚间估客船上有咏诗声，甚有情致，所诵五言，又其所未尝闻，叹美不能已。即遣委曲讯问，乃是袁自咏其所作咏史诗。因此相要，大相赏得。

从此袁宏名誉大盛，可见朗诵关系之大。此外《世说新语》里记着"吟啸"，"啸咏"，"讽咏"，"讽诵"的还很多，大概也都是在朗诵古人的或自己的作品罢。

这里最可注意的是所谓"洛下书生咏"或简称"洛生咏"。《晋书·谢安传》说：

> 安本能为洛下书生咏。有鼻疾，故其音浊。名流爱其咏而弗能及，或手掩鼻以效之。

《世说新语·轻诋篇》却记着：

> 人问顾长康"何以不作洛生咏？"答曰，"何至作老婢声！"

刘孝标注，"洛下书生咏音重浊，故云'老婢声'。"所谓"重浊"，似乎就是过分悲凉的意思。当时诵读的声调似乎以悲凉为主。王孝伯说"熟读《离骚》，便可称名士"，王胡之在谢安坐上咏的也是《离骚》、《九歌》，都是《楚辞》。当时诵读《楚辞》，大概还知道用楚声楚调，乐府曲调里也正有楚调。而楚声楚调向来是以悲凉为主的。当时的诵读大概受到和尚的梵诵或梵唱的影响很大，梵诵或梵唱主要的是长吟，就是所谓"咏"。《楚辞》本多长句，楚声楚调配合那长吟的梵调，相得益彰，更可以"咏"出悲凉的"情致"来。袁宏的咏史诗现存两首，第一首开始就是"周昌梗概臣"一句，"梗概"就是"慷慨"，"感慨"；"慷慨悲歌"也是一种"书生本色"。沈约《宋书·谢灵运传》论所举的五言诗名句，钟嵘《诗品·序》里所举的五言诗名句和名篇，差不多都是些"慷慨悲歌"。《晋书》里还有一个故事。晋朝曹摅的《感旧》诗有"富贵他人合，贫贱亲戚离"两句。后来殷浩被废为老百姓，送他的心爱的外甥回朝，朗诵这两句，引起了身世之感，不觉泪下。这是悲凉的朗诵的确例。但是自己若是并无真实的悲哀，只去学时髦，捏着鼻子学那悲哀的"老婢声"的"洛生咏"，那就过了分，那也就是赵宋以来所谓"酸"了。

唐朝韩愈有《八月十五夜赠张功曹》诗，开头是：

纤云四卷天无河，

清风吹空月舒波，

沙平水息声影绝，

一杯相属君当歌。

接着说：

君歌声酸辞且苦，

不能听终泪如雨。

接着就是那"酸"而"苦"的歌辞：

洞庭连天九疑高，

蛟龙出没猩鼯号。

十生九死到官所，

幽居默默如藏逃。

下床畏蛇食畏药，

海气湿蛰熏腥臊。

昨者州前槌大鼓，

嗣皇继圣登夔皋。

赦书一日行万里，

罪从大辟皆除死。

迁者追回流者还,

涤瑕荡垢朝清班。

州家申名使家抑,

坎坷只得移荆蛮。

判司卑官不堪说,

未名捶楚尘埃间。

同时辈流多上道,

天路幽险难追攀!

张功曹是张署,和韩愈同被贬到边远的南方,顺宗即位。只奉命调到近一些的江陵做个小官儿,还不得回到长安去,因此有了这一番冤苦的话。这是张署的话,也是韩愈的话。但是诗里却接着说:

君歌且休听我歌,

我歌今与君殊科。

韩愈自己的歌只有三句:

一年明月今宵多,

人生由命非由他,

有酒不饮奈明何!

他说认命算了,还是喝酒赏月罢。这种达观其实只是苦情的伪装而

列子冲虚真经序录卷

列子冲虚真经

天瑞第一

子列子居郑圃四十年人无识者国君卿大夫视之犹众庶也国不足将嫁于卫弟子曰先生往无反期弟子敢有所谒先生将何以教我先生不闻壶子列子笑曰壶子何言哉虽然夫子尝语伯昏瞀人吾侧闻之试以告女其言曰有生不生有化不化不生者能生生不化者能不化故常生常化

汤问第五

殷汤问于夏革曰古初有物乎夏革曰古初无物今恶得物后之人将谓今之无物可乎殷汤曰然则物无先后乎夏革曰物之终始初无极已始或为终终或为始恶知其纪然自物之外自事之先朕所不知也汤曰然则上下八方有极尽乎革曰不知也汤固问革曰无则无极有则有尽朕何以知之然无极之外复无无极无尽之中复无无尽无极复无无极无尽复无无尽以是知其无

石林诗话

宋建康叶少蕴梦得撰

明海虞毛晋子晋订

赵清献公以清德服一世平生荤雷氏琴一张鹤与白龟各一所向与之俱始除帅戍都蜀风素偕公单马就道以琴鹤龟自随复入安其政治弊蒲甚元丰间倪罢政事守越复再移蜀时公筹老矣迨泗州渡淮前已放鹤至是复以

已。前一段"歌"虽然辞苦声酸，倒是货真价实，并无过分之处，由那"声酸"知道吟诗的确有一种悲凉的声调，而所谓"歌"其实只是讽咏。大概汉朝以来不像春秋时代一样，士大夫已经不会唱歌，他们大多数是书生出身，就用讽咏或吟诵来代替唱歌。他们——尤其是失意的书生——的苦情就发泄在这种吟诵或朗诵里。

战国以来，唱歌似乎就以悲哀为主，这反映着动乱的时代。《列子·汤问篇》记秦青"抚节悲歌，声振林木，响遏行云"，又引秦青的话，说韩娥在齐国雍门地方"曼声哀哭，一里老幼悲愁垂涕相对，三日不食"，后来又"曼声长歌，一里老幼，善跃抃舞，弗能自禁"。这里说韩娥虽然能唱悲哀的歌，也能唱快乐的歌，但是和秦青自己独擅悲歌的故事合看，就知道还是悲歌为主。再加上齐国杞梁的妻子哭倒了城的故事，就是现在还在流行的孟姜女哭倒长城的故事，悲歌更为动人，是显然的。书生吟诵，声酸辞苦，正和悲歌一脉相传。但是声酸必须辞苦，辞苦又必须情苦；若是并无苦情，只有苦辞，甚至连苦辞也没有，只有那供人酸鼻的声调，那就过了分，不但不能动人，反要遭人嘲弄了。书生往往自命不凡，得意的自然有，却只是少数，失意的可太多了。所以总是叹老嗟卑，长歌当哭，哭丧着脸一副可怜相。朱子在《楚辞辨证》里说汉人那些模仿的作品"诗意平缓，意不深切，如无所疾痛而强为呻吟者"。"无所疾痛而强为呻吟"就是所谓"无病呻吟"。后来的叹老嗟卑也正是无病呻吟。有病呻吟是紧张的，可以得人同情，甚至叫人酸鼻，无病呻吟，病是装的，假的，呻吟也是装的，假的，假装可以酸鼻的呻吟，酸而不苦像是丑角扮戏，自然只能逗人笑了。

苏东坡有《赠诗僧道通》的诗：

雄豪而妙苦而腴，

只有琴聪与蜜殊。

语带烟霞从古少，

气含蔬笋到公无。……

查慎行注引叶梦得《石林诗话》说：

> 近世僧学诗者极多，皆无超然自得之趣，往往掇拾摹仿士大夫所残弃，又自作一种体，格律尤俗，谓之"酸馅气"。子瞻……尝语人云，"颇解'蔬笋'语否？为无'酸馅气'也。"闻者无不失笑。

东坡说道通的诗没有"蔬笋"气，也就没有"酸馅气"，和尚修苦行，吃素，没有油水，可能比书生更"寒"更"瘦"；一味反映这种生活的诗，好像酸了的菜馒头的馅儿，干酸，吃不得，闻也闻不得，东坡好像是说，苦不妨苦，只要"苦而腴"，有点儿油水，就不至于那么扑鼻酸了。这酸气的"酸"还是从"声酸"来的。而所谓"书生气味酸"该就是指的这种"酸馅气"。和尚虽苦，出家人原可"超然自得"，却要学吟诗，就染上书生的酸气了。书生失意的固然多，可是叹老嗟卑的未必真的穷苦就无聊，无聊就作成他们的"无病呻吟"了。宋初西昆体的领袖杨亿讥笑杜甫是"村夫子"，大概就是嫌他叹老嗟卑的太多。但是杜甫"窃比稷与契"，嗟叹的其实是天下之大，决不止于自己的鸡虫得失。杨亿是个得意的人，未免忘其所以，才说出这样不公道的话。可是像陈师道的诗，叹老嗟卑，吟来吟去，只关一己，的确叫人腻味。这就落了套子，落了套子就不免有些"无病呻吟"，也就是有些"酸"了。

道学的兴起表示书生的地位加高，责任加重，他们更其自命不凡了，自嗟自叹也更多了。就是眼光如豆的真正的"村夫子"或"三家村学究"，也要哼哼唧唧的在人面前卖弄那背得的几句死书，来嗟叹一切，好搭起自己的读书人的空架子。鲁迅先生笔下的"孔乙己"，似乎是个更破落的读书人，然而"他对人说话，总是满口之乎者也，教人半懂不懂的。"人家说他偷书，他却争辩着，"窃书不能算偷……窃书！……读书人的事，能算偷么？""接连便是难懂的话，什么'君子固穷'，什么'者乎'之类，引得众人都哄笑起来"。孩子们看着他的茴香豆的碟子。

孔乙己着了慌，伸开五指将碟子罩住，弯下腰去说道，"不多了，我已经不多了。"直起身又看一看豆，自己摇头说，"不多不多！'多乎哉？不多也。'"于是这一群孩子都在笑声里走散了。

破落到这个地步，却还只能"满口之乎者也"，和现实的人民隔得老远的，"酸"到这地步真是可笑又可怜了。"书生本色"虽然有时是可敬的，然而他的酸气总是可笑又可怜的。最足以表现这种酸气的典型，似乎是戏台上的文小生，尤其是昆曲里的文小生，那哼哼唧唧、扭扭捏捏、摇摇摆摆的调调儿，真够"酸"的！这种典型自然不免夸张些，可是许差不离儿罢。

向来说"寒酸"、"穷酸"，似乎酸气老聚在失意的书生身上。得意之后，见多识广，加上"一行作吏，此事便废"，那时就会不再执着在书上，至少不至于过分的执着在书上，那"酸气味"是可以多多少少"洗"掉的。而失意的书生也并非都有酸气。他们可以看得开些，所谓达观，但是达观也不易，往往只是伪装。他们可以看远大些，"梗概而多气"是雄风豪气，不是酸气。至于近代的知识分子，让时代逼得不能读死书或死读书，因此也就不再执着那些古书。文言渐渐改了白话，吟诵用不上了；代替吟诵的是又分又合的朗诵和唱歌。最重要的是他们看清楚了自己，自己是在人民之中，不能再自命不凡了。他们虽然还有些闲，可是要"常得无事"却也不易。他们渐渐丢了那空架子，脚踏实地向前走去。早些时还不免带着感伤的气氛，自爱自怜，一把眼泪一把鼻涕的；这也算是酸气，虽然念诵的不是古书而是洋书。可是这几年时代逼得更紧了，大家只得抹干了鼻涕眼泪走上前去。这才真是"洗尽书生气味酸"了。

原载一九四七年十一月二十九日《世纪评论》第二卷第二十二期

论无话可说

十年前我写过诗；后来不写诗了，写散文；入中年以后，散文也不大写得出了——现在是，比散文还要"散"的无话可说！许多人苦于有话说不出，另有许多人苦于有话无处说；他们的苦还在话中，我这无话可说的苦却在话外。我觉得自己是一张枯叶，一张烂纸，在这个大时代里。

在别处说过，我的"忆的路"是"平如砥""直如矢"的；我永远不曾有过惊心动魄的生活，即使在别人想来最风华的少年时代。我的颜色永远是灰的。我的职业是三个教书；我的朋友永远是那么几个，我的女人永远是那么一个。有些人生活太丰富了，太复杂了，会忘记自己，看不清楚自己，我是什么时候都"了了玲玲地"知道，记住，自己是怎样简单的一个人。

但是为什么还会写出诗文呢？——虽然都是些废话。这是时代为之！十年前正是五四运动的时期，大伙儿蓬蓬勃勃的朝气，紧逼着我这个年轻的学生；于是乎跟着人家的脚印，也说说什么自然，什么人生。但这只是些范畴而已。我是个懒人，平心而论，又不曾遭过怎样了不得的逆境；既不深思力索，又未亲自体验，范畴终于只是范畴，此处也只是廉价的，新瓶里装旧酒的感伤。当时芝麻黄豆大的事，都不惜郑重地写出来，现在看看，苦笑而已。

先驱者告诉我们说自己的话。不幸这些自己往往是简单的，说来说去是那一套；终于说的听的都腻了。——我便是其中的一个。这些人自己其实并没有什么话，只是说些中外贤哲说过的和并世少年将说的话。真正有自己的话要说的是不多的几个人；因为真正一面生活一面吟味那生活的只有不多的几个人。一般人只是生活，按着不同的程度照例生活。

这点简单的意思也还是到中年才觉出的；少年时多少有些热气，想不到这里。中年人无论怎样不好，但看事看得清楚，看得开，却是可取的。这时候眼前没有雾，顶上没有云彩，有的只是自己的路。他负着经验的担子，一步步踏上这条无尽的然而实在的路。他回看少年人那些情感的玩意，觉得一种轻松的意味。他乐意分析他背上的经验，不止是少年时的那些；他不愿远远地捉摸，而愿剥开来细细地看。也知道剥开后便没了那跳跃着的力量，但他不在乎这个，他明白在冷静中有他所需要的。这时候他若偶然说话，决不会是感伤的或印象的，他要告诉你怎样走着他的路，不然就是，所剥开的是些什么玩意。但中年人是很胆小的；他听别人的话渐渐多了，说了的他不说，说得好的他不说。所以终于往往无话可说——特别是一个寻常的人像我。但沉默又是寻常的人所难堪的，我说苦在话外，以此。

中年人若还打着少年人的调子，——姑不论调子的好坏——原也未尝不可，只总觉"像煞有介事"。他要用很大的力量去写出那冒着热气或流着眼泪的话；一个神经敏锐的人对于这个是不容易忍耐的，无论在自己在别人。这好比上了年纪的太太小姐们还涂脂抹粉地到大庭广众里去卖弄一般，是殊可不必的了。

其实这些都可以说是废话，只要想一想咱们这年头。这年头要的是

"代言人",而且将 一切说话的都看作"代言人";压根儿就无所谓自己的话。这样一来,如我辈者,倒可以将 从前狂妄之罪减轻,而现在是更无话可说了。

但近来在戴译《唯物史观的文学论》里看到,法国俗语"无话可说"竟与"一切皆好" 同意。呜呼,这是多么损的一句话,对于我,对于我的时代!

选自《你我》(商务印书馆1936年版)

论严肃

新文学运动的开始，斗争的对象主要的是古文，其次是礼拜六派或鸳鸯蝴蝶派的小说，又其次是旧戏，还有文明戏。他们说古文是死了。旧戏陈腐，简单，幼稚，嘈杂，不真切，武场更只是杂耍，不是戏。而鸳鸯蝴蝶派的小说意在供人们茶余酒后消遣，不严肃，文明戏更是不顾一切的专迎合人们的低级趣味。白话总算打倒了古文，虽然还有些肃清的工作；话剧打倒了文明戏，可是旧戏还直挺挺的站着，新歌剧还在难产之中。鸳鸯蝴蝶派似乎也打倒了，但是又有所谓"新鸳鸯蝴蝶派"。这严肃与消遣的问题够复杂的，这里想特别提出来讨论。

照传统的看法，文章本是技艺，本是小道，宋儒甚至于说"作文害道"。新文学运动接受了西洋的影响，除了解放文体以白话代古文之外，所争取的就是这文学的意念，也就是文学的地位。他们要打倒那"道"，让文学独立起来。所以对"文以载道"说加以无情的攻击。这"载道"说虽然比"害道"说温和些，可是文还是道的附庸。照这一说，那些不载道的文就是"玩物丧志"。玩物丧志是消遣，载道是严肃。消遣的文是技艺，没有地位；载道的文有地位了，但是那地位是道的，不是文的——若单就文而论，它还只是技艺，只是小道。新文学运动所争的是，文学就是文学，不干道的事，它是艺术，不是技艺，它有独立存在的理由。

在中国文学的传统里，小说和词曲（包括戏曲）更是小道中的小道，就因为是消遣的，不严肃。不严肃也就是不正经；小说通常称为"闲书"，不是正经书。词为"诗馀"，曲又是"词馀"；称为"馀"当然也不是正经的了。鸳鸯蝴蝶派的小说意在供人们茶余酒后消遣，倒是中国小说的正宗。中国小说一向以"志怪"、"传奇"为主。"怪"和"奇"都不是正经的东西。明朝人编的小说总集有所谓"三言二拍"。"二拍"是初刻和二刻的《拍案惊奇》，重在"奇"得显然。"三言"是《喻世明言》、《警世通言》、《醒世恒言》，虽然重在"劝俗"，但是还是先得使人们"惊奇"，才能收到"劝俗"的效果，所以后来有人从"三言二拍"里选出若干篇另编一集，就题为《今古奇观》，还是归到"奇"上。这个"奇"正是供人们茶余酒后消遣的。

明清的小说渊源于宋朝的"说话"，"说话"出于民间。词曲（包括戏曲）原也出于民间。民间文学是被压迫的人民苦中作乐，忙里偷闲的表现，所以常常扮演丑角，嘲笑自己或夸张自己，因此多带着滑稽和诞妄的气氛，这就不正经了。在中国文学传统自己的范围里，只有诗文（包括赋）算是正经的，严肃的，虽然放在道统里还只算是小道。词经过了高度的文人化，特别是清朝常州派的努力，总算带上一些正经面孔了，小说和曲（包括戏曲）直到新文学运动的前夜，却还是丑角打扮，站在不要紧的地位。固然，小说早就有劝善惩恶的话头，明朝人所谓"喻世"等等，更特别加以强调。这也是在想"载道"，然而"奇"胜于"正"，到底不成。明朝公安派又将《水浒》比《史记》，这是从文章的"奇变"上看；可是文章在道统里本不算什么，"奇变"怎么能扯得上"正经"呢？然而看法到底有些改变了。到了清朝末年，梁启超先生指出了"小说与群治之关系"，并提倡实践他的理论的创作。这更是跟新文学运动一脉相承了。

新文学运动以斗争的姿态出现，它必然是严肃的。他们要给白话文争取正宗的地位，要给文学争取独立的地位。而鲁迅先生的第一篇小说《狂人日记》里喊出了"吃人的礼教"和"救救孩子"，开始了反封建的工作。他的《随感录》又强烈的讽刺着老中国的种种病根子。一方面人道主义也在文学里普遍的表现着。文学担负起新的使命；配合了五四运动，它更跳上了领导的地位，虽然不是唯一的领导的地位。于是文学有了独立存在的理由，也有了新的意念。在这情形下，词曲升格为诗，小说和戏曲也升格为文学。这自然接受了"外国的影响"，然而这也未尝不是"载道"；不过载的是新的道，并且与这个新的道合为一体，不分主从。所以从传统方面看来，也还算是一脉相承的。一方面攻击"文以载道"，一方面自己也在载另一种道，这正是相反相成，所谓矛盾的发展。

创造社的浪漫的感伤的作风，在反封建的工作之下要求自我的解放，也是自然的趋势。他们强调"动的精神"，强调"灵肉冲突"，是依然在严肃的正视着人生的。然而礼教渐渐垮了，自我在第一次世界大战带给中国的暂时的繁荣里越来越大了，于是乎知识分子讲究生活的趣味，讲究个人的好恶，讲究身边琐事，文坛上就出现了"言志派"，其实是玩世派。更进一步讲究幽默，为幽默而幽默，无意义的幽默。幽默代替了严肃，文坛上一片空虚。一方面色情的作品也抬起了头，凭着"解放"的名字跨过了"健康"的边界，自然也跨过了"严肃"的边界。然而这空虚只是暂时的，正如那繁荣是暂时的。五卅事件掀起了反帝国主义的大潮，时代又沉重起来了。

接着是国民革命，接着是左右折磨；时代需要斗争，闲情逸致只好偷偷摸摸的。这时候鲁迅先生介绍了"一面是严肃与工作，一面是荒淫与无耻"这句话。这是时代的声音。可是这严肃是更其严肃了；单是态度的严

大家

肃，艺术的严肃不成，得配合工作，现实的工作。似乎就在这当儿有了"新鸳鸯蝴蝶派"的名目，指的是那些尽在那儿玩味自我的作家。他们自己并不觉得在消遣自己，跟旧鸳鸯蝴蝶派不同。更不同的是时代，是时代缩短了那"严肃"的尺度。这尺度还在争议之中，劈头来了抗战；一切是抗战，抗战自然是极度严肃的。可是八年的抗战太沉重了，这中间不免要松一口气，这一松，尺度就放宽了些；文学带着消消遣，似乎也是应该的。

胜利突然而来，时代却越见沉重了。"人民性"的强调，重行紧缩了"严肃"那尺度。这"人民性"也是一种道。到了现在，要文学来载这种道，倒也是"势有必至，理有固然"。不过太紧缩了那尺度，恐怕会犯了宋儒"作文害道"说的错误，目下黄色和粉色刊物的风起云涌，固然是动乱时代的颓废趋势，但是正经作品若是一味讲究正经，只顾人民性，不管艺术性，死板板的长面孔教人亲近不得，读者们恐怕更会躲向那些刊物里去。这是运用"严肃"的尺度的时候值得平心静气算计算计的。

原载一九四七年十月一日《中国作家》第一卷第一期

论白话

——读《南北极》与《小彼得》的感想

读完《南北极》与《小彼得》，有些缠夹的感想，现在写在这里。

当年胡适之先生和他的朋友们提倡白话文学，说文言是死的，白话是活的。什么叫做"活的"？大家似乎全明白，可是谁怕也没有仔细想过。是活在人人嘴上的？这种话现在虽已有人试记下来，可是不能通行；而且将来也不准能通行（后详）。后来白话升了格叫做"国语"。国语据说就是"蓝青官话"，一人一个说法，大致有一个不成文的谱。这可以说是相当的"活的"。但是写在纸上的国语并非蓝青官话；它有比较划一的体裁，不能够像蓝青官话那样随随便便。这种体裁是旧小说，文言，语录夹杂在一块儿。是在清末的小说家手里写定的。它比文言近于现在中国大部分人的口语，可是并非真正的口语，换句话说，这是不大活的。胡适之先生称赞的《侠隐记》的文字和他自己的便都是如此。

周作人先生的"直译"，实在创造了一种新白话，也可以说新文体。翻译方面学他的极多，像样的却极少；"直译"到一点不能懂的有的是。其实这些只能叫做"硬译""死译"，不是"直译"。写作方面周先生的新白话可大大地流行，所谓"欧化"的白话文的便是。这是在中文里参进西文的语法；在相当的限度内，确能一新语言的面目。流弊所至，写出"三株们的红们的牡丹花们"一类句子，那自然不行。这种新白话本来只是白话"文"，不能上口说。流行既久，有些句法也就跑进口语里，但不多。

周先生自己的散文不用说用这种新白话写；可是他不但欧化，还有点儿日化，像那些长长的软软的形容句子。学这种的人就几乎没有。因为欧化文的流行一半也靠着懂英文的多，容易得窍儿；懂日文的却太少了。

创造社对于语言的努力，据成仿吾先生说，有三个方针："一、极力求合于文法；二、极力采用成语，增进语汇；三、试用复杂的构造。"（见《从文学革命到革命文学》）他们虽说试用复杂的构造，却并不大采用西文语法。

增造语汇这一层做到了，白话文在他们手里确是丰富了不少。但最重要的是他们笔锋上的情感，那像狂风骤雨的情感。我们的白话作品，不论老的新的，从没有过这个。那正是"个性的发现"的时代，一般读者，特别是青年们，正感着心中有苦说不出，念了他们的创作，爱好欲狂，他们的虽也还是白话文，可是比前一期的欧化文离口语要近些了；郁达夫先生的尤其如此，所以仿效他的也最多。

陈西滢先生的《闲话》平淡而冷静，论事明澈，有点像报章文字。他的思想细密，所以显得文字也好。他的近于口语的程度和适之先生的差不多。徐志摩先生的诗和散文虽然繁密，"浓得化不开"，他却有意做白话。他竭力在摹效北平的口吻，有时是成功的，如《志摩的诗》中《太平景象》一诗。又如《一条金色的光痕》，摹效他家乡硖石的口吻，也是成功的。他的好处在那股活劲儿。有意用一个地方的活语言来做诗做文，他算是我们第一个人；至于他的情思不能为一般民众所了解，那是另一问题，姑且不论。

有一位署名"蜂子"的先生写过些真正的白话诗，登在前几年的《大公报》上。他将这些诗叫做"民间写真"，写的大概是农村腐败的情形和被压迫的老百姓。用的是干脆的北平话，押韵非常自然。可惜只登了没有几首，所以极少注意的人。李健吾先生的《一个兵和他的老婆》（现收入《坛子》中）是一个理想的故事，可是生动极了。全篇是一个兵的自述，用的也是北平话，充分地表现着喜剧的气分，徐志摩先生的《太平景象》等诗乃至蜂子先生的"民间写真"都还只是小规模，他的可是整本儿。他将国语语助字全改作北平语语助字，话便容易活起来。我们知道国语语助字有些已经差不多光剩了一种形式，只能上纸，不能上口了。

赵元任先生改译的《最后五分钟》剧本，用的是道地北平语，语助字满都仔仔细细改了，一字一句都能上口说。这才真是白话。不过他的用意在研究北平的语助辞，在打一个戏谱，不在创造一种新文体。那个怕也不会成为一种新文体；因为有些分别太细微了，太琐碎了，看起来作起来都不大方便。

国语体（即胡适之，陈西滢诸先生的文体）是我们白话文的基调。欧化体和创造体曾经风靡一时；现在却差点儿势。用活的方言作文还只有几个人试验，没有成为风气；但成绩都还不坏。近年来可有一种新运动，向着另一方向去。这所谓旧瓶里装新酒。用时调，山歌，弹词，宣卷，鼓词等旧有的民间文艺的体裁来说新的东西。上海这种印本大概不少，但我没有见，无从评论，这些体裁里面照例夹带着好些文言，并不全是白话；那是因为歌词要将就音乐，本与常语要不同些。这种运动用意似乎在广播新思想，而不注重文字；与前举几位的态度大不一样；只有与蜂子先生还相近些。

最近宋阳先生在《文学月报》里提出"大众文艺的问题"，引起许多讨论。关于"用什么话写"一层，宋阳先生主张用"最浅近的新兴阶级的普通话"，而这"又不是官僚的所谓国语"。但止敬先生在同报第二期里指出这种普通话"还不够文学描写上的使用"。又有一位寒生先生在《北斗杂志》上主张用"大众日常所说的绝对白话"，就是"大多数工农大众所说的普通话"。这种大多数工农大众的普通话，其实是没有的。工人间还有那不够描写用的普通话，农人各处一乡，不与异乡人接触，那儿来的这个？其实国语区域倒是广，用国语虽不是大多数工农大众所说的普通话，可是相差不远，而且比较丰富够用。止敬先生主张，"还不能不用通行的白话"，便是为此。但我的意思，不妨尽量地采用活的北平话，和我们的国音现在采用北平话一样。不过都要像赵元任先生的戏谱那样，可太麻烦；我想有些读音的轻重和语助词的念法不妨留给读者自己去辨别，我们只多多采用北平话的句法和成语（可以望文生义的）就行了。若说这么着南几省人就不能懂，我觉得不然。他们若是识过字，读过国语文或白话文，这是不成什么问题的。不识字，或识字太少，那就什么书也不能读；得从头做起，让他们先识够了字。

《南北极》和《小彼得》两部书都尽量采用活的北平话，念起来虎虎有生气。《小彼得》写工人，兵，讲恋爱的青年，和动摇的投机的青年。作者写某一种人便加进某一种特别的语汇，所以口吻很像。《稀松的恋爱故事》写现在恋爱方式的无聊，《猪肠子的悲哀》写一个在观望在堕落的小资产阶级，《皮带》写一个患得患失的谋差使的人，都透彻极了。《面包线》写一件抢米的故事；篇中空气渐渐紧张起来，你忿忿了，然后痛快地解决了。《二十一个》写得不大结实些；别的都不坏。《南北极》只写工人，海盗，渔人，都是所谓"流浪汉"，干脆得多，不像《小彼得》里有时还免不了多少欧化的痕迹。《南北极》那一篇自然最酣畅淋漓，写一个流浪汉对于上层阶级的轻蔑与仇恨。这种轻蔑与仇恨是全书的中心思想。其中三篇只表这个思想和对于将来的确信。《咱们的世界》写海盗，表面上虽也还是《水浒》式的英雄；骨子里他们却不仅是反抗贪官污吏，替天行道，而是对于整个儿的上层社会轻蔑与仇恨。他们相信，"这世界多早晚总是咱们穷人的"。

《生活在海上的人们》便写这班穷人的动作。虽然暂时失败了，可是他们"还要来一次的"。这一篇写集团的行为，头绪太繁了，真不容易。但和前几年的"标语口号文学"相比，这里面有了技术；所以写出来也就相当地有效力了。书中只《手指》一篇太简略些。这里五篇有一个特色，就是都用第一人称的口气；这第一人称无论是多数还是单数，总是代表着一个集团的。《小彼得》中写小资产阶级的几篇也有一个特色，就是在个性的描写里暗示着类型。这种手法表现着一种新意识，从前还不多见。这两部书最重要的是其中对于社会的新态度；虽还不能算是新兴文学的最进步的样子，但这个过渡时代，在现有的作家中，这些怕也算得是很不坏的努力了。这已出了本题的范围，还是不论罢。

选自一九三六年商务印书馆《你我》

大家

什么是散文

　　散文的意思不止一个。对骈文说，是不用对偶的单笔，所谓散行的文字。唐以来的“古文”便是这东西。这是文言里的分别，我们现在不大用得着。对韵文说，散文无韵；这里所谓散文，比前一文所包广大。虽也是文言里旧有的分别，但白话文里也可采用。这都是从形式上分别。还有与诗相对的散文，不拘文言白话，与其说是形式不一样，不如说是内容不一样。内容的分别，很难说得恰到好处；因为实在太复杂，凭你怎么说，总难免顾此失彼，不实不尽。这中间又有两边儿跨着的，如所谓散文诗，诗的散文；于是更难划清界限了，越是缠夹，用得越广，从诗与散文派生“诗的”“散文的”两个形容词，几乎可用于一切事上，不限于文字。——茅盾先生有一个短篇小说，题作“诗与散文”，是一个有趣的例子。

　　按诗与散文的分法，新文学里的小说、戏剧（除掉少数诗剧和少数剧中的韵文外）、“散文”，都是散文。——论文，宣言等不用说也是散文，但是通常不算在文学之内——这里得说明那引号里的散文。那是与诗，小说，戏剧并举，而为新文学的一个独立部门的东西，或称白话散文，或称抒情文，或称小品文。这散文所包甚狭，从“抒情文”，“小品文”两个名称就可知道。小品文对大品而言，只是短小之文；但现在却兼包"身边琐事"或"家常体"等意味，所以有"小摆设"之目。近年来这种文体一时风行；我们普通说散文，其实只指的这个。这种散文的趋向，据我看，一是幽默，一是游记、自传、读书记。若只走向幽默去，散文的路确乎更狭更小，未免单调；幸而有第二条路，就比只写身边琐事的时期已展开了一两步。大体上说，到底是前进的。有人主张用小品文写大众生活，自然也是一个很好的意思，但盼望做出些实例来。

读书记需要博学，现在几乎还只有周启明先生一个人动手。游记、传记两方面都似乎有很宽的地步可以发展。我以为不妨打破小品，多来点儿大的。长篇的游记与自传都已有人在动手，但盼望人手多些，就可热闹起来了。传记也不一定限于自传，可以新作近世人物的传，可以重写古人的传；游记也不一定限于耳闻目睹，掺入些历史的追想，也许别有风味。这个先得多读书，搜集材料，自然费功夫些，但是值得做的。不愿意这么办，只靠敏锐的观察力和深刻的判断力，也可写出精彩的东西；但生活的方面得广大，生活的态度得认真。——不独写游记、传记如此，写小说、戏剧也得如此（写历史小说、历史戏剧，却又得多读书了）。生活是一部大书，读得太少，观察力和判断力还是很贫乏的。日前在天津看见张彭春先生，他说现在的文学有一条新路可以走。就是让写作者到内地或新建设区去，凭着他们的训练（知识与技巧）将所观察的写成报告文学。这不是报纸上简陋的地方通信，也不是观察员冗杂的呈报书，而应当是文学作品。他说大学生、高中学生都可利用假期试试这个新设计。我在《太白》里有《内地描写》一文，也有相似的说话，这确是我们散文的一个新路。此外，以人生为题的精悍透彻的——抒情的论文，像西塞罗《说老》之类，也可发展；但那又得多读书或多阅世，怕不是一时能见成绩的。

一九三五年七月

中国散文的发展

一

现存的中国最早的无韵文（散文），是商代的卜辞。这只算是些纪事的句子，很少有一章一节的。后来《周易》卦爻辞和鲁《春秋》也是如此，不过经卜官和史官按着卦爻与年月的顺序编纂起来，比卜辞显得整齐些罢了。便是这样，王安石还说鲁《春秋》是"断烂朝报"；所谓"断"，正是不成片段，不成章节的意思。卜辞的简略大概是工具的缘故；在脆而狭的甲骨上用刀笔刻字，自然不得不如此。但卜辞的量定了纪事文的体制；卦爻辞和鲁《春秋》还在卜辞的氛围里，虽然写在竹木简上，自由比较多，却依然只跟着卜辞走。纪言文就不一样。尚书里的虞夏书大概是后人追记，而且大部分是战国末年的追记，可以不论；但那几篇商书，即使有些是追记，也总在商周之间。那不但有章节，并且成了篇，足以代表当时史的发展，就是叙述文的发展。而议论文也在这里面见了源头。卜辞是"辞"，《尚书》里大部分也是"辞"。这些都是官文书。

纪事纪言的辞之外，还有讼辞。打官司的时候，原、被告的口供都叫作"辞"；辞原是"讼"的意思。这种辞关系两造的利害很大，两造都得用心陈说；审判官也得用心听，他得公平的听两面儿的。这种辞也兼有叙述和议论；两造自己办不了，可以请教讼师。这是周代的情形。春秋时候，列国交际频繁，外交的言语关系国体和国家的利害更大，不用说更需慎了。这也叫作"辞"，又叫作"命"、"辞命"，后来通称"辞令"。郑子产便是个善于辞命的人。郑是个小国，他办外交，却能叫大国折服，便靠他的辞命。他的辞婉顺而有理，他的态度却坚强不屈。孔子赞美他的"文辞"，更赞美他的"慎辞"。孔子说当时郑国的辞命，子产先教裨谌创意起草，交给世叔审查，再教行人子羽修改，末了儿他再加润色。他的确是很慎重的。

孔子很注重辞令，他觉得这不是件易事，所以自己谦虚的说是办不了。但他教学生却有这一科；他称赞宰我子贡，擅长言语。"言语"就是"辞命"。那时候言文似乎是合一的，"辞""文辞""命""辞命"都兼指说出的和写出的言语。有时预备下稿子让使臣带着走，有时让使臣随机应变，自己想话说，却都称为"辞命"，并无分别。当时言语，方言之外有"雅言"。"雅言"就是"夏言"，是当时的京话或官话。孔子讲学就用雅言，不用鲁语。卜辞，尚书和辞命，大概都是历代的雅言，讼辞自当别论。雅言用的既多，所以每字大概都能写出；而写出的和说出的雅言，大体上是一致的。孔子说"辞"只要"达"就成。"辞"是辞命，"达"是明白；辞多了像背书，少了说不明白，多少要恰如其分。这也就是"慎辞"的意思。辞命的重要，代表议论文的发展。

战国时代，游说之风大盛。游士立谈可以取卿相，所以最重说辞。他们的说辞却不像春秋的辞命那样从容婉顺了。他们铺张局势，滔滔不绝，真像背书似的；他们的话，像天花乱坠，有时夸饰，有时诡曲，不问是非，只图激动人主的心。那时最重辩。孟子说，"吾岂好辩哉？吾不得已也"。荀子也说，"君子必辩"。这都是游士的影响，但是墨子老子韩非三家，却不重辩。墨子以为辩说文辞之言，教人重文忌用。老子说，"信言不美，美言不信"；老学所要的是自然。韩非却兼取两说。后来儒家作《易·文言传》，也道，"君子进德修业：忠信，所以讲德也；修辞立诚，所以居业也。"这不但是在暗暗的批评着游士好辩的风气，恐怕还在暗暗的批评着后来称为名家的"辩者"呢。这虽然不会是孔子的话，如有些人所信，可是和"辞达论"倒是合拍的。

　　孔子开了私人讲学的风气，从此也便有了私家的著作。第一种私家著作是《论语》，却不是孔子自作而是他的弟子们记的他的说话。诸子书大概多是弟子们及后学者所记，自作的极少。《论语》以记言为主，所记的多是很简单的。孔子主张"慎言"，痛恨"巧言"和"利口"；他向弟子们说话，大概是很质直的，弟子们体念他的意思，也只简单的记出。到了墨子和孟子，可就丰长得多。《墨子》大约也是弟子们所记。《孟子》据说是孟子晚年和他弟子公孙丑、万章等编定的，可也是弟子们记言的体制。那时是个"好辩"的时代。墨子虽不好辩，却也脱不了时代的影响；孟子本是个好辩的人。记言体制的恢复，也是自然的趋势。这种记言是直接的对话。由对话发展而为独白，便是"论"。初期的论，言意浑括，《老子》可为代表；后来的《墨经》，《韩非子·储说》的经，《管子》的经言，都是这体制。再进一步，便是恢张的论，《庄子·齐物论》等篇以及《荀子》、《韩非子》、《管子》的一部分，都是的。《老子》、《庄子》里有时可都夹着一些韵文。古代无韵文里常有这种情形；大约韵文发达在先，所以在无韵文里还留着些遗迹。

　　还有一种"寓言"，借着神话或历史故事来抒论。《庄子》多用神话，《韩非子》多用历史故事；《庄子》有些神仙家言，《韩非子》是继承《庄子》的寓言而加以变化。战国游士的说辞也好用譬喻。譬喻成了风气；这开了后来辞赋的路。论是进步的体制，但还只以篇为单位，"书"的观念还没有。直到《吕氏春秋》，才成了第一部有系统的书。这部书成于吕不韦的门客之手，有十二纪，八览，六论，共三十多万字。十二代表十二月，八是卦数，六是秦代的圣数；这些数目是本书的间架，是外在的系统，并非逻辑的秩序。汉代刘安主编《淮南子》，才按照逻辑的秩序，结构就严密多了。自从有了私家著作，学术日渐平民化。著作越过越多，流传也越过越广；"雅言"便成了凝定的文体了。后世大体采用，言文渐渐分离。战国末期，"雅言"之外原还有齐语楚语两种有势力的方言。但是齐语只在《春秋公羊传》里留下些；楚语只在屈原的"辞"里留下几个助词如"羌""些"等。它们都让"雅言"压倒了。

伴随着议论文的发展，记事文也有了长足的进步。这里《春秋左氏传》是一座里程碑。在前有分国记言的《国语》，《左传》从它里面取材很多。那是丰长的记言，一面以《尚书》为范本，一面让当时记言体的恢张的趋势推动着，成了这部书。其中自然免不了记事的文字；《左传》便从这里出发，将那恢张的趋势表现在记事文里。那时游士的说辞也有人分国记载，也是丰长的记言，后来成为《战国策》那部书。《左传》是说明《春秋》的，是中国第一部编年史。它是长于战争的记载；它能够将千头万绪的战争叙得层次分明，它的描写更是栩栩如生。它的记言也异曲同工，不过不算独创罢了。它可还算不得一部有自己的系统的书；它的顺序是依着《春秋》的。《春秋》的编年并不是自觉的系统，而且"断如复断"，也不成一部"书"。

汉代司马迁的《史记》，才是第一部有自己的系统的史书。他创造了"纪传"的体制。他的书包括十二本纪，十表，八书，三十世家，七十列传，共五十多万字。十二是十二月，是地支，十是天干，八是卦数。三十取老子

（上）◎《儒学警悟》
（下）◎《论语》

論語序說

史記世家曰孔子名丘字仲尼其先
宋人父叔梁紇母顏氏以魯襄公二
十二年庚戌之歲十一月庚子生孔
子於魯昌平鄉陬邑為兒嬉戲常陳
俎豆設禮容及長為委吏料量平
畜蕃息　　　　　為司職吏

論語卷第一　　朱熹集注
學而第一
此為書之首篇故所記多務本之意
乃入道之門積德之基學者之先務
也凡十六章
子曰學而時習之不亦說乎
說悅同○學之為言效也人性皆善
而覺有先後後覺者必效先覺之所

"三十辐共一毂"的意思，表示那些"辅弼股肱之臣"，"忠信行道以奉主上"；七十表示人寿之大齐，因为列传是记载人物的。这也是用数目的哲学作系统，并非逻辑的秩序，和《吕氏春秋》一样。这部书"厥协六经异传，整齐百家杂语"，以剪裁与组织见长。但是它的文字最大的贡献，还在描写人物。左氏只是描写事，司马迁进一步描写人；写人更需要精细的观察和选择，比较的更难些。班彪论《史记》"善叙事理，辨而不华，质而不野，文质相称"，这是说司马迁行文委曲自然。他写人也是如此。他行文又往往即事寓情，低徊不尽；他的悲愤的襟怀常流露在字里行间。明茅坤称他"出风入骚"，是不错的。

二

汉武帝时候，盛行辞赋；后世说"楚辞汉赋"，真的，汉代简直可以说是赋的时代。所有的作家几乎都是赋的作家。赋既有这样压倒的势力，一切的文体，自然都受它的影响。赋的特色是铺张，排偶，用典故。西汉记事记言，都还用散行的文字，语意大抵简明；东汉就在散行里夹排偶，汉、魏之际，排偶更甚。西汉的赋，虽用排偶，却还重自然，并不力求工整；东汉到魏，越来越工整，典故也越用越多。西汉普通文字，句子很短，最短有两个字的，东汉的句子，便长起来，最短的是四个字，魏代更长，往往用上四下六或上六下四的两句以完一意。清代所谓"骈文"或"骈体"，便这样开始发展。骈体出于辞赋，夹带着不少的抒情的成分；而句读整齐，对偶工丽，可以悦目，声词和谐，又可悦耳，也都助人情韵。这是别的无韵文所不及，因此能够投人所好，成功不废的体制。

梁昭明太子在《文选·序》里第一次提出"文"的标准，可以说是骈体发展的指路牌。他不选经、子、史，也不选"说辞"。经太尊，不可选，史

"褒贬是非，纪别异同"，不算"文"；子"以立意为宗，不以能文为本"，"说辞"是子、史的支流，也都不算"文"。他所选的只是"事出于沉思，义归乎翰藻"之作。"事"是"事类"，就是典故；"翰藻"兼指典故和譬喻。典故用得好的，譬喻用得好的，他才选在他的书里。这种作品好像各种乐器，"并为入耳之娱"，好像各种绣衣，"俱为悦目之玩"。这是"文"，和经、子、史及"说辞"作用不同，性质自异。后来梁元帝又说，"吟咏风谣，流连哀思者谓之文"，"文者，惟须绮縠纷披，宫徵靡曼，唇吻遒会，情灵摇荡"。这是说，用典故，有对偶，谐声调的抒情作品才叫作"文"呢。这种"文"大体上专指诗赋和骈体而言；但应用的骈体如奏章等，却不算在里头。汉代本已称诗赋为"文"，而以"文辞"或"文章"称纪言纪事之作。骈体原也是些纪言纪事之作，这时候却被提出一部分来，与诗赋并列在"文"的尊称之下，真是"附庸蔚为大国"了。

这时有两种新文体发展。一是佛典的翻译，一是群经的义疏。佛典翻译从前不是太直，便是太华；太直的不好懂；太华的简直是魏晋人讲老庄之学的文字，不见新义。这些都不能做到"达"的地步。东晋时候，后秦主姚兴聘印度僧鸠摩罗什为国师，主持译事。他兼通华语及西域语；所译诸书，一面曲从华语，一面不失本旨。他的译文可也不完全华化，往往有"天然西域之语趣"；他介绍的"西域语趣"是华语所能容纳的，所以觉得"天然"。新文体这样成立在他的手里。但他的翻译虽能"达"，却还不能尽"信"；他对原文是不太忠实的。到了唐代的玄奘，更求精确，才能"信""达"兼尽，集佛典翻译的大成。这种新文体一面增扩了国语的词汇，也增扩了国语的句式。词汇的增扩，影响最大而易见，如现在口语里还用着的"因果""忏悔""刹那"等词便都是佛典的译语。句式的增扩，直接的影响比较小些，但像文言里常用的"所以者何""何以故"等，也都是佛典的译语。另一面，这种新文体是"组织的，解剖的"。这直接影响了佛教徒的"疏钞"之学，间接影响了一般解经和讲学的人。

演绎古人的话的有"故""解""传""注"等。用故事来说明或补充原文，叫作"故"；演绎原来辞意，叫作"解"。但后来解释字句，也叫作"故"或"解"。"传"，转也，兼有"故""解"的各种意义。如《春秋左氏传》补充故事，兼阐明《春秋》辞意。《公羊传》《穀梁传》只阐明《春秋》辞意；它们用回答式的记言。《易传》推演卦爻辞的意旨，也是丰长的记言。《诗·毛氏传》解释字句，并给每篇诗作小序，阐明辞意。"注"原只解释字句，但后来也有推演辞意，补充故事的。用故事来说明或补充原文，以及一般的解释辞意，大抵明白易晓。《春秋》三传和《诗·毛氏传》阐明辞意，却是断章取义，甚至断句取义，所以支离破碎，无中生有。注字句的本不该有大出入，但因对于辞意的见解不同，去取字义，也有各别的标准。注辞意的出入更大；像王弼注《周易》，实在是发挥老庄的哲学；郭象注《庄子》，更是借了庄子发挥他自己的哲学。南北朝人作群经"义疏"，一面便是王弼等人的影响，一面也是翻译文体的间接影响。这称为"义疏"之学。

汉晋人作群经的注，注文简括，时代久了，有些便不容易通晓。南北朝人给"注"作解释，也是补充材料，或推演辞意。"义疏"便是这个。无论补充或推演，都是先解剖文义；这种解剖必然的比注文解剖经文更精细一层。这种精细的却不是破碎的解剖，似乎是佛典翻译的影响。就中推演辞意的有些也只发挥老庄之学，虽然也是无中生有，却能自成片段，便比汉人的支离破碎进步。这是王弼等人的衣钵，也是魏晋以来哲学发展的表现。这是又一种新文体的分化。到了唐人修"五经"正义，削去玄谈，力求切实，只以疏明注义为重，解剖字句的工夫，至此而极。宋人所谓"注疏"的文体，便成立在这时代。后来清代的精密的考证文，就是从这里变化出来的。

不过佛典只是佛典，义疏只是义疏，当时没有人将这些当作"文"的。"文"只用来称"沉思翰藻"的作品。但"沉思翰藻"的文，渐渐有人嫌"浮""艳"了。"浮"是不直说，不简截说的意思。"艳"正是隋代李谔上文帝书中所指斥的："连篇累牍，不出月露之形；积案盈箱，唯是风云之状。"那时北周的苏绰是首先提倡复古的人，李谔等纷纷响应。但是他们都没有找到路子；死板的模仿古人，到底是行不通的。唐代陈子昂提倡改革文体，和者尚少。到了中叶，才有一班人"宪章六艺，能探古人述作之旨"，而元结、独孤及、梁肃最著。他们作文，主于教化，力避排偶，辞取朴拙。但教化的观念，广泛难以动众，而关于文体，他们也不曾积极宣扬，因此未成宗派。开宗派的是韩愈。

三

韩愈，邓州南阳（今河南南阳）人。唐宪宗时，作刑部侍郎，因谏迎佛骨，被贬。后来官至吏部侍郎，所以称为"韩吏部"。他很称赞陈子昂、元结复古的功劳，又曾请教过梁肃、独孤及。他的脾气很坏，但提携后进，最是热肠。当时人不愿为师，以避标榜之名；他却不在乎，大收其弟子。他可不愿作章句师，他说师是"传道授业解惑"的。他实在是以文辞为教的创始者。他所谓"传道"，便是传尧、舜、禹、汤、文武、周公、孔子、孟子的道；所谓"解惑"，便是排斥佛老。他是以继承孟子自命的；他排佛老，正和孟子的拒杨墨一样。当时佛老的势力极大，他敢公然排斥，而且因此触犯了皇帝。这自然足以惊动一世。他并没有传了什么新的道，却指示了道统，给宋儒开了先路。他的重要的贡献，还在他所提倡的"古文"上。

他说他作文取法《尚书》《春秋》《左传》《周易》《诗经》，以及《庄子》、《楚辞》、《史记》、扬雄、司马相如等。《文选》所不收的经、子、史，他都排进"文"里去。这是一个大改革、大解放。他这样建立起文统来。但他并不死板的复古，而以变古为复古。他说"惟古于辞必己出，降而不能乃剽贼"，又说"惟陈言之务去，戛戛乎其难哉"；他是在创造新语。他力求以散行的句子换去排偶的句子，句读总弄得参参差差的。但他有他的标准，那就是"气"。他说，"气盛则言之短长与声之高下者皆宜"；"气"就是自然的语气，也就是自然的音节。他还不能跳出那定体"雅言"的圈子而采用当时的白话；但有意的将当时白话的自然音节引到文里去，他是第一个人。在这一点上，所谓"古文"也是不古的；不过他提出"语气流畅"（气盛）这个标准，却给后进指点了一条明路。他的弟子本就不少，再加上私淑的，都往这条路上走，文体于是乎大变。这实在是新体的"古文"，宋代又称为"散文"，算成立在他的手里。

柳宗元与韩愈，宋代并称；他们是好朋友。柳作文取法《书》《诗》《礼》《春秋》《易》以及《穀梁》、孟、荀、庄、老、《国语》、《离骚》、《史记》，也将经、子、史排在"文"里，和韩的文统大同小异。但他不敢为师，"摧陷廓清"上的劳绩，比韩差得多。他的学问见解，却在韩之上，并不墨守儒言。他的文深幽清洁，最工游记；他创造了描写景物的新语。韩愈的门下有难易两派，爱易派主张新而不失自然，李翱是代表。爱难派主张新就不妨奇怪，皇甫湜是代表。爱难派的流传盛些。他们矫枉过正，语艰义奥，扭曲了自然的语气，自然的音节。僻涩诡异，不易读诵。所以唐末宋初，骈体文又回光返照了一下。雕琢的骈体文和僻涩的古文先后盘踞着宋初的文坛。直到欧阳修出来，才又回到韩愈与李翱，走上平正通达的古文的路。

韩愈抗颜为人师而提倡古文，形势比较难；欧阳修居高位而提倡古文，形势比较容易，明代所称唐宋古文八大家，韩、柳之外，六家都是宋人。欧阳修为首；以下是曾巩、王安石、苏洵和他的轼、辙二子。曾巩、苏轼是欧阳修的门生；别的三个也都是他提拔的。他真是当时文坛的盟主。韩愈虽然开了宗派，却不曾有意的立宗派；欧、苏是有意的立宗派。他们虽也提倡道，但只促进了并且扩大了古文的发展。欧文主自然。他所作纡徐曲折，而能条达疏畅，无艰难劳苦之态。最以言情见长；评者说是从《史记》脱化而出。曾学问有根柢，他的文确实，谨严；王是政治家，所作以精悍胜人。三苏长于议论，得力于《战国策》、《孟子》；而苏轼才气纵横，并得力于《庄子》。他说他的文"常行于所当行，常止于不可不止"；又说他意到笔随，无不尽之处。这真是自然的极致了。他的文，学的人最多。南宋有"苏文熟，秀才足"的俗谚，可见影响之大。

欧、苏以后，古文成了正宗。辞赋虽还算在古文里头，可是从辞赋出来的骈体却只拿来作应用文了。骈体声调铿锵，便于宣读，又可铺张词藻，不着边际，便于酬酢，作应用文是很相宜的。所以流传到现在，还没有完全死去。但中间却经过了散文化。这从唐代中叶的陆贽开始。他的奏议切实恳挚，绝不浮夸，而且明白晓畅，用笔如舌。唐末，骈体的应用文专称"四六"，却更趋雕琢；宋初还是如此。转移风气的也是欧阳修。他多用虚字和长句，使骈体稍稍近于语气之自然。嗣后群起仿效，散文化的骈文竟成了定体了。这也是古文运动的大收获了。

唐代又有两种新文体发展。一是语录，一是"传奇"，都是佛家的影响。语录起于佛家的禅宗。禅宗是革命的宗派，他们只说法而不著书。他们大胆的将师父们的话参用当时的口语记下来。后来称这种体制为语录。他们不但用这种体制记录演讲，还用来通信和讨论。这是新的记言的体制；里面夹杂着"雅言"和译语。宋儒讲学，也采用这种记言的体制，不过不大夹杂译语。宋儒的影响究竟比禅宗大得多，语录体从此便成立了，盛行了。传奇是有结构的小说。从前只有杂录或琐记的小说，有结构的从传奇起头。传奇记述艳情，也记述神怪；但将神怪人情化。这里面

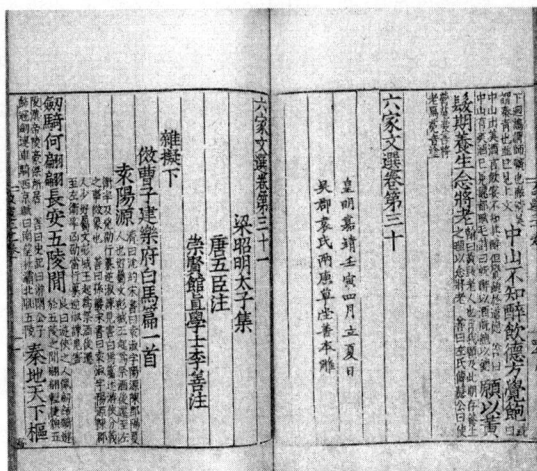

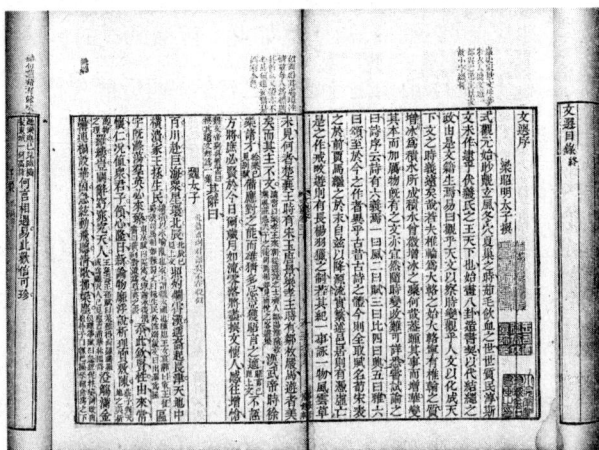

描写的人生，并非全是设想，大抵还是以亲切的观察作底子。这开了后来佳人才子和鬼狐仙侠等小说的先路。它的来源一方面是俳谐的辞赋，一方面是翻译的佛典故事；佛典里长短的寓言所给予的暗示最多。当时文士作传奇，原来只是向科举的主考官介绍自己的一种门路。当时应举的人在考试之前，得请达官将自己姓名介绍给主考官；自己再将文章呈给主考官看。先呈正经文章，过些时再呈杂文如传奇等。传奇可以见史才、诗笔、议论，人又爱看，是科举的很好媒介。这样，作者便日见其多了。

到了宋代，又有"话本"。这是白话小说的老祖宗。话本是"说话"的底本；"说话"略同后来的"说书"，也是佛家的影响。唐代佛家向民众宣讲佛典故事，连说连唱，本子夹杂"雅言"和口语，叫作"变文"；"变文"后来也有说唱历史故事及社会故事的。"变文"便是"说话"的源头；"说话"里也还有演说佛典这一派。"说话"是平民的艺术；宋仁宗很爱听，以后便变为专业，大流行起来了。这里面有说历史故事的，有说神怪故事的，有说社会故事的。"说话"渐渐发展，本来由一个或几个同类而不相关联的短故事，引出一个同类而不相关联的长故事的，后来却能将许多关联的故事组织起来，分为"章回"了。这是体制上一个大进步。

话本留存到现在的已经很少，但还足以见出后世的几部小说名著，如元罗贯中的《三国志演义》、《水浒传》，明吴承恩的《西游记》，都是从话本演化出来的；不过已是文人的作品，而不是话本了。就中《三国志演义》还夹杂着"雅言"，《水浒传》和《西游记》便都是白话了。这里《西游记》以设想为主外，别的都可说是写实的。这种写实的作风在清曹雪芹的《红楼梦》里得着充分的发展。《三国志演义》等书里的故事虽然是关联的，却不是联贯的。到了《红楼梦》，组织才更严密了；全书只是一个家庭的故事。虽然包罗万有，而能"一以贯之"。这不但是章回小说，而且是近代所谓"长篇小说"了。白话小说到此大成。

四

　　明代用八股文取士；一般文人都镂心刻骨的去简练揣摩，所以极一代之盛。"股"是排偶的意思；这种体制中间有八排文字，互为对偶，所以有此称。自然也有变化，不过"八股"可以说是一般的标准。又称为"四书文"，因为考试里最重要的文字，题目都出在"四书"里。又称为"制艺"，因为这是朝廷法定的体制。又称为"时文"，却是对古文而言。八股文也是推演经典辞意的；它的来源，往远处说，可以说是南北朝义疏之学，往近处说，便是宋元两代的经义。但它的格律，却是从"四六"演化的。宋代定经义为考试科目，是王安石的创制；当时限用他的群经"新义"，用别说的不录。元代考试，限于"四书"，规定用朱子的章句和集注。明代制度，主要的部分也是如此。

　　经义的格式，宋末似乎已有规定的标准，元明两代大体上递相承袭。但明代有两种大变化：一是排偶，一是代古人语气。因为排偶所以讲究声调。因为代古人语气，便要描写口吻；圣贤要像圣贤口吻，小人要像小人的。这是八股文的仅有的本领，大概是小说和戏曲的不自觉的影响。八股文格律定得那样严，所以得简练揣摩，一心用在技巧上。除了口吻、技巧和声调之外，八股文里是空洞无物的。而因为那样难，一般作者大都只能套套滥调，那真是"每下愈况"了。这原是君主牢笼士人的玩艺儿，但它的影响极大；明清两代的古文大家几乎没有一个不是从八股文出身的。

　　清代中叶，古文有桐城派，便是八股文的影响。诗文作家自己标榜宗派，在前只有江西诗派，在后只有桐城派。桐城派的势力，绵延了二百多年，直到民国初期还残留着；这是江西派比不上的。桐城派的开山祖师是方苞，而姚鼐集其大成。他们都是安徽桐城人，当时有"天下文章在桐城"的话，所以称为桐城派。方苞是八股文大家。他提倡归有光的文章，归也是明代八股文兼古文大家。方是第一个提倡"义法"的人。他论古文以为"六经"和《论语》《孟子》是根源，得其枝流而义法最精的是《左传》《史记》；其次是《公羊传》《穀梁传》，《国语》《国策》，两汉的书和疏，唐宋八家文。再下怕就要数到归有光了。这是他的，也是桐城派的文统论。"义"是用意，是层次；"法"是求雅，求洁的条目，雅是纯正不杂，如不可用语录中语，骈文中丽语，汉赋中板重字法，诗歌中俊语，南北史中佻巧语，以及佛家语。后来姚鼐又加上注疏语和尺牍语。洁是简省字句。这些"法"其实都是从八股文的格律引伸出来的。方苞论文，也讲"阐道"；他是信程、朱之学的，不过所入不深罢了。

方苞受八股文的束缚太甚，他学得的只是《史记》、欧、曾、归的一部分，只是严整而不雄浑，又缺乏情韵。姚鼐所取法的还是这几家；虽然也不雄浑，却能"迂回荡漾，馀味曲包"。这是他的新境界。《史记》本多含情不尽之处，所谓远神的。欧文颇得此味，归更向这方面发展，最善述哀。姚简直用全力揣摩。他的老师刘大櫆指出作文当讲究音节，音节是神气的迹象，可从字句下手。姚鼐得了这点启示，便从音节上用力，去求得那绵邈的情韵。他的文真是所谓"阴与柔之美"。他最主张诵读，又最讲究虚助字，都是为此。但这分明是八股文讲究声调的转变。刘是雍正副榜，姚是乾隆进士，都是用功八股文的。当时汉学家提倡考据，不免繁琐的毛病。姚鼐因此主张义理、考据、词章三端相济，偏废的就是"陋"儒。但他的义理不深，考据多误，所有的还只是词章本领。他选了古文辞类纂，序里虽提到"道"，却只成为古文的典范。书中也不选经、子、史；经也因为太尊，子、史却因为太多。书中也选辞赋，这部选本是桐城派的经典，学文的必由于此，也只须由于此。方苞评归有光的文庶几"有序"，但"有光之言"太少。曾国藩评姚鼐也说一样的话，其实桐城派都是如此。攻击桐城派的人说他们空疏浮浅，说他们范围太窄，全不错；但他们组织的技巧，言情的技巧，也是不可抹杀的。

姚鼐以后，桐城派因为路太窄，渐有中衰之势。这时候仪征阮元提倡骈文正统论。他以《文选·序》和南北朝"文""笔"分别为根据，又扯上传为孔子作的《易·文言传》。他说用韵的用偶的才是文；散行的只是笔，或是"直言"的"言"，"论难"的"语"。古文以立意记事为宗，是子、史正流，终究与文章有别。文言传多韵语偶语，所以孔子才题为"文"言。阮元所谓韵，兼指句末的韵与句中的和而言。原来南北朝所谓"文""笔"，本有两义："有韵为文，无韵为笔"，是当时的常言。韵只是句末韵，阮元根据此语，却将和也算是韵，这是曲解一。梁元帝说有对偶谐声调的抒情作品是文，骈体的章奏与散体的著述都是笔。阮元却只以散体为笔，这是曲解二。至于《文言传》，固然称"文"，却也称"言"，况且也非孔子所作；那更是傅会了。他的主张虽然也有些响应的人；但是不成宗派。

曾国藩出来，中兴了桐城派。那时候一般士人，只知作八股文；另一面汉学宋学的门户之争，却越来越利害，各走偏锋。曾国藩为补偏救弊起见，便就姚鼐义理、考据、词章三端相济之说加以发扬光大。他反对当时一般考证文的芜杂琐碎，也反对当时崇道贬文的议论，以为要明先王之道，非精文研字不可；各家著述见道的多寡，也当以他们的文字为衡量的标准。桐城文的病在弱在窄，他却能以深博的学问，宏通的见识，雄直的气势使它起死回生。他才真回到韩愈，而且胜过韩愈。他选了经史百家杂抄，将经、史、子也收入选本里，让学者知道古文的源流，文统的一贯，眼光比姚鼐远大得多。他是一代伟人，幕僚和弟子极众，真是登高一呼，群山四应。这样延长了桐城派的寿命几十年。

但"古文不宜说理"。从韩愈就如此。曾国藩的力量究竟也没有能够补救这个缺陷于一千年之后。而海通以来，世变日亟，事理的繁复，有些决非古文所能表现。因此聪明才智之士渐渐打破古文的格律，放手作去。到了清末，梁启超先生的"新文体"可算登峰造极。他的文"时杂以俚语，韵语及外国语法，纵笔所至不检束，学者竞效之"。而"条理明晰，笔锋常带情感，对于读者，别有一种魔力"。但这种"魔力"也不能持久；中国的变化实在太快，这种"新文体"又不够用了。胡适之先生和他的朋友们这才起来提倡白话文。经过五四运动，白话文是畅行了。这似乎又回到古代言文合一的路。然而不然。这时代是第二回翻译的大时代。白话文不但不全跟着国语的口语走，也不全跟着传统的白话走，却有意的跟着翻译的白话走。这是白话文的现代化，也就是国语的现代化。中国一切都在现代化的过程中，语言的现代化也是自然的趋势，是不足怪的。

一九三九年十月二十日

短诗与长诗

　　现在短诗底流行，可算盛极！作者固然很多，作品尤其丰富；一人所作自十馀首到百馀首，且大概在很短的时日内写成。这是很可注意的事。这种短诗底来源，据我所知，有以下两种：（一）周启明君翻译的日本诗歌，（二）泰戈尔《飞鸟集》里的短诗。前一种影响甚大。但所影响的似乎只是诗形，而未及于意境与风格。因为周君所译日本诗底特色便在它们的淡远的境界和俳谐的气息，而现在流行的短诗里却没有这些。后一种影响较小；但在受它们影响的作品里，泰戈尔底轻倩、曼婉的作风，却能随着简短的诗形一齐表现。而有几位作者所写理知的诗——格言式的短诗，——更显然是从泰戈尔而来。但受这种影响的作品究竟是少数；其馀的流行的短诗，在新的瓶子里到底装着些什么呢？据我所感，便只有感伤的情调和柔靡的风格；正如旧诗、词和散曲里所有的一样！因此不能引起十分新鲜的兴味；近来有许多人不爱看短诗，这是一个重要的缘故。长此下去，短诗将向于疲惫与衰老底路途，不复有活跃与伶俐底光景，也不复能把捉生命底一刹那而具体地实现它了。那是很可惜的！所以我希望现在短诗底作家能兼采日本短诗与《飞鸟集》之长，先涵养些新鲜的趣味；以后自然能改变他们单调的作风。那时，短诗便真有感兴底意义了。

现在的短诗叫人厌倦，还有一个原因，就是太滥了！短诗底效用原在"描写一地的景色，一时的情调"，或说，"表现一刹那的感兴"；所以贵凝炼而忌曼衍。勃来克底诗说："一沙一世界，一花一天国"正可借来形容短诗底意境。在艺术上，短诗是重暗示、重弹性的表现；叫人读了仿佛有许多影像跃跃欲出底样子。所以短诗并不容易有动人底力量。现在的作家却似乎将它看得太简单了，淡焉漠焉，没相干的情感，往往顺笔写出，毫不经意。这种作品大概是平庸敷泛，不能"一针见血"；读后但觉不痛不痒，若无其事，毫没有些馀味可以咀嚼，——自然便会厌倦了！作者必以为不过两三行而已，何须费心别择？不知如无甚意义，便是两三行也觉赘疣；何能苟且出之呢？世间往往有很难的事被人误会为很容易，短诗正是一例。因为容易，所以滥作；因为滥作，所以盛行，所以充斥！但我们要的是精粹的艺术品，不是仓卒的粗制品；虽盛虽多，何济于事？所以我只希望一般作者以后能用极自然而又极慎重的态度去写短诗；量尽可比现在少，质却要比现在好！

因为短诗底单调与滥作，我便想起了长诗。长诗底长应该怎样限定，那很难说。我只能说长诗底意境或情调必是复杂而错综，结构必是曼衍，描写必是委曲周至；这样，行数便自然很多了。在这两年的新诗里，也曾看到几首长诗，自一二百行至三四百行不等；但这决不是规定的长度，我只就现状说说罢了。长诗底好处在能表现情感底发展以及多方面的情感，正和短诗相对待。我们的情感有时像电光底一闪，像燕子底疾飞，表现出来，便是短诗。

有时磅礴郁积，在心里盘旋回荡，久而后出；这种情感必极其层层叠叠、曲折顿挫之致。短诗固万不能表现它，用寻常的诗形，也难写来如意。这里必有繁音复节，才可尽态极妍，畅所欲发；于是长诗就可贵了。短诗以隽永胜，长诗以宛曲尽致胜，都是灌溉生活的泉源，不能偏废；而长诗尤能引起深厚的情感。在几年来的诗坛上，长诗底创作实在太少了；可见一般作家底情感底不丰富与不发达！

这样下去，加以现在那种短诗底盛行，情感将有萎缩、干涸底危险！所以我很希望有丰富的生活和强大的力量的人能够多写些长诗，以调剂偏枯的现势！我也晓得长篇的抒情的诗，很不容易产生；在旧诗里，是绝律多而长古少，在词里，是小令、中调多而长调少，可见舍长取短，自古已然。这自然因为一般的作家缺乏深厚的情感或委曲的艺术所致。但我想现在总该有些能写长诗的作家，但因自己的疏懒或时俗所好尚，所以不曾将他们的作品写出。我所希望的便在这些有得写、能够写，而却将机会放过的人！

至于情感本来简单，却想竭力敷衍一番，或存了长诗底观念，勉强去找适宜的情感，那都是我所深恶痛绝的！我只赞叹那些自然写出的好的长诗！有了这种长诗，才有诗的趣味底发展，才有人的情感底圆满的发展。

原载一九二二年《诗》一卷四号

诗与话

　　胡适之先生说过宋诗的好处在"做诗如说话"，他开创白话诗，就是要更进一步的做到"做诗如说话"。这"做诗如说话"大概就是说，诗要明白如话。这一步胡先生自己是做到了，初期的白话诗人也多多少少的做到了。

　　可是后来的白话诗越来越不像说话，到了受英美近代诗的影响的作品而达到极度。于是有朗诵诗运动，重新强调诗要明白如话，朗诵出来大家懂。不过胡先生说的"如说话"，只是看起来如此，朗诵诗也只是又进了一步做到朗诵起来像说话，都还不像日常嘴里说的话。陆志韦先生却要诗说出来像日常嘴里说的话。他的《再谈谈白话诗的用韵》（见燕京大学新诗社主编的《创世曲》）的末尾说：我最希望的，写白话诗的人先说白话，写白话，研究白话。写的是不是诗倒还在其次。

　　这篇文章开头就提到他的《杂样的五拍诗》，那发表在《文学杂志》二卷四期里，是用北平话写出的。要像日常嘴里说的话，自然非用一种方言不可。陆先生选了北平话，是因为赵元任先生说过"北平话的重音的配备最像英文不过"，而"五拍诗"也就是"无韵体"，陆先生是"要摹仿莎士比亚的神韵"。

陆先生是最早的系统的试验白话诗的音节的诗人，试验的结果有本诗叫做《渡河》，出版在民国十二年。记得那时他已经在试验无韵体了。以后有意的试验种种西洋诗体的，要数徐志摩和卞之琳两位先生。这里要特别提出徐先生，他用北平话写了好些无韵体的诗，大概真的在摹仿莎士比亚，在笔者看来是相当成功的，又用北平话写了好些别的诗，也够味儿。他的散文也在参用着北平话。他是浙江硖石人，集子里有硖石方言的诗，够道地的。他笔底下的北平话也许没有本乡话道地，不过活泼自然，而不难懂。他的北平话大概像陆先生在《用韵》那篇文里说的，"是跟老百姓学"的，可是学的只是说话的腔调，他说的多半还是知识分子自己的话。陆先生的五拍诗里的北平话，更看得出"是跟老百姓学"的，因为用的老百姓的词汇更多，更道地了。可是他说的更只是自己的话。他的五拍诗限定六行，与无韵体究竟不一样。这"是用国语写的"，"得用国语来念"，陆先生并且"把重音圈出来"，指示读者该怎样念。这一点也许算得是在"摹仿莎士比亚"的无韵体罢。可是这二十三首诗，每首像一个七巧图，明明是英美近代诗的作风，说是摹仿近代诗的神韵，也许更确切些。

近代诗的七巧图，在作者固然费心思，读者更得费心思，所以"晦涩"是免不了的。陆先生这些诗虽然用着老百姓的北平话的腔调，甚至有些词汇也是老百姓的，可并不能够明白如话，更不像日常嘴里说的话。他在《用韵》那篇文里说"罚咒以后不再写那样的诗"，"因为太难写"，在《杂样的五拍诗》的引言里又说"有几首意义晦涩"，于是他"加上一点注解"。这些都是老实话。但是注解究竟不是办法。他又说"经验隔断，那能引起共鸣"。这是晦涩的真正原因。他又在《用韵》里说：

中国的所谓新人物，依然是老脾气。那怕连《千家诗》，《唐诗三百首》都没有见过的人，一说起这东西是"诗"，就得哼哼。一哼就把真正的白话诗哼毁了。

"真正的白话诗"是要"念"或说的。我们知道陆先生是最早的系统的试验白话诗的音节的诗人，又是音乐鉴赏家，又是音韵学家，他特别强调那"念"的"真正的白话诗"，是可以了解的；就因为这些条件，他的二十三首五拍诗，的确创造了一种"真正的白话诗"。可是他说"不会写大众诗"，"经验隔断，那能引起共鸣"，也是真的。

用老百姓说话的腔调来写作，要轻松不难，要活泼自然，也不太难，要沉着却难；加上老百姓的词汇，要沉着更难。陆先生的五拍诗能够达到沉着的地步，的确算得是奇作。笔者自己很爱念这些诗，已经念过好几遍，还乐意念下去，念起来真够味。笔者多多少少分有陆先生的经验，虽然不敢说完全懂得这些诗，却能够从那自然而沉着的腔调里感到亲切。这些诗所说的，在笔者看来，可以说是爱自由的知识分子的悲哀。我们且来念念这些诗。开宗明义是这一首：

> 是一件百家衣，矮窗上的纸
>
> 苇子杆上稀稀拉拉的雪
>
> 松香琥珀的灯光为什么凄凉？
>
> 几千年，几万年，隔这一层薄纸
>
> 天气温和点，还有人认识我
>
> 父母生我在没落的书香门第

有一条注解：

> 一辈子没有种过地，也没有收过租，只挨着人家碗边上吃这

一口饭。我小的时候，乡下人吃白米，豆腐，青菜，养几只猪，一大窝鸡。现在吃糠，享四大皆空自由。老觉得这口饭是赊来吃的。

诗里的"百家衣"，就是"这口饭是赊来吃的"。纸糊在"苇子杆子"上，矮矮的窗，雪落在窗上，屋里是黄黄的油灯光。读书人为什么这样"凄凉"呢？他老在屋里跟街上人和乡下人隔着；出来了，人家也还看待他是特殊的一类人。他孤单，他寂寞，他是在命定的"没落"了。这够多"凄凉"呢！

但是他并非忘怀那些比自己苦的人。请念第十九首：

　　在乡下，我们把肚子贴在地上
　　糊涂的天就压在我们的背上
　　老呱说："天你怎么那么高呀？"
　　抬头一看，他果然比树还高
　　树上有山头，山头上还有树
　　老天爷，多给点儿好吃吃的吧。

这一首没有注解，确也比较好懂。"肚子贴在地上"是饿瘪了，"天高皇帝远"，谁来管你！但是还只有求告"老天爷"多给点儿吃的！———北平话似乎不说"好吃吃的"，"好吃的"也跟"吃的"不同。读书人，知识分子，也想到改革上，这是第三首：

　　明天到那儿？大路的尽头在那儿？
　　这一排杨树，空心的，朕着肚子，

扬起破烂的衣袖，把路遮断啦

纸灯儿摇摆，小驴儿，咦，拐弯啦。

黑朦朦的踏着癞蛤蟆求婚的拍子

走到岔路上，大车呢，许是往西啦

注解是：

十年前，芦沟桥还没有听到枪声，我仿佛已经想到现在的局面。在民族求生存的途径上，我宁愿像老戆赶大车，不开坦克车。

诗里"明天"和"大路"自然就是"民族求生存的途径"，"把路遮断"的"一排杨树"大概是在阻碍着改革的那些家伙罢。"纸灯儿"，黑暗里一点光明；"小驴儿"拐弯抹角的慢慢的走着夜路，"癞蛤蟆想吃天鹅肉"，"知其不可而为之"，大概会跟着"大车""往西"的，"往西"就是西化。"往西"是西化，得看注解才想得到，单靠诗里的那个"西"字的暗示是不够的。这首诗似乎只说到个人的自由的努力；但是诗里念不出那"宁愿"的味儿。个人的自由的努力的最高峰是"创造"。第六首的后三行是：

脚底下的地要跳，像水煮开啦

鱼刚出水，毒龙刚醒来抖擞

活火的刀山上跳舞，我要创造

注解里引易卜生的话，"在美里死。"陆先生慨叹着"书香门第"的自己，慨叹着"乡下"的人，讥刺着"帮闲的"，怜惜着"孩子"，终于强调个人的"创造"，这是"明天"的"大路"。这条"路"也许就是将"大众"的和他"经验隔断"的罢？

《杂样的五拍诗》正是"创造"，"创造"了一种"真正的白话诗"。照陆先生自己声明的而论，他是成功了的。但是在一般的读者，这些诗恐怕是晦涩难懂的多；即使看了注解，恐怕还是不成罢。"难写"，不错，这比别的近代作风的诗更难，因为要巧妙的运用老百姓的腔调。但是麻烦的还在难懂。当然这些诗可以诉诸少数人，可是"跟老百姓学"而只诉诸少数人，似乎又是矛盾。这里"经验隔断"说明了一切。现在是有了不容忽视的"大众"，"大众"的经验跟个人的是两样。什么是"大众诗"，我们虽然还不知道，但是似乎已经在试验中，在创造中。大概还是得"做诗如说话"，就是明白如话。不过倒不必像一种方言，因为方言的词汇和调子实在不够用；明白如话的"话"该比嘴里说的丰富些，而且该不断的丰富起来。这就是已经在"大众"里成长的"活的语言"；比起这种话来，方言就显得呆板了。至于陆先生在《用韵》那篇文里说的轻重音，韵的通押，押韵形式，句尾韵等，是还值得大家参考运用的。

原载北平《华北日报》文学副刊

诗的语言

一　诗是语言

　　普通人多以为诗是特别的东西，诗人也是特别的人。于是总觉得诗是难懂的，对它采取干脆不理的态度，这实在是诗的一种损失。其实，诗不过是一种语言，精粹的语言。

　　1.诗先是口语：最初诗是口头的，初民的歌谣即是诗，口语的歌谣，是远在记录的诗之先的，现在的歌谣还是诗。今举对唱的山歌为例："你的山歌没得我的山歌多。我的山歌几箩筐。箩筐底下几个洞，唱的没有漏的多。""你的山歌没得我的山歌多。我的山歌牛毛多。唱了三年三个月，还没唱完牛耳朵。"

　　两边对唱，此歌彼继，有挑战的意味，第一句多重复，这是诗；不过是较原始的形式。

　　2.诗是语言的精粹：诗是比较精粹的语言，但并不是诗人的私语，而是一般人都可以了解的。如李白《静夜思》：

床前明月光，疑是地上霜。

举头望明月，低头思故乡。

这四句诗很易懂。而且千年后仍能引起我们的共鸣。因为所写的是"人"的情感，用的是公众的语言，而不是私人的私语。孩子们的话有时很有诗味，如：

院子里的树叶已经巴掌一样大了，爸爸什么时候回来呢？

这也见出诗的语言并非诗人的私语。

二　诗与文的分界

1.形式不足尽凭：从表面看，似乎诗要押韵，有一定形式。但这并不一定是诗的特色。散文中有时有诗。诗中有时也有散文。

前者如：

历览前贤国与家，成由勤俭破由奢。（李商隐）

向你倨，你也不削一块肉；向你恭，你也不长一块肉。（傅斯年）

后者如：

  暮春三月，江南草长，杂花生树。群莺乱飞。(邱迟)

  我们最当敬重的是疯子，最当亲爱的是孩子，疯子是我们的老师，孩子是我们的朋友。我们带着孩子，跟着疯子走向光明去。(傅斯年)

  颂美黑暗。讴歌黑暗。只有黑暗能将这一切都消灭调和于虚无混沌之中。没有了人，没有了我，更没有了世界。(冰心)

上面举的例子，前两个，虽是诗，意境却是散文的。后三个虽是散文，意境却是诗的。又如歌诀，虽具有诗的形式，却不是诗，如：

  平声平道莫低昂，上声高呼猛烈强，

  去声分明哀远道，入声短促急收藏。

谚语虽押韵，也不是诗。如：

  病来一大片，病去一条线。

  2.题材不足限制：题材也不能为诗、文的分界。五四时代，曾有一回"丑的字句"的讨论。有人主张"洋楼"，"小火轮"，"革命"，"电报"……不能入诗；世界上的事物，有许多许多——无论是少数人的，或多数人所习闻的事物——是绝对不能入诗的。但他们并没有从正面指出哪些字句是可以入诗的，而且上面所举出的事物未尝不可入诗。如邵瑞彭的词：

  电掣灵蛇走，云开怪蜃沉，烛天星汉压潮音，十美灯船，摇荡大

珠林。(《咏轮船》)

这能说不是"诗"吗?

3.美无定论：如果说"美的东西是诗"，这句话本身就有语病；因为不仅是诗要美，文也要美。

大概诗与文并没有一定的界限，因时代而定。某一时代喜欢用诗来表现，某一时代却喜欢用文来表现。如，宋诗之多议论，因为宋代散文发达；这种发议论的诗也是诗。白话诗，最初是抒情的成分多，而抗战以后，则散文的成分多，但都是诗。现在的时代还是散文时代。

三 诗缘情

诗是抒情的。诗与文的相对的分别，多与语言有关。诗的语言更经济，情感更丰富。达到这种目的的方法：

1.暗示与理解：用暗示，可以用经济的字句，表示或传达出多种的意义来，也就是可以增加情感的强度。如辛稼轩的词：

将军百战身名裂，向河梁回头万里，故人长绝。易水萧萧西风冷，满座衣冠似雪。正壮士悲歌未彻。

这词是辛稼轩和他兄弟分别时作的，其中所引用的两个别离的故事之间没有桥梁；如果不懂得故事的意义，就不能把它们凑合起来，理解整个儿的意思，这里需要读者自己来搭桥梁，来理解它。又如朱熹的《观书有感》：

檀島波光異昔時彌天

烽火動歸思三年勞止

如番卒行見迎門影

裏見

福田兄休假歸檀香山作此贈別

卅二年八月弟朱自清時客昆明

半亩方塘一鉴开，天光云影共徘徊。

问渠"那得清如许"？"为有源头活水来。"

也完全是用暗示的方法，表示读书才能明理。

2.比喻与组织：从上段可以看出，用比喻是最经济的办法，一个比喻可以表达好几层意思。但读诗时，往往会觉得比喻难懂，比喻又可分：

（1）人事的比喻：比较容易懂。

（2）历史的比喻（典故）：比较难懂。

新诗中用比喻的例子，如卞之琳的《音尘》：

绿衣人熟稔的按门铃，

就按在住户的心上；

是游过黄海来的鱼？

是飞过西伯利亚来的雁？

"翻开地图看"这人说。

他指示我他所在的地方，

是那条虚线旁那个小黑点。

如果那是金黄的一点，

如果我的坐椅是泰山顶，

在月夜，我要猜你那儿，

准是一个孤独的火车站。

然而我正对着一本历史书，

西望夕阳里的咸阳古道，

我等到了一匹快马的蹄音。

大家
诗论

190

在这首诗里，作者将那个小黑点形象化、具体化，用了"鱼"和"雁"的典故，又用了"泰山"和"火车站"作比喻，而"夕阳""古道"，来自李白《忆秦娥》："乐游原上清秋节，咸阳古道音尘绝；音尘绝，西风残照，汉家陵阙"，也是一种比喻，用古人的伤别的情感喻自己的情感。

诗中的比喻有许多是诗人自己创造出来的，他们从经验中找出一些新鲜而别致的东西来作比喻。如：陈散原先生的"乡县酱油应染梦"，"酱油"亦可创造比喻。可见只要有才，新警的比喻是俯拾即是的。

四 组织

1.韵律：诗要讲究音节，旧诗词中更有人主张某种韵表示某种情感者，如周济《宋四家词选叙论》：

> 阳声字多则沉顿，阴声字多则激昂，重阳间一阴，则柔而不靡，重阴间一阳，则高而不危。东、真韵宽平，支、先韵细腻，鱼、歌韵缠绵，萧、尤韵感慨，各具声响。

2.句式的复沓与倒置：因为诗是发抒情感的，而情感多是重复迁回的，如《古诗十九首》：

> 行行重行行，与君生别离。
>
> 相去万馀里，各在天一涯。
>
> 道路阻且长，会面安可知。
>
> ……

这几句都表示同一意思——相隔之远——，可算一种复沓。句式的复沓又可分字重与意重。前者较简单，后者较复杂。歌谣与故事亦常用复沓，因为复沓可以加强情调，且易于记诵。如李商隐诗：

> 君问归期未有期，巴山夜雨涨秋池；何当共剪西窗烛，却话巴山夜雨时。

这也是复沓，但比较的曲折了。

新诗如杜运燮的《滇缅公路》：

> ……路永远使我们兴奋，
>
> 都来歌唱呵，
>
> 这是重要的日子，
>
> 幸福就在手头。
>
> 看它，
>
> 风一样有力，
>
> 航行绿色的田野，
>
> 蛇一样轻灵，
>
> 从茂密的草木间盘上高山的背脊，
>
> 飘在云流中，
>
> 而又鹰一般敏捷，
>
> 画几个优美的圆弧，
>
> 降落下箕形的溪谷，

倾听村落里安息前欢愉的匆促，

轻烟的朦胧中，

溢着亲密的呼唤，

人性的温暖。

有时更懒散，

沿着水流缓缓走向城市，

而就在粗糙的寒夜里，

荒冷而空洞，

也一样负着全民族的食粮，

载重车的黄眼满山搜索，

搜索着跑向人民的渴望；

沉重的橡皮轮不绝的滚动着，人民兴奋的脉搏，

像一块石子一样，

觉得为胜利尽忠而骄傲；

微笑了，在满足向微笑着的星月下面，微笑了，

在豪华的凯旋日子的好梦里……

一方面用比喻使许多事物形象化、具体化；一方面写全民族的情感，仍不离诗的复沓的原则：复沓的写民族抗战的胜利。

句式之倒置：在引起注意。如：

竹喧归浣女。

3.分行：分行则句子的结构可以紧凑一点，可以集中读者的边际注

意。

诗的用字须经济。如王维的：

大漠孤烟直，长河落日圆。

十字，是一幅好画，但比画表现得多，因为这两句诗中的"直""圆"是动的过程，画是无法表现的。

五　传达与了解

1.传达是不完全的：诗虽不如一般人所说的难懂，但表达时，不是完全的。如比喻，或用典时往往不能将意思或情感全传达出来。

2.了解也是不完全的：因为读者读诗时的心情，和周遭的情景，对读者对诗的了解都有影响。往往因心情或情景的不同，了解也不同。

诗究竟是不是如一般人所说的带有神秘性，有无限可能的解释呢？这是很不容易回答的。但有一点可以说：我们不能离开字句及全诗的连贯去解释诗。

原载一九四二年十一月二十二日《国文月刊》

大家

论中国诗的出路

读了两期诗刊，引起一些感想。这些感想也不全然是新的，也不全然是自己的。平常自己乱想，或与朋友谈论：牵涉到中国诗，总有好多不同的意见。现在趁读完诗刊的机会，将这些意见整理一下，写在这里。

近代第一期意识到中国诗该有新的出路人要算是梁任公夏穗卿几位先生。他们提倡所谓"诗界革命"；他们一面在诗里装进他们的政治哲学，一面在诗里引用西籍中的典故，创造新的风格。但诗不是哲学的工具，而新典故比旧典故更难懂：这样他们便失败了。

第二期自然是胡适之先生及其他的白话诗人。这时候大家"多半是无意识的接收外国文学的暗示"，"注重的是白话，不是诗"，诚如梁实秋先生在诗刊中所说。

第三期是民国十四年办晨报诗刊及现在办诗刊的诸位先生。他们主张创造新的格律；但所做到还只是模仿外国近代诗，在意境上，甚至在音节上。模仿意境，在这过渡时期是免不了的，并且是有益好。模仿音节，却得慎重，不能一概而论。

音节麻烦了每一个诗人，不论新的旧的。从新诗的初期起，音节并未被作诗的人忽略过，如一般守旧的人所想。胡适之先生倡"自然的音节"论（见《谈新诗》），这便是一切自由诗及小诗的根据。从此到闻一多先生"诗的格律"论（见《晨报·诗刊》），中间有不少的关于诗的音节的意见，这以后还有，如陈勺水先生所主张的"有律现代诗"（见《乐群》半月刊第四期）及最近诗刊中诸先生的议论。这可见音节的重要了。

中国诗体的变迁，大抵以民间音乐为枢纽。四言变为乐府，诗变为词，词变为曲，都源于民间乐曲。所以能行远持久，大半便靠这种音乐性，或音乐的根据。这其间也许有外国影响，如胡乐之代替汉乐，及胡适之先生所说吟诵诗文的调子由梵呗而来（见《白话文学史》）之类；但只在音乐方面，不在诗的本体上。还有，词曲兴后，五七言之势并不衰；不但不衰，似乎五七言老是正宗一样。这不一定是偏见；也许中国语的音乐性最宜于五七言。你看九言诗虽有人做过，都算是一种杂体，毫不发达。（参看《小说月报·中国文学研究》中刘大白先生的论文）（俞平伯先生说）

按照上述的传统，我们的新体诗应该从现在民间流行的，曲调词嬗变出来；如大鼓等似乎就有变为新体诗的资格。但我们的诗人为什么不去模仿民间乐曲（从前倒也有，如招子庸的粤讴，缪莲仙的南词等，但未成为风气），现在都来模仿外国，作毫无音乐的白话诗？这就要看一看外国的影响的力量。在历史上外国对于中国的影响自然不断地有，但力量之大，怕以近代为最。这并不就是奴隶根性；他们进步得快，而我们一向是落后的，要上前去，只有先从效法他们入手。文学也是如此。这种情形之下，外国的影响是不可抵抗的，它的力量超过本国的传统。就新诗而论，无论自由诗，格律诗，（姑用此名）每行之长，大抵多于五七言，甚至为其倍数。在诗词曲及现在的民集乐曲中，是没有这样长的停顿或乐句的。（词曲每顿过七字者极少；在大鼓书通常十字三顿，皮簧剧词亦然。）

这种影响的结果，诗是不能吟诵了。有人说不能吟诵不妨，只要可读可唱就行。新诗的可唱，由赵元任的新诗歌集证明。但那不能证明新诗具有充分音乐性；我们宁可说，赵先生的谱所给的音乐性也许比原诗所具有的多。至于读诗，似乎还没有好的方法。诗刊诸先生似乎也有鉴于此，所以提倡诗的格律。他们的理论有些很可信，但他们的实际，模仿外国诗音节还是主要工作。这到底能不能成功呢？我们且先看看中国语言所受过的外国的影响如何。（本节略采浦江清先生说）

佛经的翻译是中国语言第一次受到外国的影响。梁任公先生有过《佛典翻译与文学》一文（见梁任公近著）详论此事。但华梵语言组织相去悬远，习梵文者又如凤毛麟角，所以语言上虽有很大的影响（佛经翻译，另成新体文字），却一直未能普遍应用。有普遍应用的是翻译文中的许多观念和故事的体裁；故事体后来发展便成小说，重要自不待言。中国语言第二次受到的外国影响，要算日本名辞的输入；日本的句法也偶被采用，但极少。因为报章文学的应用，传播极快；二三十年前的"奇字"如"运动"（受人运动的运动），现在早成了常语。第三次是我们躬自参加的一次，便是新文学运动中白话文欧化的事。这回的欧化起初是在句法上多，后来是在表现（怎样措辞）上多。无论如何，这回传播的快的广，比佛经翻译文体强多了。这里主要的原因是懂得外国文的人多得多了；他们触类旁通，自然容易。大概中国语言本身最不轻易接受外来的影响；句法与表现的变更要有伟大的努力或者方便的环境。至于音节，那是更难变更———不但难，有时竟是不可能的。音节这东西太复杂了，太微妙了，不独这种语言和那种语言不同，一个人的两篇作品，也许会大大地差异；以诗论，往往体格相同之作，音节上会有繁复的变化，如旧体律诗便是如此———特别是七律。

徐志摩先生是试用外国诗的音节到中国诗里最可注意的人。他试用了许多西洋诗体。朱湘先生评志摩的诗一文（见《小说月报》十七卷一号）中曾经列举，都有相当的成功。近来综观他所作，觉得最成功的要算

◎ 朱自清发表在《北京大学学生周刊》上的新诗《满月的光》

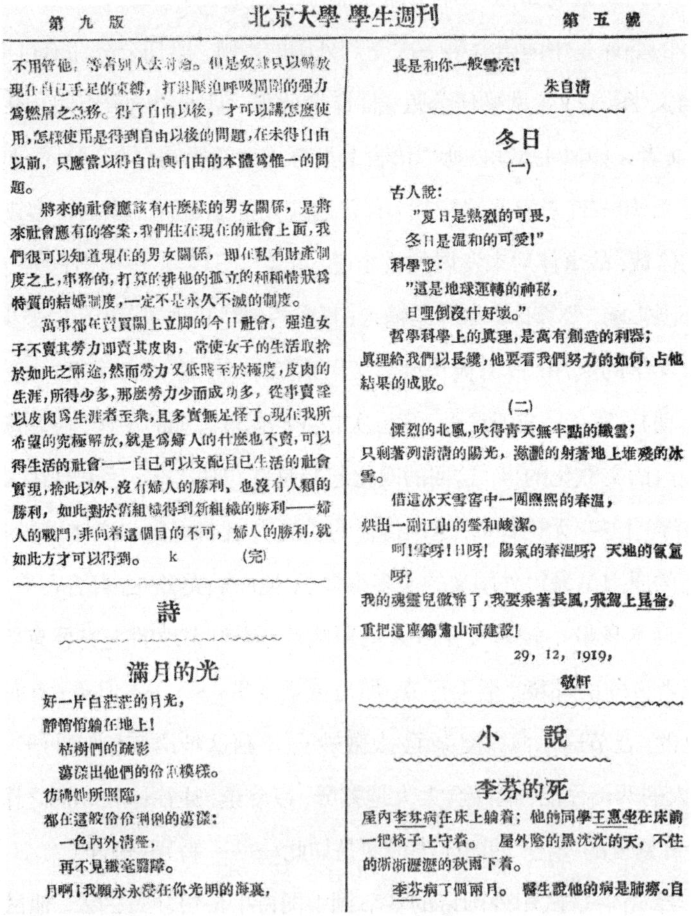

第九版　　北京大學學生週刊　　第五號

不用管他，等着別人去討論。但是奴隸只以解放現在自己手足的束縛，打退壓迫呼吸周圍的强力爲燃眉之急務。得了自由以後，才可以講怎麼使用，怎樣使用是得到自由以後的問題，在未得自由以前，只應當以得自由與自由的本體爲惟一的問題。

將來的社會應該有什麼樣的男女關係，是將來社會應有的答案，我們住在現在的社會上面，我們很可以知道現在的男女關係，即在私有財產制度之上，事務的，打算的排他的孤立的種種情狀爲特質的結婚制度，一定不是永久不滅的制度。

萬事都在買買關上立脚的今日社會，强迫女子不賣其勞力即賣其皮肉，常使女子的生活取捨於如此之兩途，然而勞力又低賤至於極度，皮肉的生涯，所得少多，那麼勞力少而成功多，從事賣淫以皮肉爲生涯者至衆，且多實無足怪了。現在我所希望的究極解放，就是爲婦人的什麼也不賣，可以得生活的社會——自己可以支配自己生活的社會實現，捨此以外，沒有婦人的勝利，也沒有人類的勝利，如此對於舊組織得到新組織的勝利——婦人的戰鬥，非向着這個目的不可，婦人的勝利，就如此方才可以得到。　k　　(完)

詩

滿月的光

好一片白茫茫的月光，
靜悄悄躺在地上！
　枯樹們的疏影
　蕩漾出他們的伶俐模樣。
彷彿她所照臨，
都在這般伶伶俐俐的蕩漾：
　一色內外清瑩，
　再不見纖毫翳障。
月啊！我願永永浸在你光明的海裏，
長是和你一般雪亮！

朱自清

冬日

(一)

古人說：
　"夏日是熱烈的可畏，
　冬日是溫和的可愛！"
科學說：
　"這是地球運轉的神秘，
　日哩倒沒什好壞。"
　哲學科學上的眞理，是萬有創造的利器；
眞理給我們以長鏡，他要看我們努力的如何，占他結果的成敗。

(二)

　慄烈的北風，吹得青天無半點的纖雲；
只剩著冽清清的陽光，瀲灧的射著地上堆殘的冰雪。
　借這冰天雪窖中一團熙熙的春溫，
烘出一副江山的瑩和峻潔。
　呵！雪呀！日呀！陽氣的春溫呀？天地的氤氳呀？
我的魂靈兒微醉了，我要乘著長風，飛駕上崑崙，
重把這座錦繡山河建設！

29，12，1919，

敬軒

小　說

李芬的死

屋內李芬病在床上躺着；他的同學王惠坐在床前一把椅子上守着。屋外陰的黑沈沈的天，不住的淅淅瀝瀝的秋雨下着。

李芬病了個兩月。醫生說他的病是肺癆。自

无韵体（Blank Verse）和骈句韵体。他的紧凑与利落，在这两体里表现到最好处。别的如散文体姑不论，如各种奇偶韵体和章韵体，虽因徐先生的诗行短，还能见出相当的效力，但同韵的韵字间距离太长，究竟不能充分发挥韵的作用。韵字间的距离应该如何，自然还不能确说；顾亭林说古诗用韵无隔十字以上者，暂时可供参考。不但章韵体奇偶韵体易有此病，寻常诗行太长，也易有此病。商籁体之所以写不像，原因大部分也在此。梁实秋先生说"用中国话写Sonnet，永远写不像"，我相信。孙大雨先生的商籁（见《诗刊》），诚然是精心结撰的作品，但到底不能算是中国的，不能被中国人消化。徐志摩先生一则说孙先生之作可成定体，再则说商籁可以试验中国语的柔韧性等；但他自己却不做。（据我所知，他只有过一首所谓"变相的十四行诗"）这如何能叫人信？

西洋诗的音节只可相当的采用，因为中国语有它的特质，有时是没法凑合的。创造新格律，却是很重要的事。在现在所有的意见中，我相信闻一多先生的音尺与重音说（见《晨报·诗刊》中《诗的格律》一文及《诗刊》中梁实秋先生的信），可以试行。自然这两种说法也都是从西洋诗来的。我相信将来的诗还当以整齐的诗行为正宗，长短句可以参用；正如五七言为旧诗的正宗一样。采用西洋的音节创造新格律都得倚赖着有天才的人。单是理论一点用也没有。我们要的是作品的证明，作品渐渐多了，也许就真有定体了。

有一种理论家我们也要的。他们是用科学方法研究中国语言的音乐性的。他们能说出平仄声，清浊声，双声叠韵，四等呼，以及其他数不完的种种字音上的玩意，对于我们情感的影响。这种理论的本身虽然也许太烦琐，太死板，但到了一个天才的手里应用起来，于中国诗的前途，未必没有帮助。（本节采杨今甫先生说）

上文说过新诗不能吟诵，因此几乎没有人能记住一首新诗。固然旧诗中也只近体最便吟诵，最好记，词曲次之，古体又次之；但究竟都能吟诵，能记，与新诗悬殊。新诗的不能吟诵，就表面看，起初似乎因为行不整齐，后来诗行整齐了，又太长；其实，我想，是因为新诗没有完成的格律或音节。但还有最重要的，如胡适之先生《谈新诗》里所说及刘太白先生《中国诗篇里的声调问题》文中所主张，是轻重音代替了平仄音。说得更明白些，旧诗句里的每个字，粗粗地说，是一样的重音，轻音字如"了"字也变成重音；新诗模仿自然的语言，至少也接近自然的语言，轻音字便用得多，轻音字的价值也便显露了。这一种改变，才是新诗不能吟诵的真因；新诗大约只能读和唱，只应该读和唱的。唱诗是以诗去凑合音乐，且非人人所能，姑不论。读诗该怎么着，是我们现在要知道的。赵元任先生在《新诗歌集》里说读诗应按照自然的语气，明白，清朗（大意）；曾听见他读《我是少年》等诗，在国语留声机片中。但这是以国语为主，不以诗为主，故不及听他唱新诗的有味。又曾听见朱湘先生读他的《采莲曲》，用旧戏里韵白的调子。这自然是个经济的方法，但显然不是唯一的方法。用这种方法读诗，似乎还有些味儿。读诗的方法最当务之急，新诗音节或格律的完成与公认，一半要靠着那些会读的人。这大概也得等待天才，不是尽人所能；但有了会读的人，大家跟着来便容易，不像唱那么难。朱湘先生在民国十五年曾提倡过读诗会（见是年四月《晨报画刊》），可惜没有实行；现在这种读诗会还得多多提倡才行。

在外国影响之下，本国的传统被阻遏了，如上文所说；但这传统是不是就中断或永断了呢？现在我们不敢确言。但我们若有自觉的努力，要接续这个传统，其势也甚顺的。这并非空话。前《大公报》上有一位蜂子先生写了好些真正白话的诗，记载被人忘却的农村里小民的生活。那些诗有些像歌谣，又有点像大鼓调，充满了中国的而且乡土的气息。有人嫌它俗，但却不缺少诗味。可惜蜂子先生的作品久不见了，又没个继起的人。这种努力其实是值得的。

五七言古近体诗乃至词曲是不是还有存在的理由呢？换句话，这些诗体能不能表达我们这时代的思想呢？这问题可以引起许多的辩论。胡适之先生一定是否定的；许多人却徘徊着不能就下断语。这不一定由于迷恋骸骨，他们不信这经过多少时代多少作家锤炼过的诗体完全是土冢中枯骨一般。固然照傅孟真先生的文学的有机成长说（去年在清华讲演）一种文体长成以后，便无生气，只馀技巧；技巧越精，领会的越少。但技巧也正是一种趣味；况如宋诗之于唐诗，境界一变，重新，沈曾植比之于外国人开埠头本领（见《石遗室诗话》），可见骸骨运会之谥，也不尽确。"世界革命"诸先生似乎就有开埠头之意。他们虽失败了，但与他们同时的黄遵宪乃至现代的吴芳吉，顾随，徐声越诸先生，向这方面努力的不乏其人，他们都不能说没有相当成功。他们在旧瓶里装进新酒去。所谓新酒也正是外国玩意儿。这个努力究竟有没有创造时代的成绩，现在还看不透；但有件事不但可以帮助这种努力，并且可以帮助上述的种种；便是大规模地有系统地试译外国诗。

这是本文最末的一个主张。译专集也成，总集也成，译莎士比亚固好，译Goedeu Lreaxsury也行。但先译总集或者更方便些。你可以试验种种诗体，旧的新的，因的创的；句法，音节，结构，意境，都给人新鲜的印象。（在外国也许已陈旧了）不懂外国文的人固可有所参考或仿效，懂外国文的人也还可以有所参考或仿效；因为好的翻译是有它独立的生命的。译诗在近代是不断有人在干，苏曼殊便是一个著名的，但规模太小，太零乱，又太少，不能行远持久。要能行远持久，才有作用可见。这是革新我们的诗的一条大路；直接借助于外国文，那一定只有极少数人，而且一定是迂缓的，仿佛羊肠小径一样这还是需要有天才的人；需要精通中外国文，而且愿意贡献大部分甚至全部分生命于这件大业的人。

论朗诵诗

　　战前已经有诗歌朗诵，目的在乎试验新诗或白话诗的音节，看看新诗是否有它自己的音节，不因袭旧诗而确又和白话散文不同的音节，并且看看新诗的音节怎样才算是好。这个朗诵运动虽然提倡了多年，可是并没有展开；新诗的音节是在一般写作和诵读里试验着。试验的结果似乎是向着匀整一路走，至于怎样才算好，得一首一首诗的看，看那感情和思想跟音节是否配合得恰当，是否打成一片，不漏缝儿，这就是所谓"相体裁衣"。这种结果的获得虽然不靠朗诵运动，可是得靠诵读。诵读是独自一个人默读或朗诵，或者向一些朋友朗诵。这跟朗诵运动的朗诵不同，那朗诵或者是广播，或者是在大庭广众之中。过去的新诗有一点还跟旧诗一样，就是出发点主要的是个人，所以只可以"娱独坐"，不能够"悦众耳"，就是只能诉诸自己或一些朋友，不能诉诸群众。战前诗歌朗诵运动所以不能展开，我想根由就在这里。而抗战以来的朗诵运动，不但广大的展开，并且产生了独立的朗诵诗，转捩点也在这里。

　　抗战以来的朗诵运动起于迫切的实际的需要——需要宣传，需要教育广大的群众。这朗诵运动虽然以诗歌为主，却不限于诗歌，也朗诵散文和戏剧的对话；只要能够获得朗诵的效果，什么都成。假如战前的诗歌朗诵运动可以说是艺术教育，这却是政治教育。政治教育的对象不用说比艺术教育的广大得多，所以教材也得杂样儿的；这时期的朗诵会有时还带歌唱。抗战初期的朗诵有时候也用广播，但是我们的广播事业太不发达，这种朗诵的广播，恐怕听的人太少了；所以后来就直接诉诸集会的群众。朗诵的诗歌大概一部分用民间形式写成，在旧瓶里装上新酒，一部分是抗战的新作；一方面更有人用简单的文字试作专供朗诵的诗，当然也是抗战的诗，政治性的诗，于是乎有了"朗诵诗"这个名目。不过这个名目将"诗"限在"朗诵"上，并且也限在政治性上，似乎太狭窄了，一般人不愿意接受它。可是朗诵运动越来越快的发展了，诗歌朗诵越来越多了，效果也显著起来了，朗诵诗开始向公众要求它的地位。于是乎来了论争，论争的焦点是在诗的政治性上。笔者却以为焦点似乎应该放在朗诵诗的独立的地位或独占的地位上；笔者以为朗诵诗应该有独立的地位，不应该有独占的地位。

笔者过去也怀疑朗诵诗，觉得看来不是诗，至少不像诗，不像我们读过的那些诗，甚至于可以说不像我们有过的那些诗。对的，朗诵诗的确不是那些诗。它看来往往只是一些抽象的道理，就是有些形象，也不够说是形象化；这只是宣传的工具，而不是本身完整的艺术品。照传统的看法，这的确不能算是诗。可是参加了几回朗诵会，听了许多朗诵，开始觉得听的诗歌跟看的诗歌确有不同之处；有时候同一首诗看起来并不觉得好，听起来却觉得很好。

笔者这里想到的是艾青先生的《大堰河》（他的乳母的名字）；自己多年前看过这首诗，并没有注意它，可是在三十四年昆明西南联大的"五四"周朗诵晚会上听到闻一多先生朗诵这首诗，从他的抑扬顿挫里体会了那深刻的情调，一种对于母性的不幸的人的爱。会场里上千的听众也都体会到这种情调，从当场热烈的掌声以及笔者后来跟在场的人的讨论可以证实。这似乎是那晚上最精彩的节目之一。还有一个节目是新中国剧社的李先生朗诵庄涌先生《我的实业计划》那首讽刺诗。这首诗笔者也看到过，看的时候我觉得它写得好，抓得住一些大关目，又严肃而不轻浮。听到那洪钟般的朗诵，更有沉着痛快之感。笔者那时特别注意《大堰河》那一首，想来想去，觉得是闻先生有效的戏剧化了这首诗，他的演剧的才能给这首诗增加了些新东西，它是在他的朗诵里才完整起来的。

后来渐渐觉得，似乎适于朗诵的诗或专供朗诵的诗，大多数是在朗诵里才能见出完整来的。这种朗诵诗大多数只活在听觉里，群众的听觉里；独自看起来或在沙龙里念起来，就觉得不是过火，就是散漫，平淡，没味儿。对的，看起来不是诗，至少不像诗，可是在集会的群众里朗诵出来，就确乎是诗。这是一种听的诗，是新诗中的新诗。它跟古代的听的诗又不一样。那些诗是唱的，唱的是英雄和美人，歌手们唱，贵族们听，是伺候贵族们的玩意儿。朗诵诗可不伺候谁，只是沉着痛快的说出大家要说的话，听的是有话要说的一群人。朗诵诗虽然近乎戏剧的对话，可又不相同。对话是剧中人在对话，只间接的诉诸听众，而那种听众是悠闲的，散漫的。朗诵诗却直接诉诸紧张的、集中的听众。不过朗诵的确得注重声调和表情，朗诵诗的确得是戏剧化的诗，不然就跟演讲没有分别，就真不是诗了。

朗诵诗是群众的诗，是集体的诗。写作者虽然是个人，可是他的出发点是群众，他只是群众的代言人。他的作品得在群众当中朗诵出来，得在群众的紧张的集中的氛围里成长。那诗稿以及朗诵者的声调和表情，固然都是重要的契机，但是更重要的是那氛围，脱离了那氛围，朗诵诗就不能成其为诗。朗诵诗要能够表达出来大家的憎恨、喜爱、需要和愿望；它表达这些情感，不是在平静的回忆之中，而是在紧张的集中的现场，它给群众打气，强调那现场。有些批评家认为文艺是态度的表示，表示行动的态度而归于平衡或平静；诗出于个人的沉思而归于个人的沉思，所以跟实生活保持着相当的距离，创作和欣赏都得在这相当的距离之外。所谓"怨而不怒"，"乐而不淫"，"哀而不伤"，所谓"温柔敦厚"以及"无关心"的态度，都从这个相当的距离生出来。有了这个相当的距离，就不去计较利害，所以有"诗失之愚"的话。朗诵诗正要揭破这个愚，它不止于表示态度，却更进一步要求行动或者工作。行动或工作没有平静与平衡，也就没有了距离；朗诵诗直接与实生活接触，它是宣传的工具，战斗的武器，而宣传与战斗正是行动或者工作。玛耶可夫斯基论诗说得好：

照我们说

韵律——

大桶，

炸药桶。

一小行——

导火线。

大行冒烟，

小行爆发，

…………

这正是朗诵诗的力量，它活在行动里，在行动里完整，在行动里完成。这也是朗诵诗之所以为新诗中的新诗。宣传是朗诵诗的任务，它讽刺，批评，鼓励行动或者工作。它有时候形象化，但是主要的在运用赤裸裸的抽象的语言；这不是文绉绉的拖泥带水的语言，而是沉着痛快的，充满了辣味和火气的语言。这是口语，是对话，是直接向听的人说的。得去听，参加集会，走进群众里去听，才能接受它，至少才能了解它。单是看写出来的诗，会觉得咄咄逼人，野气，火气，教训气；可是走进群众里去听，听上几回就会不觉得这些了。再说朗诵诗是对话，或者三言两语，或者长篇大套；前一种像标语口号，看起来简单得没味儿，后一种又好像罗嗦得没味儿。其实味儿是有，却是在朗诵和大家听里。笔者六月间曾在教室里和同学们讨论过一位何达同学写的两首诗，我念给他们听。第一首是《我们开会》：

        我们开会

           我们的视线

           像车辐

              集中在一个轴心

        我们开会

           我们的背

           都向外

              砌成一座堡垒

        我们开会

           我们的灵魂

           紧紧的

              拧成一根巨绳

面对着

　　共同的命运

　　我们开着会

　　　　就变成一个巨人

　　这一首写在三十三年六月里，另一首《不怕死——怕讨论》写在今年六月三日，"六二"的后一日：

我们不怕死

　　可是我们怕讨论

我们的情绪非常热烈

　　谁要是叫我们冷静的想一想

　　我们就嘶他通他

　　我们就大声地喊

　滚你妈的蛋

　　无耻的阴谋家

难道你们不知道

　　我们只有情绪

　　我们全靠情绪

　　决不能用理智

　　　　压低我们的情绪

可是朋友们

　　我们这样可不行啊

　　我们不怕死

　　我们也不应该怕讨论

　　要民主——我们就得讨论

　　要战斗——我们也得讨论

　　我们不怕死

　　我们也不怕讨论

　　一班十几个人喜欢第一首的和喜欢第二首的各占一半。前者说第一首形象化，"结构严紧"，而第二首只"是平铺直叙的说出来"。后者说第二首"自然而完整"，"能在不多的几句话里很清楚的说出为什么不怕死也不怕讨论来"，第一首却"只写出了很少的一点，并未能很具体的写出开会的情形"；又说"在朗诵的效果上"，第二首要比第一首大。笔者没有练习过朗诵，那回只是教学上的诵读；要真是在群众里朗诵，那结果也许会向第二首一面倒罢。因为笔者在独自看的时候原也喜欢第一首，可是一经在教室里诵读，就觉得第二首有劲儿，想来朗诵起来更会如此的。"结构严紧"，回环往复的写出"很少的一点"，让人仔细吟味，原是诗之所以为诗，不过那是看的诗。朗诵诗的听众没有那份耐性，也没有那样工夫，他们要求沉着痛快，要求动力——形象化当然也好，可是要动的形象，如"炸药桶"、"导火线"；静的形象如"轴心"、"堡垒"、"巨绳"，似乎不够劲儿。

　　"自然而完整"，就是艺术品了；可是说时容易做时难。朗诵诗得

（左）◎ 朱自清日记
（右）◎ 朱自清手迹

是一种对话或报告，诉诸群众，这才直接，才亲切自然。但是这对话得干脆，句逗不能长，并且得相当匀整，太参差了就成演讲，太整齐却也不自然。话得选择，像戏剧的对话一样的严加剪裁；这中间得留地步给朗诵人，让他用他的声调和表情，配合群众的氛围，完整起来那写下的诗稿——这也就是集中。剧本在演出里才完成，朗诵诗也在朗诵里才完成。这种诗往往看来嫌长可是朗诵起来并不长；因为看是在空间里，听是在时间里。笔者亲身的经验可以证实。前不久在北大举行的一个诗歌晚会里听到朗诵《米啊，你在那里？》那首诗，大家都觉得效果很好。这首诗够长的，看了起来也许会觉得罗嗦罢。可是朗诵诗也有时候看来很短，像标语口号，不够诗味儿，放在时间里又怎么样呢？我想还是成，就因为像标语口号才成；标语口号就是短小精悍才得劲儿。不过这种短小的诗，朗诵的时候得多多的顿挫，来占取时间，发挥那一词一语里含蓄着的力量。请看田间先生这一首《鞋子》：

　　回去，告诉你的女人：

　　要大家来做鞋子。

　　像战士脚上穿的结实而大。

　　好翻山呀，好打仗呀。

诗行的短正表示顿挫的多。这些都是专供朗诵的诗。有些诗并非专供朗诵，却也适于朗诵，那就得靠朗诵的经验去选择。例如上文说过的庄涌先生的《我的实业计划》，也整齐，也参差，看起来也不长，自然而完整，听起来更得劲儿。这种看和听的一致，似乎是不常有的例子。艾青先生的《大堰河》主要的是对话，看起来似乎长些，可是闻先生朗诵起来，

大家

特别是那末尾几行的低抑的声调，能够表达出看的时候看不出的一些情感，这就不觉得长而成为一首自然而完整的诗。朗诵诗还要求严肃，严肃与工作。所以用熟滑的民间形式来写，往往显得轻浮，效果也就不大。这里想到孔子曾以"无邪"论诗，强调诗的政教作用；那"无邪"就是严肃，政教作用就是效果，也就是"行事"或者工作。不过他那时以士大夫的"行事"或者工作为目标，现代是以不幸的大众的行动或者工作为目标，这是不同的。

就在北大那回诗歌晚会散场之后，有一位朋友和笔者讨论。他承认朗诵诗的效用，但是觉得这也许只是当前这个时代需要的诗，不像别种诗可以永久存在下去。笔者却以为配合着工业化，生活的集体化恐怕是自然的趋势。美国诗人麦克里希在《诗与公众世界》一文（一九三九）里指出现在"私有世界"和"公众世界"已经渐渐打通，政治生活已经变成私人生活的部分；那就是说私人生活是不能脱离政治的。集体化似乎不会限于这个动乱的时代，这趋势将要延续下去，发展下去，虽然在各时代各地域的方式也许不一样。那么，朗诵诗也会跟着延续下去，发展下去，存在下去，——正和杂文一样。美国也已经有了朗诵诗，一九四四年出的达文鲍特的《我的国家》（有杨周翰先生译本）那首长诗，就专为朗诵而作；那里面强调"一切人是一个人"，"此处的自由就是各处的自由"，这就是威尔基所鼓吹的"四海一家"。照这样看，朗诵诗的独立的地位该是稳定了的。但是有些人似乎还要进一步给它争取独占的地位；那就是只让朗诵诗存在，只认朗诵诗是诗。笔者却不能够赞成这种"罢黜百家"的作风；即使会有这一个时期，相信诗国终于不会那么狭小的。

原载一九三七年第三卷第一期《观察》

古文学的欣赏

　　新文学运动开始的时候，胡适之先生宣布"古文"是"死文学"，给它撞丧钟，发讣闻。所谓"古文"，包括正宗的古文学。他是教人不必再做古文，却显然没有教人不必阅读和欣赏古文学。可是那时提倡新文化运动的人如吴稚晖、钱玄同两位先生，却教人将线装书丢在茅厕里。后来有过一回"骸骨的迷恋"的讨论也是反对做旧诗，不是反对读旧诗。但是两回反对读经运动却是反对"读"的。反对读经，其实是反对礼教，反对封建思想；因为主张读经的人是主张传道给青年人，而他们心目中的道大概不离乎礼教，不离乎封建思想。强迫中小学生读经没有成为事实，却改了选读古书，为的了解"固有文化"。为了解固有文化而选读古书，似乎是国民分内的事，所以大家没有说话。可是后来有了"本位文化"论，引起许多人的反感；本位文化论跟早年的保存国粹论同而不同，这不是残馀的而是新兴的反动势力。这激起许多人，特别是青年人，反对读古书。

　　可是另一方面，在本位文化论之前有过一段关于"文学遗产"的讨论。讨论的主旨是如何接受文学遗产，倒不是扬弃它；自然，讨论到"如何"接受，也不免有所分别扬弃的。讨论似乎没有多少具体的结果，但是

"批判的接受"这个广泛的原则，大家好像都承认。接着还有一回范围较小，性质相近的讨论。那是关于《庄子》和《文选》的。说《庄子》和《文选》的词汇可以帮助语体文的写作，的确有些不切实际。接受文学遗产若从"做"的一面看，似乎只有写作的态度可以直接供我们参考，至于篇章字句，文言语体各有标准，我们尽可以比较研究，却不能直接学习。因此许多大中学生厌弃教本里的文言，认为无益于写作；他们反对读古书，这也是主要的原因之一。但是流行的作文法，修辞学，文学概论这些书，举例说明，往往古今中外兼容并包；青年人对这些书里的"古文今解"倒是津津有味的读着，并不厌弃似的。从这里可以看出青年人虽然不愿信古，不愿学古，可是给予适当的帮助，他们却愿意也能够欣赏古文学，这也就是接受文学遗产了。

说到古今中外，我们自然想到翻译的外国文学。从新文学运动以来，语体翻译的外国作品数目不少，其中近代作品占多数；这几年更集中于现代作品，尤其是苏联的。

但是希腊、罗马的古典，也有人译，有人读，直到最近都如此。莎士比亚至少也有两种译本。可见一般读者（自然是青年人多），对外国的古典也在爱好着。可见只要能够让他们接近，他们似乎是愿意接受文学遗产的，不论中外。而事实上外国的古典倒容易接近些。有些青年人以为古书古文学里的生活跟现代隔得太远，远得渺渺茫茫的，所以他们不能也不愿接受那些。但是外国古典该隔得更远了，怎么事实上倒反容易接受些呢？我想从头来说起，古人所谓"人情不相远"是有道理的。尽管社会组织不一样，尽管意识形态不一样，人情总还有不相远的地方。喜怒哀乐爱恶欲总还是喜怒哀乐爱恶欲，虽然对象不尽同，表现也不尽同。对象和表现的不同，由于风俗习惯的不同；风俗习惯的不同，由于地理环境和社会组织的不同。

使我们跟古代跟外国隔得远的，就是这种种风俗习惯；而使我们跟古文学跟外国文学隔得远的尤其是可以算做风俗习惯的一环的语言文字。语体翻译的外国文学打通了这一关，所以倒比古文学容易接受些。

人情或人性不相远，而历史是连续的，这才说得上接受古文学。但是这是现代，我们有我们的立场。得弄清楚自己的立场，再弄清楚古文学的立场，所谓"知己知彼"，然后才能分别出那些是该扬弃的，那些是该保留的。弄清楚立场就是清算，也就是批判；"批判的接受"就是一面接受着，一面批判着。自己有立场，却并不妨碍了解或认识古文学，因为一面可以设身处地为古人着想，一面还是可以回到自己立场上批判的。这"设身处地"是欣赏的重要的关键，也就是所谓"感情移入"。个人生活在群体中，多少能够体会别人，多少能够为别人着想。关心朋友，关心大众，恕道和同情，都由于设身处地为别人着想；甚至"替古人担忧"也由于此。演戏，看戏，一是设身处地的演出，一是设身处地的看人。做人不要做坏人，做戏有时候却得做坏人。看戏恨坏人，有的人竟会丢石子甚至动手去打那戏台上的坏人。打起来确是过了分，然而不能不算是欣赏那坏人做得好，好得教这种看戏的忘了"我"。这种忘了"我"的人显然没有在批判着。有批判力的就不至如此，他们欣赏着，一面常常回到自己，自己的立场。欣赏跟行动分得开，欣赏有时可以影响行动，有时可以不影响，自己有分寸，做得主，就不至于糊涂了。读了武侠小说就结伴上峨眉山，的确是糊涂。所以培养欣赏力同时得培养批判力：不然，"有毒的"东西就太多了。然而青年人不愿意接受有些古书和古文学，倒不一定是怕那"毒"，他们的第一难关还是语言文字。

打通了语言文字这一关，欣赏古文学的就不会少，虽然不会赶上欣赏现代文学的多。语体翻译的外国古典可以为证。语体的旧小说如《水浒传》《西游记》《红楼梦》《儒林外史》，现在的读者大概比二三十年前要减少了，但是还拥有相当广大的读众。这些人欣赏打虎的武松，焚稿的林黛玉，却一般的未必崇拜武松，尤其未必崇拜林黛玉。他们欣赏武松的勇气和林黛玉的痴情，却嫌武松无知识，林黛玉不健康。欣赏跟崇拜也是分得开的。欣赏是情感的操练，可以增加情感的广度、深度，也可以增加高度。欣赏的对象或古或今，或中或外，影响行动或浅或深，但是那影响总是间接的，直接的影响是在情感上。有些行动固然可以直接影响情感，但是欣赏的机会似乎更容易得到些。要培养情感，欣赏的机会越多越好；就文学而论，古今中外越多能欣赏越好。这其间古文和外国文学都有一道难关，语言文字。外国文学可用语体翻译，古文学的难关该也不难打通的。

我们得承认古文确是"死文字"，死语言，跟现在的语体或白话不是一种语言。这样看，打通这一关也可以用语体翻译。这办法早就有人用过，现代也还有人用着。记得清末有一部《古文析义》，每篇古文后边有一篇白话的解释，其实就是逐句的翻译。那些翻译够清楚的，虽然罗唆些。但是那只是一部不登大雅之堂的启蒙书，不曾引起人们注意。"五四"运动以后，整理国故引起了古书今译。

顾颉刚先生的《盘庚篇今译》（见《古史辨》），最先引起我们的注意。他是要打破古书奥妙的气氛，所以将《尚书》里诘屈聱牙的这《盘庚》三篇用语体译出来，让大家看出那"鬼治主义"的把戏。他的翻译很谨严，也够确切；最难得的，又是三篇简洁明畅的白话散文，独立起来看，也有意思。近来郭沫若先生在《由周代农事诗论到周代社会》一文（见《青铜时代》）里翻译了《诗经》的十篇诗，风雅颂都有。他是用来论周代社会的，译文可也都是明畅的素朴的白话散文诗。此外还有将《诗经》、《楚辞》和《论语》作为文学来今译的，都是有意义的尝试。

这种翻译的难处在乎译者的修养；他要能够了解古文学，批判古文学，还要能够照他所了解与批判的译成艺术性的或有风格的白话。

翻译之外，还有讲解，当然也是用白话。讲解是分析原文的意义并加以批判，跟翻译不同的是以原文为主。笔者在《国文月刊》里写的《古诗十九首集释》，叶绍钧先生和笔者合作的《精读指导举隅》（其中也有语体文的讲解），浦江清先生在《国文月刊》里写的《词的讲解》，都是这种尝试。有些读者嫌讲得太琐碎，有些却愿意细心读下去。还有就是白话注释，更是以读原文为主。这虽然有人试过，如《论语》白话注之类，可只是敷衍旧注，毫无新义，那注文又罗里罗唆的。现在得从头做起，最难的是注文用的白话，现行的语体文里没有这一体，得创作，要简明朴实。选出该注释的词句也不易，有新义更不易。此外还有一条路，可以叫做拟作。谢灵运有《拟魏太子邺中集》，综合的拟写建安诗人，用他们的口气作诗。江淹有《杂拟诗》三十首，也是综合而扼要的分别拟写历代无名的五言诗人，也用他们自己的口气。这是用诗来拟诗。英国麦克士·比罗姆著《圣诞花环》，却以圣诞节为题用散文来综合的扼要的拟写当代各个作家。他写照了各个作家，也写照了自己。我们不妨如法炮制，用白话来尝试。以上四条路都通到古文学的欣赏；我们要接受古代作家文学遗产，就可以从这些路子走近去。

原载一九四七年《文学杂志》

什么是中国文学史的主潮？

——林庚著《中国文学史》序

中国文学史的编著有了四十多年的历史。但是我们的文学史的研究实在还在童年。文学史的研究得有别的许多学科做根据，主要的是史学，广义的文学。这许多学科，就说史学罢，也只在近二十年来才有了新的发展，别的社会科学更只算刚起头儿。这样，我们对文学史就不能存着奢望。不过这二十多年来的文学史，的确有了显著的进步。早期的中国文学史大概不免直接间接的以日本人的著述为样本，后来是自行编纂了，可是还不免早期的影响。这些文学史大概包罗经史子集直到小说戏曲八股文，像具体而微的百科全书。缺少的是"见"，是"识"，是史观。叙述的纲领是时序，是文体，是作者；缺少的是"一以贯之"。这二十多年来，从胡适之先生的著作开始. 我们有了几部有独见的中国文学史。胡先生的《白话文学史》上卷着眼在白话正宗的"活文学"上，郑振铎先生的《插图本中国文学史》着眼在"时代与民众"以及外来的文学的影响上。这是一方面的进展。刘大杰先生的《中国文学发展史》上卷着眼在各时代的文学主潮和主潮所接受的文学以外的种种影响。这是又一方面的发展。这两方面的发展相辅相成，将来是要合而为一的。

林静希先生（庚）这部《中国文学史》也着眼在主潮的起伏上。他将文学的发展看作是有生机的，由童年而少年而中年而老年；然而文学不止一生，中国文学是可以再生的，他所以用《文艺曙光》这一章结束了全书。他在《关于写＜中国文学史＞》一篇短文里说他的"书写到'五四'以前，也正是计划着，若将来能有机会写一部新文学史的时候，可以连续下去"。这部新文学史该是从童年的再来开始。因此著者常常指明或暗示我们的文学和文化的衰老和腐化，教我们警觉，去摸索光明。照那篇文里说的，他计划写这部文学史，远在十二年以前，那时他想着"思想的形式与人生的情绪"是"时代的特征"，也就是主潮。这与他的生机观都反映着"五四"那时代。他说"热心于社会改造的人们，以为伟大的文艺就是有助于理想社会的文艺，但爱好文艺的人们，却正以为那理想的社会，必然的是须接近于文艺的社会"。他"相信，那能产生优秀文艺的时代，才是真正伟大的"，因此"只要求那能产生伟大文艺的社会"。明白了著者的这种态度，才能了解他的这部《中国文学史》。

著者有"沟通新旧文学的愿望"。他说"这原来正是文学史应有的任务，所以这部书写的时候，随时都希望能说明一些文坛上普遍的问题，因为普遍的问题自然就与新文学特殊的问题有关"。这确是"文学史应有的任务"，在当前这时代更其如此；著者见到了这一层，值得钦佩。书中提出的普遍的问题，最重要的似乎是规律与自由，模仿与创造——是前两种趋势的消长和后两种趋势的消长。著者有一封来信，申说他书中的意见。他认为"形式化"或"公式化"也就是"正统化"，是衰老和腐化的现象。因此他反对模仿. 模仿传统固然不好，模仿外国也不好。在上面提到的那篇文里他说："我们应当与世界上寻觅主潮的人士，共同投身于探寻的行列中；我们不应当在人家还正在末可知的摸索着的时候，便已经开始模仿了。"信里说他要求解放, 但是只靠外来的刺激引起解放的力量是不能持久的, 得自己觉醒, 用极大的努力"唤起一种真正的创造精神", 而"创造之最高标帜"是文学。

著者认为《诗经》代表写实的"生活的艺术", 所歌咏的是一种"家的感觉", 后来变为儒家思想, 却形成了一种束缚或规律。《楚辞》代表"相反的浪漫的创造的精神", 所追求的是"一种异乡情调和惊异", 也就是"一种解放的象征"。这两种势力在历代文坛上是此消彼长的。这里推翻了传统的《诗》、《骚》一贯论, 否认《骚》出于《诗》。《骚》和《诗》的确是各自独立的, 这是中国诗的两大源头。但是得在《诗经》后面加上乐府, 乐府和《诗经》在精神上其实是相承的。书中特别强调屈原的悲哀, 个人的悲哀; 著者认为这种悲哀的觉醒是划时代的。这种悲哀, 古人也很重视, 班固称为"圣人失志", 确是划时代的。是从屈原起, 才开始了我们的自觉的诗的时代。著者在那信里认为中国是"诗的国度", 故事是不发展的: "《楚辞》的少年精神直贯唐诗", 可是少年终于变成中年, 文坛从此就衰歇了。唐代确是我们文化的一个分水岭, 特别是安史之乱。从此民间文学捎带着南朝以来深入民间的印度影响, 抬起了头一步步深入士大夫的文学里。替代衰弱的诗的时代的是散文时代, 戏剧和小说的时代; 故事受了外来的影响在长足的进展着。著者是诗人, 所以不免一方面特别看重文学, 一方面更特别看重诗; 但是他的书是一贯的。

著者用诗人的锐眼看中国文学史, 在许多节目上也有了新的发现, 独到之见不少。这点点滴滴大足以启发研究文学史的人们, 他们从这里出发也许可以解答些老问题, 找到些新事实, 找到些失掉的连环。著者更用诗人的笔写他的书, 虽然也叙述史实, 可是发挥的地方更多; 他给每章一个新颖的题目. 暗示问题的核心所在, 要使每章同时是一篇独立的论文, 并且要引人入胜。他写的是史, 同时要是文学; 要是著作也是创作。这在一般读者就也津津有味，不至于觉得干燥，琐碎，不能终篇了。这在普及中国文学史上是会见出功效来的，我相信。

一九四七年

中国文的三种型

——评郭绍虞编著的《语文通论》与《学文示例》

（开明书店版）这两部书出版虽然已经有好几年，但是抗战结束后我们才见到前一部书和后一部书的下册，所以还算是新书。

《语文通论》收集关于语文的文章九篇，著者当作《学文示例》的序。《学文示例》虽然题为"大学国文教本"，却与一般国文教本大不相同。前一部书里讨论到中国语文的特性和演变，对于现阶段的白话诗文的发展关系很大，后一部书虽然未必是适用的教本，却也是很有用的参考书。

《语文通论》里《中国语词之弹性作用》，《中国文字型与语言型的文学之演变》，《新文艺运动应走的新途径》，《新诗的前途》，这四篇是中心。《文笔再辨》分析"六朝"时代的文学的意念，精详确切，但是和现阶段的发展关系比较少。这里讨论，以那中心的四篇为主。郭先生的课题可以说有三个。一是语词，二是文体，三是音节。语词包括单音词和连语。郭先生"觉得中国语词的流动性很大，可以为单音同时也可以为复音，随宜而施，初无一定，这即是我们所谓弹性作用"（二面）。他分"语词伸缩"，"语词分合"，"语词变化"，"语词颠倒"四项，举例证明这种弹性作用。那些例子丰富而显明，足够证明他的理论。笔者尤其注意所谓"单音语词演化为复音的倾向"（四面）。

笔者觉得中国语还是单音为主，先有单音词，后来才一部分"演化为复音"，商朝的卜辞里绝少连语，可以为证。

但是这种复音化的倾向开始很早，卜辞里连语虽然不多，却已经有"往来"一类连语或词。《诗经》里更有了大量的叠字词与双声叠韵词。连语似乎以叠字与双声叠韵为最多，和六书里以形声字为最多相似。笔者颇疑心双声叠韵词本来只是单音词的延长。声的延长成为双声，如《说文》只有"……"字，后来却成为"蟋蟀"；韵的延长成为叠韵，如"消摇"，也许本来只说"消"一个音。书中所举的"玄黄"、"犹与"等双声连语可以自由分用（二三面），似乎就是从这种情形来的。

但是复音化的语词似乎限于物名和形况字，这些我们现在称为名词、形容词和副词；还有后世的代词和联结词（词类名称，用王了一先生在《中国现代语法》里所定的）。别的如动词等，却很少复音化的。这个现象的原因还待研究，但是已经可以见出中国语还是单音为主。本书说"复音语词以二字连缀者为最多，其次则三字四字"（三面）。双声叠韵词就都是"二字连缀"的。三字连缀似乎该以上一下二为通例。书中举《离骚》的"忳郁邑余侘傺兮"，并指出"忳与郁邑同义"（一八面），正是这种通例。这种复音语词《楚辞》里才见，也最多，似乎原是楚语。后来五七言诗里常用它。我们现在的口语里也还用着它，如"乱哄哄"之类。四字连缀以上二下二为主，书里举的马融的《长笛赋》"安翔骀荡，从容阐缓"等，虽然都是两个连语合成，但是这些合成的连语，意义都相近或相同，合成之后差不多成了一个连语。书里指出"辞赋中颇多此种手法"（二〇面），笔者颇疑心这是辞赋家在用着当时口语。现代口语里也还有跟这些相近的，如"死乞白赖"、"慢条斯理"之类。不过就整个中国语看，究竟是单音为主，二音连语为辅，三四音的语词只是点缀罢了。

郭先生将中国文体分为三个典型，就是"文字型，语言型，与文字化的语言型"（六六面）。他根据文体的典型的演变划分中国文学史的时代。"春秋"以前为诗乐时代，"这是语言与文字比较接近的时代"。文字"组织不必尽同于口头的语言"，却还是经过改造的口语；"虽与习常所说的不必尽同，然仍是人人所共晓的语言"。这时代的文学是"近于语言型的文学"（六八至六九面）。古代言文的分合，主张不一；这里说的似乎最近情理。"战国"至两汉为辞赋时代，这是"渐离语言型而从文字型演进的时代，同时也可称是语言文字分离的时代"。郭先生说：这是中国文学史上一个极重要的时代，因为是语文变化最显著的时代。此种变化，分为两途：其一，是本于以前寡其词协其音，改造语言的倾向以逐渐进行，终于发见单音文字的特点，于是在文学中发挥文字之特长，以完成辞赋的体制，使文学逐渐走上文字型的途径；于是始与语言型的文学不相一致。其又一，是借统一文字以统一语言，易言之，即借古语以统一今语，于是其结果成为以古语为文辞，而语体与文言遂趋于分途。前一种确定所谓骈文的体制，以司马相如的功绩为多；后一种又确定所谓古文的体制，以司马迁的功绩为多。（六九至七〇面）"以古语为文辞，即所谓文字化的语言型"（七一面）。这里指出两路的变化，的确是极扼要的。魏晋南北朝是骈文时代，"这才是充分发挥文字特点的时代"，"是以文字为工具而演进的时代"（七二面）。

"文字型的文学既演进到极端，于是起一个反动而成为古文时代"，隋唐至北宋为古文时代。书中说这是"托古的革新"。"古文古诗是准语体的文学，与骈文律诗之纯粹利用文字的特点者不同"。南宋至现代为语体时代，"充分发挥语言的特点"，"语录体的流行，小说戏曲的发展，都在这一个时代，甚至方言的文学亦以此时为盛。"这"也可说是文学以语言为工具而演进的时代"（七三至七四面）。语体时代从南宋算起，确是郭先生的特见。他觉得：有些文学史之重在文言文方面者，每忽视小说与戏曲的地位；而其偏重在白话文方面者，又抹煞了辞赋与骈文的价值。前者之误，在以文言的余波为主潮；后者之误，又在强以白话的伏流为主潮。（七四面）这是公道的评论。他又说"中国文学的遗产自有可以接受的地方（辞赋与骈文），不得仅以文字的游戏视之"，而"现在的白话文过度的欧化也有可以商榷的地方，至少也应带些土气息，合些大众的脾胃"。他要白话文"做到不是哑巴的文学"（七五面）。书中不止一回提到这两点，很是强调，归结可以说是在音节的课题上。他以为"运用音节的词，又可以限制句式之过度欧化"（一一二面），这样"才能使白话文显其应用性"（一一七面）。他希望白话文"早从文艺的路走上应用的路"，"代替文言文应用的能力"，并"顾到通俗教育之推行"（八九面）。笔者也愿意强调白话文"走上应用的路"。

但是郭先生在本书自序的末了说：我以为施于平民教育，则以纯粹口语为宜；用于大学的国文教学，则不妨参用文言文的长处；若是纯文艺的作品，那么即使稍偏欧化也未为不可。（《自序》四面）这篇序写在三十年。照现在的趋势看，白话文似乎已经减少了欧化而趋向口语，就是郭先生说的"活语言"，"真语言"（一〇九面），文言的成分是少而又少了。那么，这种辨别雅俗的三分法，似乎是并不需要的。

郭先生特别强调"中国文学的音乐性"，同意一般人的见解，以为欧化的白话文是"哑巴文学"。他对中国文学的音乐性是确有所见。书中指出古人作文不知道标点分段，所以只有在音节上求得句读和段落的分明；骈文和古文甚至戏剧里的道白和语录都如此，骈文的匀整和对偶，古文句子的短，主要的都是为了达成这个目的。而这种句读和段落的分明，是从诵读中觉出（三八至三九面，又《自序》二至三面）。但是照晋朝以来的记载，如《世说新语》等，我们知道诵读又是一种享受，是代替唱歌的。郭先生虽没有明说，虽然也分到这种情感。他在本书自序里主张"于文言取其音节，于白话取其气势，而音节也正所以为气势之助"（三面），这就是"参用文言文的长处"。书中称赞小品散文，不反对所谓"语录体"，正因为"文言白话无所不可"（一〇四至一〇八面），又主张白话诗"容纳旧诗词而仍成新格"（一三二面），都是所谓"参用文言文的长处"。但是小品文和语录体都过去了，白话诗白话文也已经不是"哑巴文学"了。自序中说"于白话取其气势"，在笔者看来，气势不是别的，就是音节，不过不是骈文的铿锵和古文的吞吐作态罢了。朗诵的发展使我们认识白话的音节，并且渐渐知道如何将音节和意义配合起来，达成完整的表现。现在的青年代已经能够直接从自己唱和大家唱里享受音乐，他们将音乐和语言分开，让语言更能尽它的职责，这是一种进步。至于文言，如书中说的，骈文"难懂"，古文"只适宜于表达简单的意义"（三九面）；"在通篇的组织上，又自有比较固定的方法，遂也不易容纳复杂的思想"（《自序》三面）。而古诗可以用古文做标准，律诗可以用骈文做标准。那么，文言的终于被扬弃，恐怕也是必然的罢。

《语文通论》里有一篇道地的《学文示例·序》，说这部书"以技巧训练为主而以思想训练为辅"，"重在文学之训练"，兼选文言和白话，散文和韵文，"其编制以例为纲而不以体分类"，"示人以行文之变化"（一四五至一四九面）。全书共分五例：一、评改例，分摘谬、修正二目，其要在去文章之病……二、拟袭例，分摹拟、借袭二目，摹拟重在规范体貌，借袭重在点窜成言，故又为根据旧作以成新制之例。三、变翻例，分译辞、翻体二目，或……译古语，或……括成文，这又是改变旧作以成新制之例。四、申驳例，分续广、驳难二目，续广以申前文未尽之意，驳难以正昔人未惬之见，这又重在立意方面，是补正旧作以成新制之例。五、熔裁例，此则为学文最后工夫，是摹拟而异其形迹，出因袭而自生变化，或同一题材而异其结构，或异其题材而合其神情，……这又是比较旧作以启迪新知之例。（一四九至一五〇面）郭先生编《学文示例》这部书，搜采的范围很博，选择的作品很精，类列的体例很严，值得我们佩服。书中白话的例极少，这是限于现有的材料，倒不是郭先生一定要偏重文言；不过结果却成了以训练文言为主。所选的例子大多数出于大家和名家之手，精诚然是精，可是给一般大学生"示例"，要他们从这里学习文言的技巧，恐怕是太高太难了。至于现在的大学生有几个乐意学习这种文言的，姑且可以不论。不过这部书确是"一种新的编制，新的方法"，如郭先生序里说的。近代陈曾则先生编有《古文比》，选录同体的和同题的作品，并略有评语。这还是"班马异同评"一类书的老套子，不免简单些。战前郑奠先生在北京大学任教，编出《文镜》的目录，同题之外，更分别体制，并加上评改一类，但是也不及本书的完备与变化。这《学文示例》确是一部独创的书。若是用来启发人们对于古文学的欣赏的兴趣，并培养他们欣赏的能力，这是很有用的一部参考书。

选自《经典常谈》（上海观察社一九四八年五月版）

大家
小书

226

短长书

书业的朋友谈起好销的书，总说翻译的长篇小说第一，创作的长篇小说第二；短篇小说和散文，似乎顾主很少，加上戏剧也重多幕剧，诗也提倡长诗（虽然诗的销路并不佳），都可见近年读书的风气。这些都只是文学书。这两三年出版的书，文学书占第一位，已有人讨论（见《大公报》）；文学书里，读者偏爱长篇小说，翻译的和创作的，这一层好像还少有人讨论。本文想略述鄙见。

有人说这是因为钱多，有人说这是因为书少。钱多，购买力强，买得起大部头的书；而买这些书的并不一定去读，他们也许只为了装饰，就像从前人买《二十四史》陈列在书架上一样。书少，短篇一读即尽，不过瘾，不如长篇可以消磨时日。这两种解释都有几分真理，但显然不充分，何以都只愿花在长篇小说上？再说买这类书的多半是青年，也有些中年。他们还在就学或服务，一般的没有定居；在那一间半间的屋子里还能发生装饰或炫耀的兴趣的，大概不太多。他们买这类书，大概是为了读。至于书少，诚然。但也不一定因此就专爱读起长篇小说来，况且短篇集也可以很长，也可以消磨时日，为什么却少人过问呢？主要的原因怕是喜欢故事。故事没有理论的艰深，也不会惹起麻烦，却有趣味，长篇故事里悲欢离合，层折错综，更容易引起浓厚的趣味，这种对于趣味的要求，其实是一种消遣心理。至于翻译的长篇故事更受欢迎，恐怕多少是电影的影响。电影普遍对于男女青年的影响有多大，一般人都觉得出；现在青年的步法、歌声，以至于趣味和思想，或多或少都在电影化。抗战以来看电影的更是满坑满谷，这就普遍化了故事的趣味（话剧的发达，也和电影有关，这里不能详论）。我们这个民族本不注重说故事，第一次从印度学习，就是从翻译的佛典学习（闻一多先生说）；现在是从西洋学习。学生暂时自然还赶不上老师，所以一般读者喜爱翻译的长篇小说，更甚于创作者。当然，现在的译笔注重流畅而不注重风格，使读者不致劳苦，而现在的一般读者从电影的对话里也渐渐习惯了西洋人怎样造句和措辞，才能达到这地步。

现在中国文学里，小说最为发达，进步最快，原已暗示读者对于故事的爱好。但这个倾向直到近年来读者群的扩大才显明可见。读者群的扩大，指的是学生之外加上了青年和中年的公务人员和商人。这些人在小学或中学时代的读物里接触了现代中国文学，所以会有这种爱好。读者群的扩大不免暂时降低文学的标准，减少严肃性而增加消遣作用。现代中国文学开始的时候，强调严肃性，指斥消遣态度，这是对的。当时注重短篇小说，后来注重小品散文，多少也是为了训练读者吟味那严肃的意义，欣赏那经济的技巧。这些是文学的基本条件。但将欣赏和消遣分作两橛，使文学的读者老得正襟危坐着，也未免苦点儿。长篇小说的流行，却让一般读者只去欣赏故事或情节，忽略意义和技巧，而得到娱乐；娱乐就是消遣作用，但这不足忧，普及与提高本相因依。普及之后尽可渐渐提高，趣味跟知识都是可以进步的。况且现在中国文学原只占据了偏小的一角，普及起来才能与公众生活密切联系，才能有坚实的基础，取旧的传统文学和民间文学而代之。

　　文学不妨见仁见智，完美的作品尽可以让严肃的看成严肃，消遣的看成消遣，而无害于它的本来的价值。这本来的价值却不但得靠严肃的研究，并且得靠消遣的研究，才能抉发出来。这是书评家和批评家的职责，而所谓书评和批评包括介绍而言，我们现时缺乏书评（有些只是戏台里喝彩，只是广告，不能算数），更缺乏完美的公正的批评。前者跟着战区的恢复，出版的增进，应该就可以发达起来，后者似乎还需较长时期的学习与培养。有了好的书评家和批评家，才能提高读者群的趣味，促进文学平衡的发展；那时不论短长书，该都有能欣赏的公众。但就现阶段而论，前文所说的倾向却是必然的，并且也是健康的。

修辞学的比兴观

—— 评黎锦熙《修辞学比兴篇》

　　这部书原是一本讲义，民国十四年写定（《自序》）。而这本讲义又是《文心雕龙比兴篇校释》一文的扩大（七十二面）。所以体例和一般的修辞学书颇不同。《自序》里说，"宏纲之下，细目太张。例句号码，数逾三百。诂训校订，曼衍纷纭。"这是真话。书是三十二开本，一百十面，只论显比，自然够详的，也够繁的。书中主要部分以"句式"为纲，而黎先生称那些句式为"修辞法"（一面）；这却暗示着指点方法的意思，与一般的修辞教科书又相同了。不过本书所取的是所谓"综合而博涉的讲法"，与教科书之整齐匀称不一样，并不像是给初学者指点方法的。这是体例上自相矛盾的地方。

　　《自序》里说："修辞学所说的，只能在批评上指导上反省上呈露一些实效，并没有什么大用处。那么，这种综合而博涉的讲法，也许比那法令条文似的许多规律，或者肤廓不切的许多理论，倒可多得点益处。"这是黎先生的辩护。但本书若有些用处，似乎还只在"批评上"。《自序》里又说："一个人要专靠着修辞学的修习而做出好文章或者说出漂亮话来，那是妄想。"这是不错的。修辞学和文法一样，虽然可以多少帮助一点初学的人，但其主要的任务该是研究语言文字的作用和组织，这可以说是批评的。明白这一层，文法和修辞学才有出路。本书作者虽然还徘徊于老路尽头，但不知不觉间已向新路上走了，这个值得注意。

本书的毛病在杂。《自序》里说："刘勰（《比兴》）之篇，陆机（《连珠》）之作，既成专释，理应别出；嵌入其中，不免臃肿。"这是体制的杂。不过真觉得"臃肿"的是附录的那篇《春末闲谈》，白费了五面多。刘、陆之作，就全书而言，放在里边还不算坏。书中例句，古文大概到韩愈而止，是《马氏文通》的影响。韩愈以后的也可引，但甚少（只四例），韵文却到皮黄剧本而止。韩愈以后那四例，零零落落，不痛不痒的，尽可以换去。书中有白话文例二十二个。六个不曾注出处，似乎是随手编的。其余出于《石头记》、《儒林外史》、《老残游记》的五个，出于鲁迅《阿Q正传》及徐志摩《曼殊斐儿》的四个，出于译文的七个。选的太少，范围太狭，不足以代表白话文。况且欧化的白话文和译文，其句式乃至显比，较古文及旧韵文变化很多，值得独立研究。附合讨论，不足以见其特色，而又附得那样少，近于敷衍门面，简直毫无用处。不如将这二十二例一律删除，专论旧体，倒干脆些。这是选例的杂。至于用所谓"晋唐译经"体（《自序》）为纲，白话文为说明，又是文体的杂了。

幸而也有不杂的地方。一是"诂训"《诗经》喻句，并探讨比兴的意义，二是选释陆机的《演连珠》，三是校释《文心·比兴篇》。体制虽因此而杂，却见出黎先生心力有所专注，和"肤廓不切的理论"不一样。就中说"连珠之文，比多成例"，虽受了严译《穆勒名学》的暗示（严译"三段论"为"连珠"），但为别的修辞学所不及，还算是新鲜的。《比兴篇》的校释却全录范文澜先生《文心雕龙讲疏》，别无发明。论《诗经》似乎是黎先生最著意的，全书百分之四十都是《诗经》的讨论。句式（二）

云："以物为比，或事相方，物德事情，前文具足，喻句之内，不复重述"（十四面）。"若说《诗》者，不明此例：本诗之中，德已前举，喻即后随；乃对于喻，多方附会。夫以附会，广说'比'义，说《诗》通病，千载于兹！"（十六至十七面）他举"禺页禺页，如圭如璋"等句旧说，加以驳议。又论"如切如磋，如琢如磨"旧说，以为"道理愈说愈精，比喻似乎也愈切愈妙，却和诗人本意愈离愈远了"（三十八面）。这些话甚得要领。

但是黎先生所解释的喻义，却大抵只据人情，未加考证，难以征信。他自己说："所比的东西和所用的词在古代是常俗所晓，到后来却渐渐地晦塞了"（四十二面），可见没有考证的工夫是不行的。但如书中说"析薪如之何？匪斧不克。娶妻如之何？匪媒不得"云："这不但不相似，而且相反了：斧析薪是劈开，人说媒是合拢。只有'克''得'两字比上了。"又举类似的"伐柯如何？匪斧不克。娶妻如何？匪媒不得"，说是"牵强不切的比喻"（均六十九面）。但是诗人多以薪喻婚姻，黎先生所举两例之外，还有《汉广》的"翘翘错薪"，《绸缪》的"绸缪束薪"，《车》的"析其柞薪"，都是的。这当与古代民俗有关，尚待考证；用"牵强不切"四字一笔抹杀，是不公道的。不过本书提出广说比义和切说比义两原则，举例详论，便已触着语言文字的传达作用一问题，这就是新路了。书中论《诗经》兴义也颇详细。所引诸家说都很重要，参考甚有用。但所说"兴"的三义（七十四面），还和朱熹差不多，是不能结束旧公案（参看八十四面）的。

所以本书只能当作不完备的材料书用。可是在这方面也还有些缺点，如引比兴旧说，有吕祖谦一条（七十九至八十面）不注出处。这见于《吕氏家塾读诗记》二，还易检寻；不过引文有删节，未曾标明。又朱熹两条，第二条不注出处。这一条其实是三条，黎先生似乎从《诗经传说汇纂》首卷下抄出。首尾两条原见于《诗传遗说》和《朱子语类》，中间一条却惭愧，还不知本来的出处。又惠周惕一条引"鹤林吴氏",黎先生"按吴氏原文"云云。吴泳有《诗本义补遗》已佚,所谓"原文",实系据《困学纪闻》三转引,不加注明,会令人迷惑。这些地方可见本书虽定稿于民国十四年,却始终是仓卒成编,未经细心校订。这是教读者遗憾的。

一九三七年

叶圣陶的短篇小说

　　圣陶谈到他作小说的态度，常喜欢说：我只是如实地写。这是作者的自白，我们应该相信。但他初期的创作，在"如实地"取材与描写之外，确还有些别的，我们称为理想，这种理想有相当的一致，不能逃过细心的读者的眼目。后来经历渐渐多了，思想渐渐结实了，手法也渐渐老练了，这才有真个"如实地写"的作品。仿佛有人说过，法国的写实主义到俄国就变了味，这就是加进了理想的色彩。假使这句话不错，圣陶初期的作风可以说是近于俄国的，而后期可以说是近于法国的。

　　圣陶的身世和对于文艺的见解，顾颉刚先生在《隔膜》序里说得极详。我所见他的生活，也已具于另一文。这里只须指出他是生长在一个古风的城市——苏州——中的人，后来又在一个乡镇——角直——里住了四五年，一径是做着小学教师；最后才到中国工商业中心的上海市，做商务印书馆的编辑，直至现在。这二十年来时代的大变动，自然也给他不少的影响；辛亥革命，他在苏州；五四运动，他在角直；五卅运动与国民革命，却是他在上海亲见亲闻的。这几行简短的历史，暗示着他思想变迁的轨迹，他小说里所表现的思想变迁的轨迹。

因为是"如实地写"，所以是客观的。他的小说取材于自己及家庭的极少，又不大用第一身，笔锋也不常带情感。但他有他的理想，在人物的对话及作者关于人物或事件的解释里，往往出现，特别在初期的作品中。《不快之感》或《啼声》是两个极端的例子。这是理智的表现。圣陶的静默，是我们朋友里所仅有；他的"爱智"，不是偶然的。

爱与自由的理想是他初期小说的两块基石。这正是新文化运动开始时的思潮；但他能用艺术表现，便较一般人为深入。他从母爱性爱一直写到儿童送一个小蚬回家，真算得博大周详。母爱的力量在牺牲自己；顾颉刚先生最爱读的《潜隐的爱》（见顾先生《火灾》序），是一篇极好的代表。一个孤独的蠢笨的乡下妇人用她全部的心与力，偷偷摸摸去爱一个邻家的孩子。这是透过一层的表现。性爱的理想似乎是夫妇一体，《隔膜》与《未厌集》中两篇《小病》，可以算相当的实例。但这个理想是不容易达到的；有时不免来点儿"说谎的艺术"（看《火灾》中《云翳》篇），有时母爱分了性爱的力量，不免觉得"两样"；夫妇不能一体时，有时更免不了离婚。离婚是近年常有的现象。但圣陶在《双影》里所写的是女的和男的离了婚，另嫁了一个气味相投的人；后来却又舍不得那男的。这是一个怪思想，是对夫妇一体论的嘲笑。圣陶在这问题上，也许终于是个"怀疑派"罢？至于广泛地爱人爱动物，圣陶以为只有孩子们行；成人是只有隔膜与冷酷罢了。《隔膜》，《游泳》（《线下》中），《晨》便写的这一类情形。他又写了些没有爱的人的苦闷，如《归宿》里的青年，《春光不是她的了》里被离弃的妇人，《孤独》里的"老先生"都是的。而《被忘却的》（《火灾》中）里田女士与童女士的同性爱，也正是这种苦闷的另一样写法。

自由的一面是解放，还有一面是尊重个性。圣陶特别着眼在妇女与儿童身上。他写出被压迫的妇女，如农妇，童养媳，歌女，妓女等的悲哀；《隔膜》第一篇《一生》便是写一个农妇的。对于中等家庭的主妇的服从与苦辛，他也有哀矜之意。《春游》（《隔膜》中）里已透露出一些反抗的消息；《两封回信》里说得更是明白：女子不是"笼子里的画眉，花盆里的蕙兰"，也不是"超人"；她"只是和一切人类平等的一个'人'"。他后来在《未厌集》里还有两篇小说（《遗腹子》，《小妹妹》），写重男轻女的传统对于女子压迫的力量。圣陶做过多年小学教师，他最懂得儿童，也最关心儿童。他以为儿童不是供我们游戏和消遣的，也不是给我们防老的，他们应有他们自己的地位。他们有他们的权利与生活，我们不应嫌恶他们，也不应将他们当作我们的具体而微看。《啼声》（《火灾》中）是用了一个女婴口吻的激烈的抗议；在圣陶的作品中，这是一篇仅见的激昂的文字。但写得好的是《低能儿》，《一课》，《义儿》，《风潮》等篇；前两篇写儿童的爱好自然，后两篇写教师以成人看待儿童，以致有种种的不幸。其中《低能儿》是早经著名的。此外，他还写了些被榨取着的农人，那些都是被田租的重负压得不能喘气的。他憧憬着"艺术的生活"，艺术的生活是自由的，发展个性的；而现在我们的生活，却都被撅在些一定的模型或方式里。圣陶极厌恶这些模型或方式；在这些方式之下，他"只觉一个虚幻的自己包围在广大的虚幻里"（见《隔膜》中《不快之感》）。

圣陶小说的另一面是理想与现实的冲突。假如上文所举各例大体上可说是理想的正面或负面的单纯表现，这种便是复杂的纠纷的表现。如《祖母的心》（《火灾》中）写亲子之爱与礼教的冲突，结果那一对新人物妥协了；这是现代一个极普遍极葛藤的现象。《平常的故事》里，理想被现实所蚕食，几至一些无余；这正是理想主义者烦闷的表白。《前途》与此篇调子相类，但写的是另一面。《城中》写腐败社会对于一个理想主义者的疑忌与阴谋；而他是还在准备抗争。《校长》与《搭班子》里两个校长正在高高兴兴地计划他们的新事业，却来了旧势力的侵蚀；一个妥协了，一个却似乎准备抗争一下。但《城中》与《搭班子》只说到"准备"而止，以后怎样呢？是成功? 失败? 还是终于妥协呢? 据作品里的空气推测,成功是不会的;《城中》的主人公大概要失败,《搭班子》里的大概会妥协吧? 圣陶在这里只指出这种冲突的存在与自然的进展,并没有暗示解决的方法或者出路。到写《桥上》与《抗争》,他似乎才进一步地追求了。《桥上》还不免是个人的"浪漫"的行动,作者没有告诉我们全部的故事;《抗争》却有"集团"的意义,但结果是失败了,那领导者做了祭坛前的牺牲。圣陶所显示给我们的,至此而止。还有《在民间》是冲突的别一式。

圣陶后期作品(大概可以说从《线下》后半部起)的一个重要的特色,便是写实主义手法的完成。别人论这些作品,总侧重在题材方面;他们称赞他的"对于城市小资产阶级的描写"。这是并不错的。圣陶的生活与时代都在变动着,他的眼从村镇转到城市,从儿童与女人转到战争与革命的侧面的一些事件了。他写城市中失业的知识工人(《城中》里的《病夫》)和教师的苦闷;他写战争时"城市的小资产阶级"与一部分村镇人物的利己主义,提心吊胆,琐屑等(如茅盾先生最爱的《潘先生在难中》,及《外国旗》)。他又写战争时兵士的生活(《金耳环》);又写"白色的恐怖。"(如《夜》,《冥世别》——《大江月刊》三期)和"目前政治的黑暗"(如《某城纪事》)。他还有一篇写"工人阶级的生活"的《夏夜》(《未厌集》)(看钱杏邨先生《叶绍钧的创作的考察》,见《现代中国文学作家》第二卷)。他这样"描写了广阔的世间";茅盾先生说他作《倪焕之》时才"第一次描写了广阔的世间",似乎是不对的(看《读〈倪焕之〉》,附录在《倪焕之》后面)。他诚然"长于表现城市小资产阶级"(钱语),但他并不是只长于这一种表现,更不是专表现这一种人物,或侧重于表现这一种人物,即使在他后期的作品里。这时期圣陶的一贯的态度,似乎只是"如实地写"一点;他的取材只是选择他所熟悉的,与一般写实主义者一样,并没有显明的"有意的"目的。他的长篇作品《倪焕之》,茅盾先生论为

"有意为之的小说"，我也有同感；但他在《作者自记》里还说："每一个人物，我都用严正的态度如实地写"，这可见他所信守的是什么了。这时期中的作品，大抵都有着充分的客观的冷静（初期作品如《饭》也如此，但不多），文字也越发精炼，写实主义的手法至此才成熟了；《晨》这一篇最可代表，是我所最爱的。——只有《冥世别》是个例外；但正如鲁迅先生写不好《不周山》一样，圣陶是不适于那种表现法的。日本藏原惟人《到新写实主义之路》（林伯脩译）里说写实主义有三种。圣陶的应属于第二种，所谓"小布尔乔亚写实主义"；在这一点上说他是小资产阶级的作家，我可以承认。

我们的短篇小说，"即兴"而成的最多，注意结构的实在没有几个人；鲁迅先生与圣陶便是其中最重要的。他们的作品都很多，但大部分都有谨严而不单调的布局。圣陶的后期作品更胜于初期的。初期里有些别体，《隔膜》自颇紧凑，但《不快之感》及《啼声》，就没有多少精彩；又《晓行》，《旅路的伴侣》两篇（《火灾》中），虽穿插颇费苦心，究竟嫌破碎些（《悲哀的重载》却较好）。这些时候，圣陶爱用抽象观念的比喻，如"失望之渊"，"烦闷之渊"等，在现在看来，似乎有些陈旧或浮浅了。他又爱用骈句，有时使文字失去自然的风味。而各篇中作者出面解释的地方，往往太正经，又太多。如《苦菜》（《隔膜》中）固是第一身的叙述，但后面那一个公式与其说明，也太煞风景了。圣陶写对话似不顶擅长。各篇中对话往往嫌平板，有时说教气太重；这便在后期作品中也不免。圣陶写作最快，但决非不经心；他在《倪焕之》的《自记》里说："斟酌字句的癖习越来越深"，我们可以知道他平日的态度。他最擅长的是结尾，他的作品的结尾，几乎没有一篇不波俏的。他自己曾戏以此自诩；钱杏邨先生也说他的小说，"往往在收束的地方，使人有悠然不尽之感。"

一九三〇年七月

238

闻一多先生怎样走着中国文学的道路

——《闻一多全集》序

　　闻一多先生为民主运动贡献了他的生命，他是一个斗士。但是他又是一个诗人和学者。这三重人格集合在他身上，因时期的不同而或隐或现。大概从民国十四年参加《北平晨报》的诗刊到十八年任教青岛大学，可以说是他的诗人时期，这以后直到三十三年参加昆明西南联合大学的"五四"历史晚会，可以说是他的学者时期，再以后这两年多，是他的斗士时期。学者的时期最长，斗士的时期最短，然而他始终不失为一个诗人；而在诗人和学者的时期，他也始终不失为一个斗士。本集里承臧克家先生抄来三十二年他的一封信，最可以见出他这种三位一体的态度。他说：

　　我只觉得自己是座没有爆发的火山，火烧得我痛，却始终没有能力（就是技巧）炸开那禁锢我的地壳，放射出光和热来。只有少数跟我很久的朋友（如梦家）才知道我有火，并且就在《死水》里感觉出我的火来。

这是斗士藏在诗人里。他又说：

你们做诗人的人老是这样窄狭，一口咬定世上除了诗什么也不存在。有比历史更伟大的诗篇吗？我不能想象一个人不能在历史（现代也在内，因为它是历史的延长）里看出诗来，而还能懂诗。……你不知道我在故纸堆中所做的工作是什么，它的目的何在，……因为经过十馀年故纸堆中的生活，我有了把握，看清了我们这民族、这文化的病症，我敢于开方了。方单的形式是什么——一部文学史（诗的史），或一首诗（史的诗），我不知道，也许什么也不是。……你诬枉了我，当我是一个蠹鱼，不晓得我是杀蠹的芸香。虽然二者都藏在书里，他们的作用并不一样。

学者中藏着诗人，也藏着斗士。他又说"今天的我是以文学史家自居的"。后来的他却开了"民主"的"方单"，进一步以直接行动的领导者的斗士姿态出现了。但是就在被难的前几个月，他还在和我说要写一部唯物史观的中国文学史。

闻先生真是一团火。就在《死水》那首诗里他说：

这是一沟绝望的死水，
这里断不是美的所在，
不如让给丑恶来开垦，
看他造出个什么世界。

这不是"恶之花"的赞颂，而是索性让"丑恶"早些"恶贯满盈"，

"绝望"里才有希望。在《死水》这诗集的另一首诗《口供》里又说：

> 可是还有一个我，你怕不怕？——
> 苍蝇似的思想，垃圾桶里爬。

"绝望"不就是"静止"，在"丑恶"的"垃圾桶里爬"着，他并没有放弃希望。他不能静止，在《心跳》那首诗里唱着：

> 静夜！我不能，不能受你的贿赂。
> 谁希罕你这墙内方尺的和平！
> 我的世界还有更辽阔的边境。
> 这四墙既隔不断战争的喧嚣，
> 你有什么方法禁止我的心跳？

所以他写下战争惨剧的《荒村》诗，又不怕人家说他窄狭，写下了许多爱国诗。他将中国看作"一道金光"，"一股火"（《一个观念》）。那时跟他的青年们很多，他领着他们做诗，也领着他们从"绝望"里向一个理想挣扎着，那理想就是"咱们的中国！"（《一句话》）

可是他觉得做诗究竟"窄狭"，于是乎转向历史，中国文学史。他在给臧克家先生的那封信里说，"我始终没有忘记除了我们的今天外，还有那二千年前的昨天，这角落外还有整个世界。"同在三十二年写作的那篇《文学的历史动向》里说起"对近世文明影响最大最深的四个古老民族——中国、印度、以色列、希腊——都在差不多同时猛抬头，迈开了大步"。他说：

约当纪元前一千年左右，在这四个国度里，人们都歌唱起来，并将他们的歌记录在文字里，给流传到后代……。四个文化，在悠久的年代里，起先是沿着各自的路线，分途发展，不相闻问。然后，慢慢的随着文化势力的扩张，一个个的胳臂碰上了胳臂，于是吃惊，点头，招手，交谈，日子久了，也就交换了观念思想与习惯。最后，四个文化慢慢的都起着变化，互相吸收，融合，以至总有那么一天，四个的个别性渐渐消失，于是文化只有一个世界的文化。这是人类历史发展的必然路线，谁都不能改变，也不必改变。

这就是"这角落外还有整个世界"一句话的注脚。但是他只能从中国文学史下手。而就是"这角落"的文学史，也有那么长的年代，那么多的人和书，他不得不一步步的走向前去，不得不先钻到"故纸堆内讨生活"，如给臧先生信里说的。于是他好像也有了"考据癖"。青年们渐渐离开了他。他们想不到他是在历史里吟味诗，更想不到他要从历史里创造"诗的史"或"史的诗"。他告诉臧先生，"我比任何人还恨那故纸堆，正因为恨它，更不能不弄个明白。"他创造的是崭新的现代的"诗的史"或"史的诗"。这一篇巨著虽然没有让他完成，可是十多年来也片断的写出了一些。正统的学者觉得这些不免"非常异义，可怪之论"，就戏称他和一两个跟他同调的人为"闻一多派"。这却正见出他是在开辟着一条新的道路；而那披荆斩棘，也正是一个斗士的工作。这时期最长，写作最多。到后来他以民主斗士的姿态出现，青年们又发现了他，这一回跟他的可太多了！虽然行动时时在要求着他，他写的可并不算少，并且还留下了一些演讲录。这一时期的作品跟演讲录都充满了热烈的爱憎和精悍之气，就是学术性的论文如《龙凤》和《屈原问题》等也如此。这两篇，还有杂文《关于儒·道·土匪》，大概都可以算得那篇巨著的重要的片段罢。这时期他将诗和历史跟生活打成一片；有人说他不懂政治，他倒的确不会让政治的圈儿箍住的。

他在"故纸堆内讨生活"，第一步还得走正统的道路，就是语史学的和历史学的道路，也就是还得从训诂和史料的考据下手。在青岛大学任教的时候，他已经开始研究唐诗；他本是个诗人，从诗到诗是很近便的路。那时工作的重心在历史的考据。后来又从唐诗扩展到《诗经》、《楚辞》，也还是从诗到诗。然而他得弄语史学了。他读卜辞，读铜器铭文，从这些里找训诂的源头。从本集二十二年给饶孟侃先生的信可以看出那时他是如何在谨慎的走着正统的道路。可是他"很想到河南游游，尤其想看洛阳——杜甫三十岁前后所住的地方"。他说"不亲眼看看那些地方我不知杜甫传如何写"。这就不是一个寻常的考据家了！

抗战以后他又从《诗经》、《楚辞》跨到了《周易》和《庄子》；他要探求原始社会的生活，他研究神话，如高唐神女传说和伏羲故事等等，也为了探求"这民族，这文化"的源头，而这原始的文化是集体的力，也是集体的诗；他也许要借这原始的集体的力给后代的散漫和萎靡来个对症下药罢。他给臧先生写着：

　　我的历史课题甚至伸到历史以前，所以我研究神话，我的文化课题超出了文化圈外，所以我又在研究以原始社会为对象的文化人类学。

他不但研究着文化人类学，还研究佛罗依德的心理分析学来照明原始社会生活这个对象。从集体到人民，从男女到饮食，只要再跨上一步；所以他终于要研究起唯物史观来了，要在这基础上建筑起中国文学史。

大家

从他后来关于文学的几个演讲，可以看出他已经是在跨着这一步。

然而他为民主运动献出了生命，再也来不及打下这个中国文学史的基础了。他在前一个时期里却指出过"文学的历史动向"。他说从西周到北宋都是诗的时期，"我们这大半部文学史，实质上都是诗史"。可是到了北宋，"可能的调子都已唱完了"，上前"接力"的是小说与戏剧。"中国文学史的路线从南宋起便转向了，从此以后是小说戏剧的时代。"他说"是那充满故事兴味的佛典之翻译与宣讲，唤醒了本土的故事兴趣的萌芽，使它与那较进步的外来形式相结合，而产生了我们的小说与戏剧"。而第一度外来影响刚刚扎根，现在又来了第二度的。第一度佛教带来的印度影响是小说戏剧，第二度基督教带来的欧洲影响又是小说戏剧，……于是乎他说：

> 四个文化同时出发，三个文化都转了手，有的转给近亲，有的转给外人，主人自己却没落了，那许是因为他们都只勇于"予"而怯于"受"。中国是勇于"予"而不太怯于"受"的，所以还是自己文化的主人，然而……仅仅不怯于"受"是不够的，要真正勇于"受"。让我们的文学更彻底的向小说戏剧发展，等于说要我们死心塌地走人家的路。这是一个"受"的勇气的测验。

这里强调外来影响。他后来建议将大学的中国文学系跟外国语文学系改为文学系跟语言学系，打破"中西对立，文语不分"的局面，也有"要真正勇于受"，都说明了"这角落外还有整个世界"那句话。可惜这个建议只留下一堆语句，没有写成。但是那印度的影响是靠了"宗教的势力"才普及于民间，因而才从民间"产生了我们的小说与戏剧"。人民的这种集体创作的力量是文学的史的发展的基础，在诗歌等等如此，在小说戏剧更其如此。中国文学史里，小说和戏剧一直不曾登大雅之堂，士大夫始终只当它们是消遣的玩意儿，不是一本正经。小说戏剧一直不曾脱去了俗气，也就是平民气。等到民国初年我们的现代化的运动开始，知识阶级渐渐形成，他们的新文学运动和新文化运动接受了欧洲的影响，也接受了"欧洲文学的主干"的小说和戏剧；小说戏剧这才堂堂正正的成为中国文学。《文学的历史动向》里还没有顾到这种情形，但在《中国文学史稿》里，闻先生却就将"民间影响"跟"外来影响"并列为"二大原则"，认为"一事的二面"或"二阶段"，还说，"前几次外来影响皆不自觉，因经由民间；最近一次乃士大夫所主持，故为自觉的。"

他的那本《中国文学史稿》，其实只是三十三年在昆明中法大学教授中国文学史的大纲，还待整理，没有收在全集里。但是其中有《四千年文学大势鸟瞰》，分为四段八大期，值得我们看看：

第一段　本土文化中心的捣成　一千年左右

第一大期　黎明　夏商至周成王中叶（公元前二〇五〇至一一〇〇）约九百五十年

第二段　从三百篇到十九首　一千二百九十一年

第二大期　五百年的歌唱　周成王中叶至东周定王八年（陈灵公卒，《国风》约终于此时，前一〇九九至五九九）约五百年

第三大期　思想的奇葩　周定王九年至汉武帝后元二年（前五九八至前八七）五百一十年

第四大期　一个过渡期间　汉昭帝始元元年至东汉献帝兴平二年（前八六至后一九五）二百八十一年

第三段　从曹植到曹雪芹　一千七百一十九年

第五大期　诗的黄金时代　东汉献帝建安元年至唐玄宗天宝十四载（一九六至七五五）五百五十九年

第六大期　不同型的馀势发展　唐肃宗至德元载至南宋恭帝德祐二年（七五六至一二七六）五百二十年

第七大期　故事兴趣的醒觉　元世祖至元十四年至民国六年（一二七七至一九一七）六百四十年

第四段　未来的展望——大循环

第八大期　伟大的期待　民国七年至……（一九一八——）

第一段"本土文化中心的传成"，最显著的标识是仰韶文化（新石器时代）的陶器花纹变为殷周的铜器花纹，以及农业的兴起等。第三大期"思想的奇葩"，指的散文时代。第六大期"不同型的馀势发展"，指的诗中的"更多样性与更参差的情调与观念"，以及"散文复兴与诗的散文化"等。第四段的"大循环"，指的回到大众。第一第二大期是本土文化的东西交流时代，以后是南北交流时代。这中间发展的"二大原则"，是上文提到的"外来影响"和"民间影响"；而最终的发展是"世界性的趋势"。——这就是闻先生计划着创造着的中国文学史的轮廓。假如有机会让他将这个大纲重写一次，他大概还要修正一些，补充一些。但是他将那种机会和生命一起献出了，我们只有从这个简单的轮廓和那些片段，完整的，不完整的，还有他的人，去看出他那部"诗的史"或那首"史的诗"。

他是个现代诗人，所以认为"在这新时代的文学动向中，最值得揣摩的，是新诗的前途"。他说新诗得"真能放弃传统意识，完全洗心革面，重新做起"——

那差不多等于说，要把诗做得不像诗了。也对。说得更准确点，不像诗，而像小说戏剧，至少让它多像点小说戏剧，少像点诗。太多"诗"的诗，和所谓"纯诗"者，将来恐怕只能以一种类似解嘲与抱歉的姿态，为极少数人存在着。在一个小说戏剧的时代，诗得尽量采取小说戏剧的态度，利用小说戏剧的技巧，才能获得广大的读众。……新诗所用的语言更是向小说戏剧跨近了一大步，这是新诗之所以为"新"的第一个也是最主要的理由。其他在态度上，在技巧上的种种进一步的试验，也正在进行着。请放心，历史上常常有人把诗写得不像诗，如阮籍、陈子昂、孟郊，如华茨渥斯、惠特曼，而转瞬间便是最真实的诗了。诗这东西的长处就在它有无限度的弹性，……只有固执与狭隘才是诗的致命伤，……

那时他接受了英国文化界的委托，正在抄选中国的新诗，并且翻译着。他告诉臧克家先生：

不用讲今天的我是以文学史家自居的，我并不是代表某一派的诗人。唯其曾经一度写过诗，所以现在有揽取这项工作的热心，唯其现在不再写诗了，所以有应付这工作的冷静的头脑而不至于对某种诗有所偏爱或偏恶。我是在新诗之中，又在新诗之外，我想我是颇合乎选家的资格的。

是的，一个早年就写得出《女神的时代精神》和《女神的地方色彩》那样确切而公道的批评的人，无疑的"是颇合乎选家的资格的"。可惜这部诗选又是一部未完书，我们只能够尝鼎一脔！他最后还写出了那篇《时代的鼓手》，赞颂田间先生的诗。这一篇短小的批评激起了不小的波动，也发生了不小的影响。他又在三十四年西南联合大学"五四"周的朗诵晚

248

会上朗诵了艾青先生的《大堰河》，他的演戏的才能和低沉的声调让每一个词语渗透了大家。

闻先生对于诗的贡献真太多了！创作《死水》，研究唐诗以至《诗经》、《楚辞》，一直追求到神话，又批评新诗，抄选新诗，在被难的前三个月，更动手将《九歌》编成现代的歌舞短剧，象征着我们的青年的热烈的恋爱与工作。这样将古代跟现代打成一片，才能成为一部"诗的史"或一首"史的诗"。其实他自己的一生也就是具体而微的一篇"诗的史"或"史的诗"，可惜的是一篇未完成的"诗的史"或"史的诗"！这是我们不能甘心的！

原载一九四七年《文学》杂志

图书在版编目（CIP）数据

朱自清讲文学／朱自清著. —— 南昌：百花洲文艺出版社，
2016.5（2018.6重印）
ISBN 978-7-5500-1760-3

Ⅰ.①朱… Ⅱ.①朱… Ⅲ.①中国文学 – 文学评论 – 文集 Ⅳ.①I206-53

中国版本图书馆CIP数据核字（2016）第099287号

朱自清讲文学

朱自清　著

策　　划	刘　浩	
出 版 人	姚雪雪	
责任编辑	胡青松　李　澜	
书籍设计	方　方	
制　　作	何　丹	
出版发行	百花洲文艺出版社	
社　　址	南昌市红谷滩新区世贸路898号博能中心20楼	
邮　　编	330038	
经　　销	全国新华书店	
印　　刷	南昌三联印务有限公司	
开　　本	850mm×1168mm　1/16　印张　16	
版　　次	2016年7月第1版	
	2018年10月第5次印刷	
字　　数	150千字	
书　　号	ISBN 978-7-5500-1760-3	
定　　价	29.00元	

赣版权登字　05-2016-145
邮购联系　0791-86895108
网　　址　http://www.bhzwy.com
图书若有印装错误，影响阅读，可向承印厂联系调换。